VORTEX

VORTEX :
tourbillon creux qui prend naissance
dans un fluide en écoulement.

Définition extraite de l'Encyclopédie Larousse

Du même auteur

« Renflouez le Titanic », Robert Laffont, 1977

« Vixen 03 », Robert Laffont, 1980

« L'incroyable Secret », Grasset, 1983

« Panique à la Maison Blanche », Grasset, 1985

« Cyclope », Grasset, 1987

« Trésor », Grasset, 1989

« Dragon », Grasset, 1991

« Sahara », Grasset, 1993

« Mayday ! », Lefrancq, 1993

« Iceberg » Lefrancq, 1994

« Iceberg », Lefrancq, 1994

« L'or des Incas », Grasset, 1995

« Vortex », Lefrancq, 1995

« Vixen 03 », Lefrancq, 1996

Clive Cussler

VORTEX

Traduit de l'américain par Patrick Delperdange

LEFRANCQ
LITTÉRATURE

Titre original : **Pacific Vortex**
Cet ouvrage est publié avec l'accord de Peter Lampack Agency, Inc.
New York - USA

386 chaussée d'Alsemberg - 1180 Bruxelles
Tél. (02) 344 49 34

Imprimé en C.E.
Octobre 1997

ISBN : 2-87153-105-6
Dépôt légal : D/1997/4411/113

AVANT-PROPOS

La chose n'est sans doute pas très importante, mais l'histoire qui suit constitue la première aventure de Dirk Pitt.

Lorsque j'ai réussi à faire preuve d'assez de discipline pour me lancer dans une série fondée sur le suspense et l'aventure, je me suis mis en quête d'un héros coulé dans un moule différent de ceux que l'on connaissait déjà. Un héros qui ne serait ni agent secret, ni inspecteur de police, ni détective privé. Qui aurait les traits tranchés, mais posséderait néanmoins une certaine dose de style, qui serait aussi à l'aise en distrayant une jolie femme dans un grand restaurant qu'en buvant des bières avec des copains au bar du coin. Une espèce de gars sympathique, nimbé d'une touche de mystère.

En lieu et place d'un casino de jeux ou des rues de New York, son territoire serait la mer, et son défi, l'inconnu.

C'est à partir de ces idées que Dirk Pitt se matérialisa.

Parce qu'il s'agissait de sa première aventure, et parce que l'intrigue sur laquelle elle reposait n'était pas aussi complexe que les histoires qui suivirent, j'avais longtemps hésiter à la publier. C'est sous la pression conjointe de mes amis et de ma famille, ainsi que celle de lecteurs enthousiastes, que vous avez aujourd'hui entre les mains l'entrée en scène de Pitt.

Puissiez-vous la considérer comme la source de quelques heures de plaisir, et peut-être même comme un ouvrage historique, dans son genre.

Clive Cussler

PROLOGUE

Chaque océan a exigé un lourd tribut d'hommes et de navires, mais aucun ne les engloutit avec l'appétit vorace du Pacifique. La mutinerie du *Bounty* eut lieu dans le Pacifique, et c'est dans l'île Pitcairn que les marins en révolte brûlèrent ce vaisseau. L'*Essex*, le seul navire connu jamais coulé par une baleine (fait sur lequel s'est fondé Melville pour rédiger *Moby Dick*), repose dans les eaux du Pacifique. Tout comme le *Hai Maru*, réduit en pièces lorsqu'un volcan sous-marin entra en éruption juste sous sa coque.

Malgré cela, le plus grand océan du monde possède des allures de père tranquille. Son nom même évoque la quiétude et la tempérance.

C'est sans doute pour cette raison que l'idée sinistre d'une catastrophe ne pouvait pas être plus étrangère à l'esprit du capitaine Felix Dupree, tandis qu'il montait sur la passerelle du sous-marin nucléaire *Starbuck*, un peu avant la tombée de la nuit. Il salua de la tête l'officier de quart et alla s'appuyer à la rambarde pour observer l'aisance avec laquelle la proue de son bâtiment repoussait de côté les vagues déferlantes.

D'ordinaire, les hommes respectent la mer; et même sont-ils intimidés par sa sérénité. Mais Dupree n'était pas comme tout un chacun; jamais rien ne le prenait sous son charme. Vingt années passées en mer, dont quatorze à bord de submersibles, le laissaient avide — avide de reconnaissance. Dupree commandait le sous-marin le plus moderne et le plus révolutionnaire du monde, mais cela ne le satisfaisait pas. Il aspirait à plus encore.

Le *Starbuck* avait été construit dans les chantiers navals de San Francisco, comme aucun autre sous-marin avant lui. Chaque élément, chaque système de sa carcasse pressurisée, tout avait été dessiné sur ordinateur. C'était le premier exemple d'une nouvelle génération de vaisseaux sous-marins — les prémices d'une cité submersible capable de filer à la vitesse de cent vingt-cinq nœuds au sein des profondeurs éternelles, six cents mètres sous la surface miroitante des eaux. Le *Starbuck* faisait songer à un étalon pur-sang lors de son premier concours hippique, rongeant son frein, impatient de montrer de quoi il était capable.

Mais il n'aurait jamais aucun public. Le Département d'État chargé des affaires militaires sous-marines ordonna que les essais soient conduits dans le plus grand secret, au milieu d'une zone du Pacifique à l'écart de tout trafic, et sans même la présence d'un vaisseau d'escorte.

Dupree avait été choisi pour commander le *Starbuck* lors de son essai inaugural sur la foi de son exceptionnelle réputation. La Banque de Données, voilà le surnom que lui avaient attribué ses condisciples à Annapolis ; communiquez-lui les éléments, et puis contentez-vous d'attendre que ses lèvres crachent les réponses logiques. Le savoir-faire et le talent de Dupree étaient bien connus dans les milieux sous-marins, mais personnalité, influence et don pour les relations publiques étaient nécessaires pour grimper dans la hiérarchie de la Navy. Comme Dupree ne possédait aucune de ces qualités, il avait jusqu'à présent été oublié lors des promotions.

Une sonnerie se mit à bourdonner. L'officier de quart, un grand lieutenant aux cheveux de jais, décrocha le téléphone de pont. Bien qu'à l'autre bout du fil, son interlocuteur ne puisse pas voir son geste, il hocha la tête à deux reprises avant de raccrocher.

— Salle de contrôle, dit-il laconiquement. Le sondeur à ultra-sons indique que le fond marin s'est élevé de cinq cents mètres au cours des huit derniers kilomètres.

Dupree se tourna lentement vers lui, l'air pensif.

— Sans doute une petite barre de collines sous-marines. Il

nous reste encore plus de quinze cents mètres d'eau sous la quille.

Il grimaça un sourire, avant d'ajouter :

— Ne vous en faites pas, nous n'allons pas toucher le fond.

Son sourire fit saillir les rides entourant ses yeux, tandis qu'il se tournait à nouveau vers la mer. Il s'empara de la paire de jumelles qui pendait mollement autour de son cou, et se mit à observer attentivement l'horizon. C'était un geste façonné par plusieurs milliers d'heures passées en solitaire, à chercher d'autres navires au sein de tous les océans du globe. C'était également un geste inutile. La sophistication de l'appareillage radar dont le *Starbuck* était pourvu permettait de détecter un objet bien avant qu'on le remarque à l'œil nu. Dupree le savait parfaitement, mais le fait de scruter ainsi la mer avait d'une certaine manière le don de purifier l'âme de l'homme.

En fin de compte, il poussa un léger soupir, en lâchant les jumelles.

— Je descends pour le dîner. Assurez la passerelle et plongez ensuite à 2100.

Dupree dévala les trois niveaux du kiosque, et pénétra dans la salle de contrôle. Le second, ainsi qu'un autre homme, le navigateur, penchés sur la table à cartes, étudiaient le tracé des lignes de profondeurs. Le second releva la tête vers Dupree.

— Sir, on dirait que nous avons un relevé plutôt bizarre.

— Rien ne vaut un mystère pour terminer la journée, rétorqua Dupree avec bonne humeur.

Il se glissa entre les deux hommes et baissa les yeux sur la feuille de papier imprimée, porteuse de fins tracés et éclairée d'une luminosité douce tombant du verre dépoli de la suspension. Une série de petites lignes noires s'entrecroisaient sur la carte, surmontées de notations manuscrites et de formules mathématiques.

— Qu'avons-nous donc ? demanda Dupree.

— Le fond grimpe à un rythme étonnant, répondit lentement le navigateur. Si cela continue ainsi pendant les quarante prochains kilomètres, nous allons piquer du nez en plein sur une île, ou même plusieurs îles, qui sont censées ne pas exister.

— Quelle est notre position ?

— Nous sommes ici, sir, répondit le navigateur, en tapotant un point de la carte du bout de son crayon. Un peu plus de mille kilomètres au nord de Kahuku Point, sur l'île Oahu, pointant zéro-zéro-sept degrés.

Dupree se tourna vers le panneau de contrôle et brancha un microphone.

— Radar, c'est le capitaine qui vous parle. Est-ce que vous recevez quelque chose ?

— Non, sir, répliqua mécaniquement une voix jaillissant du diffuseur. L'écran est vide… Une seconde… Rectification, capitaine. J'ai un vague signal à l'horizon, distance trente-cinq kilomètres, droit devant.

— Un objet ?

— Non, sir. Cela ressemble plutôt à un nuage bas. Ou bien à une traînée de brume ; c'est difficile à dire exactement.

— Entendu. Rappelez-moi lorsque vous l'aurez identifié avec précision.

Dupree reposa le micro, et se tourna vers les deux hommes près de la table à cartes.

— Eh bien, Messieurs, que pensez-vous donc de cela ?

Le second remua la tête.

— Il n'y a pas de fumée sans feu. Et il n'y a pas de feu sans quelque chose qui brûle. Une flaque d'huile, peut-être ?

— Une flaque d'huile qui sortirait d'où ? demanda Dupree avec impatience. Nous sommes très loin des couloirs de navigations les plus nordiques. Le trafic qui part de San Francisco ou d'Honolulu vers l'Orient passe à plus de six cents kilomètres au sud de notre position. Nous nous trouvons dans un des endroits les plus déserts de tout l'océan ; c'est d'ailleurs pourquoi la Navy l'a choisi pour effectuer les premiers tests du *Starbuck*. À l'abri des regards indiscrets.

Il remua la tête.

— Une flaque d'huile en feu est impensable. Un nouveau volcan surgissant du fond du Pacifique serait une supposition plus proche de la réalité. Mais ce ne serait que cela — une pure supposition.

Le navigateur reporta les informations communiquées par le radar et traça un cercle sur la carte.

— Un nuage bas en surface, ou proche de la surface, pensa-t-il à voix haute. Hautement improbable. Les conditions atmosphériques sont en désaccord total avec une hypothèse pareille.

Le diffuseur cliqueta.

— Capitaine, c'est le radar.

— Parlez radar, le capitaine vous écoute, répondit Dupree.

— Je l'ai identifié, sir.

La voix sembla hésiter à poursuivre.

— Le signal indique un épais nuage de brouillard, d'environ cinq kilomètres de diamètre.

— Vous en êtes sûr ?

— Je parierais mes galons là-dessus.

Dupree manipula un commutateur sur le micro pour appeler la passerelle.

— Lieutenant, nous avons un signal radar droit devant. Prévenez-moi sans perdre une seconde dès vous apercevrez quelque chose.

Il raccrocha et se tourna vers son second.

— Quelle est la profondeur, pour l'instant ?

— Ça continue de grimper rapidement. Huit cent quarante mètres, et ça monte toujours.

Le navigateur sortit un mouchoir de coton de sa poche revolver et se le passa dans la nuque.

— Ça me dépasse, ce machin. La seule côte dont j'ai jamais entendu parler et qui ressemble un peu à celle-ci, c'est la fosse du Pérou-Chili. Elle démarre à sept mille cinq cents mètres sous la surface de la mer, et elle grimpe au rythme d'un kilomètre en hauteur à chaque kilomètre. Jusqu'à aujourd'hui, c'était considéré comme la montée sous-marine la plus spectaculaire du monde.

— Ouais, grogna le second. J'crois que les géologues de la marine vont devenir fous en apprenant notre petite découverte.

— Cinq cent cinquante-cinq mètres, annonça la voix du sondeur ultra-sons d'un ton placide.

— Seigneur ! s'écria le navigateur. Quasiment trois cents mètres de plus, en moins de cent cinquante de distance. Mais ce n'est tout simplement pas possible.

Dupree se dirigea vers le coin à bâbord de la salle de contrôle, et approcha son nez à quelques centimètres de la paroi de verre qui couvrait le sondeur à ultra-sons. Selon l'affichage digital, le fond marin prenait l'aspect d'une longue ligne noire qui zigzaguait en grimpant en pente raide, vers la marque rouge en haut de l'écran, correspondant à un danger imminent. Dupree posa la main sur l'épaule de l'opérateur s'occupant de l'appareil.

— Est-ce qu'il existe une possibilité d'erreur dans l'étalonnage ?

L'opérateur actionna un interrupteur et se mit à scruter un écran voisin.

— Non, sir. Je reçois les mêmes signaux sur le système de secours indépendant.

Le regard de Dupree resta un moment fixé à ce tracé filant vers le haut. Puis il retourna vers la table à cartes et examina les marques au crayon indiquant la position de son vaisseau par rapport aux fonds marins.

— Ici, la passerelle, déclara une voix d'un ton métallique. Nous l'avons en vue.

Il y eut alors un léger temps d'arrêt.

— Si je ne savais pas où nous nous trouvons, je dirais qu'il s'agit d'une version à l'échelle d'un bon vieux banc de brouillard de Nouvelle Angleterre.

Dupree actionna l'interrupteur.

— Compris.

Il se remit à observer la carte, une expression intraduisible sur le visage, le regard pensif.

— Est-ce qu'on n'enverrait pas un message à Pearl Harbor, sir ? demanda le navigateur. Ils pourraient envoyer un avion de reconnaissance pour jeter un coup d'œil.

Dupree ne répondit pas immédiatement. D'une main, il tapotait inconsciemment le bord de la table, tandis que l'autre pendait le long de son corps. Dupree ne prenait que rarement, sinon jamais, de décisions à la légère. Chacun de ses actes était arrêté selon les règles.

La plupart des hommes d'équipage du *Starbuck* avaient déjà servi sous les ordres de Dupree lors de missions antérieures, et même s'ils ne faisaient pas exactement preuve à son égard d'une dévotion aveugle, ils le respectaient et admiraient son habileté et son discernement. Ils lui faisaient confiance en tant qu'homme, sûrs qu'il ne commettrait jamais d'erreur néfaste risquant de mettre leurs vies en danger. En toute autre occasion, ils avaient eu raison. Mais cette fois, ils eurent terriblement tort.

— Allons voir de quoi il s'agit, dit tranquillement Dupree.

Le second et le navigateur échangèrent un regard perplexe. Leur mission était de tester le *Starbuck* — et non de se lancer aux trousses d'un banc de nuages fantômes à l'horizon.

Nul ne connut jamais la raison pour laquelle le capitaine Dupree se départit brutalement de ses manières habituelles et contrevint aux ordres. Sans doute l'attrait de l'inconnu fut-il le plus fort. Peut-être son esprit fut-il traversé par la vision fugitive de lui-même en la personne d'un découvreur, couvert par la gloire qui lui avait toujours été refusée. Quelle qu'en soit la raison, elle sombra avec le *Starbuck*, filant sur les flots tel un chien limier alléché par l'odeur d'une piste venant flatter ses narines.

Le *Starbuck* était attendu à quai, dans le port de Pearl Harbor, le lundi suivant. Lorsqu'on se rendit compte qu'il manquait à l'appel, une mission de recherche fut lancée, par air et par mer, mais ne réussit pas même à trouver la moindre trace d'huile ou de débris flottant. La Navy n'eut plus d'autre choix que d'admettre la perte de son submersible le plus récent ainsi que de ses cent soixante hommes d'équipage. C'est une nation stupéfaite qui accueillit l'annonce officielle de la disparition du *Starbuck*, quelque part au sein de l'immensité désolée du Pacifique nord. Il avait disparu corps et bien, sous un voile de mystère et de silence. L'heure, le lieu et les circonstances de cette disparition demeuraient inconnus.

CHAPITRE UN

Au milieu des plages surpeuplées de l'île Hawaii, il est encore possible de tomber sur une bande de sable offrant une relative solitude. Kaena Point, formant saillie au bout du canal de Kauai tel le direct du gauche d'un boxeur, est l'un de ces endroits secrets où l'on peut se détendre et profiter d'une côte déserte. La plage est magnifique, mais elle est aussi trompeuse. Trop souvent, son rivage est fouetté par des courants turbulents extrêmement dangereux, même pour les nageurs les plus prudents. Chaque année, comme pour se conformer à de morbides prévisions, un baigneur non identifié, attiré par cette bande sablonneuse abandonnée et par le doux bercement des vagues, s'avance dans l'eau et est emporté vers le large en quelques minutes.

C'est sur cette plage qu'un homme au teint fortement bronzé, vêtu d'un court slip de bain de couleur blanche, étalait son mètre quatre-vingt-dix sur une natte de plage en bambou. Sa poitrine, velue et musclée, se soulevait légèrement à chacune de ses respirations, et était parsemée de gouttelettes de sueur qui roulaient sur sa peau en lignes sinueuses avant de s'écraser sur le sable. Son bras, posé devant ses yeux pour les abriter du violent éclat du soleil des Tropiques, était musclé lui aussi, mais sans les gonflements grotesques qui sont généralement l'apanage des souleveurs de fonte. Ses cheveux étaient noirs, épais et hirsutes, et ils couvraient à moitié un front surplombant un visage aux traits rudes mais agréables.

Dirk Pitt sortit de son demi-sommeil et, prenant appui sur les coudes, promena sur les flots son regard d'un vert profond et brillant. Pitt n'était pas un simple adorateur du soleil ; à ses yeux, une plage était une chose remuante et vivante, dont la forme et la personnalité changeaient au gré du perpétuel assaut des vagues et du vent. Il observa les lames qui roulaient vers le rivage depuis l'endroit où elles prenaient naissance, à plusieurs kilomètres dans la mer, enflant et acquérant de la vitesse lorsque leurs creux rencontraient le fond marin. Se changeant alors en brisants, elles gonflaient encore et encore — jusqu'à près de deux mètres de haut, estima Pitt, du creux à la crête —, avant de s'effondrer et de se fracasser, se transformant en une masse rugissante d'écume et d'embruns. À la suite de quoi, elles venaient mourir en petits remous sur le rivage.

Brusquement, le regard de Pitt fut attiré par un éclair de couleur derrière les brisants, à environ neuf cents mètres de la plage. Cela ne dura qu'un bref instant, avant de disparaître derrière la crête des vagues. Les yeux de Pitt restèrent braqués, avec une curiosité intense, sur l'endroit où il avait aperçu la tache colorée. Lorsque la vague suivante eut enflé et roulé, il put à nouveau la voir briller dans l'éclat du soleil. Il était impossible de distinguer de quoi il s'agissait, à cette distance, mais il était impossible de ne pas voir l'éclair de couleur d'un jaune fluorescent.

L'attitude la plus intelligente, songea Pitt, serait de demeurer tranquillement sur la plage, et d'attendre que la force du courant porte cet objet inconnu vers lui ; mais il repoussa ces pensées raisonnables hors de son esprit, se mit debout, et s'avança lentement dans les flots. Lorsque les vagues vinrent lui lécher les genoux, il baissa la tête, avant de plonger au milieu de la vague qui approchait, calculant ses gestes de telle manière qu'il ne sentit que légèrement la déferlante qui s'écrasait à ses pieds. L'eau était à la température de celle d'un bain tiède, entre vingt-trois et vingt-cinq degrés. Dès que sa tête vint crever la surface, il se mit à battre des bras dans les tourbillons d'écume, nageant avec aisance, profitant de la force du contre-courant pour filer vers le large.

Après quelques minutes, il s'arrêta et nagea sur place, à la recherche d'un point de couleur jaune. Il finit par le repérer à une vingtaine de mètres sur la gauche. Il garda les yeux fixés sur cet étrange débris flottant, tandis qu'il longeait le bord des vagues, ne le perdant momentanément de vue que lorsqu'il disparut dans le creux d'une déferlante. Il se rendit compte que le courant le faisait dériver trop loin sur la droite, si bien qu'il compensa ce mouvement en nageant de biais, et accéléra lentement son rythme de battement pour ne pas que la fatigue ne vienne le menacer.

Il finit par atteindre son but, et ses doigts rencontrèrent une surface lisse et cylindrique, d'une soixantaine de centimètres de long et d'une vingtaine de large, pesant dans les trois kilos, ou un peu moins. L'objet était enveloppé d'un film plastique étanche de couleur jaune, dont les deux extrémités étaient porteuses de la mention U.S. NAVY en lettres majuscules. Pitt coinça l'objet sous son bras et laissa flotter son corps à la surface, pour étudier sa position pour le moins précaire, à quelque distance des rouleaux naissant des vagues.

Il scruta la plage, à la recherche d'une personne qui l'aurait vu entrer dans l'eau, mais le sable était désert sur des kilomètres dans toutes les directions. Pitt ne perdit pas de temps à examiner les falaises escarpées au-delà de la bande sablonneuse ; inutile d'espérer que quelqu'un soit en train d'escalader ces rochers au beau milieu de la semaine.

Il se demanda pourquoi il avait pris un risque si stupide et téméraire. Le mystérieux bout d'épave jaune lui avait fourni une excuse pour relever un défi, et une fois lancé, il ne lui était jamais venu à l'idée de rebrousser chemin. À présent, la mer impitoyable le tenait en son sein.

Un bref instant, il fut tenté de nager en ligne droite vers le rivage. Mais un bref instant seulement. Mark Spitz aurait pu réussir cela, mais Pitt était persuadé que Spitz n'aurait certainement pas remporté toutes ces médailles d'or aux Jeux Olympiques s'il avait fumé un paquet de cigarettes par jour et avalé quelques verres de bourbon Cutty Sark chaque soir. Pitt décida de réfléchir, au lieu d'essayer de battre Mère Nature sur son propre terrain.

Pitt possédait une expérience certaine des contre-courants et des remous sous-marins. Il avait fait du surf pendant des années, et connaissait la plupart des pièges tendus par la mer. Un homme pouvait parfaitement être emporté vers le large en un endroit précis du rivage, tandis qu'à une centaine de mètres de là, des enfants barbotaient dans les vagues sans être le moins du monde inquiétés par le courant. La force implacable d'un courant de retour naissait quand le flux des vagues retournait vers le large en empruntant les étroites bandes de sables cannelées des fonds marins. À cet endroit, le courant qui filait vers le rivage changeait brusquement de direction, pour repartir vers le large, en atteignant parfois la vitesse de six kilomètres à l'heure. Il s'arrêtait alors, ayant complètement épuisé ses forces. Pitt était certain qu'il lui fallait nager parallèlement à la plage, jusqu'à ce qu'il ait dépassé la barre sablonneuse, et piquer alors vers le rivage pour aborder en un endroit différent.

La menace des requins était sa seule inquiétude. Ces meurtrières machines de la mer ne signalent pas toujours leur présence en venant fendre la surface des eaux de leur aileron. Ils pouvaient tout aussi bien attaquer en restant sous l'eau, sans aucun avertissement. Sans masque de plongée, Pitt ne pourrait pas savoir à quel moment la morsure allait lacérer sa chair, ni même de quelle direction elle allait provenir. Il pouvait seulement espérer atteindre la partie moins dangereuse du ressac avant d'être inscrit au menu du jour. Les requins, il le savait, ne s'aventurent que rarement à proximité du rivage, parce que les turbulences et les remous causés par le va-et-vient des vagues leur projettent du sable dans les ouïes ; ce qui décourage même les plus affamés de venir chercher là une petite collation.

Il n'était plus temps de songer à épargner ses forces, à présent ; il se mit à battre l'eau avec énergie comme si tous les mangeurs d'homme du Pacifique étaient à ses trousses. Cette nage vigoureuse dura près de quinze minutes avant que la première vague ne l'emporte en direction de la plage. Neuf autres brisants suivirent celui-là ; le dixième profita de la flottabilité du cylindre pour l'emporter, emmenant du même coup Pitt à moins de quatre mètres du rivage. À l'instant où ses genoux touchèrent à nouveau le fond sablonneux, il se dressa en titubant, tel un marin épuisé par un naufrage, et chancela pour sortir de l'eau, tirant son butin derrière lui. Il s'affala ensuite avec reconnaissance sur le sable chauffé par les rayons du soleil.

Avec circonspection, Pitt porta son attention sur le cylindre. Sous l'enveloppe de plastique, on apercevait une étrange boîte d'aluminium. Les flancs étaient ornés de petites baguettes qui rappelaient une voie de chemin de fer miniature. Une des extrémités comportait un couvercle pourvu d'un pas de vis, si bien que Pitt se mit à le faire tourner. Après un nombre de tour si important que cela finit par intriguer Pitt, le couvercle lui tomba enfin dans la main. À l'intérieur du cylindre se trouvait un rouleau de papiers serré, et rien d'autre. Il les fit délicatement sortir pour les amener dans la lumière du jour, et commença à examiner les notes manuscrites rédigées avec un soin extrême, partagées par des lignes et des colonnes.

À la lecture de ces pages, ce fut comme si une main glacée se posait sur sa peau, et en dépit de la température de trente-deux degrés, tout son corps se couvrit de chair de poule. À plus d'une reprise, il tenta d'écarter les yeux pour cesser sa lecture, mais en vain, frappé de stupeur par l'énormité de ce qu'il tenait entre les mains.

Pitt s'assit enfin et laissa errer son regard sur l'océan pendant dix bonnes minutes après avoir lu la dernière phrase du document. Il se terminait par le nom de l'amiral Leigh Hunter. Alors, très lentement, Pitt replaça les papiers dans le cylindre, revissa le couvercle, et enveloppa à nouveau précautionneusement le tout dans le film plastique.

Un voile de silence, sinistre et mystérieux, venait de choir sur Kaena Point. Même si les déferlantes continuaient de rouler, leur grondement semblait avoir disparu. Pitt se leva et se débarrassa du sable qui s'était collé à son corps mouillé, coinça le cylindre sous l'un de ses bras, et traversa la plage au petit trot. Lorsqu'il eut retrouvé sa natte, il l'enroula rapidement autour de l'objet qu'il tenait dans les mains. Puis il s'engagea sans attendre sur le sentier menant à la route qui longeait la plage.

La Ford Cobra d'un rouge rutilant semblait abandonnée au milieu de la chaussée. Sans perdre un instant, Pitt déposa son fardeau sur le siège du passager et alla aussitôt se placer au volant, sa main cherchant déjà la clé de contact.

Il fila en direction de l'autoroute 99, dépassa Waialua, et emprunta la longue rampe qui longe le Kaukomahua, ruisseau pittoresque mais ordinairement à sec. Lorsque les bâtiments de la Réserve militaire Schofield eurent disparu de son rétroviseur, Pitt prit la bretelle de Wahiawa et fonça alors à toute vitesse vers Pearl City, sans prendre garde à la menace que pouvait constituer un agent de police motorisé en maraude.

La chaîne des Koolau se dressa sur sa gauche, dont les pics étaient perpétuellement cachés par de sombres nuages de pluie roulant autour d'eux. À leur pied, les champs verts et soignés des plantations d'ananas contrastaient de la manière la plus vive avec le sol, fait d'une riche matière volcanique de couleur rouge. Pitt rencontra soudain une averse et alluma les essuie-glaces d'un geste automatique.

Finalement, l'entrée principale de la base de Pearl Harbor apparut. Pitt ralentit son allure, alors qu'un gardien en uniforme sortait du bureau d'accueil. Pitt sortit son permis de conduire et ses papiers d'identité de son portefeuille pour les présenter, puis apposa sa signature sur le registre des visiteurs. Le jeune soldat salua simplement et fit signe à Pitt de passer.

Pitt lui demanda alors la direction du quartier général de l'amiral Hunter. Le garde sortit un bloc de papier et un stylo de sa poche de poitrine et dessina poliment un plan qu'il tendit à Pitt. Il le salua ensuite une nouvelle fois.

Pitt repartit, pour aller s'arrêter face à un bâtiment de béton à l'aspect anodin, à proximité des quais. Il l'aurait ignoré s'il n'avait lu ces mots, inscrits sur une petite inscription soigneusement tracée au pochoir : QUARTIER GENERAL, 101e FLOTTE DE SAUVETAGE. Il coupa alors son moteur, s'empara de son paquet humide, et quitta la voiture. En franchissant la porte d'entrée, Pitt pensa qu'il aurait dû avoir la bonne idée d'emporter une chemise de sport et un pantalon pour aller à la plage, ce qui n'était pas le cas. Il se dirigea vers un bureau, derrière lequel un matelot de la Navy, vêtu de l'uniforme blanc réservé aux mois d'été, martelait une machine à écrire d'un air mécanique. Un écriteau sur le bureau annonçait : QUARTIER-MAITRE G. YAGER.

— Excusez-moi, murmura Pitt d'un ton timide, j'aimerais parler à l'amiral Hunter.

Le dactylo leva négligemment la tête, à la suite de quoi ses yeux jaillirent quasiment de leurs orbites.

— Seigneur, mon vieux, t'es hors de tes pompes ou quoi ? Qu'est-ce que t'as dans l'idée ? T'amener ici avec rien qu'un slip de bain sur toi ? Si le vieux t'aperçoit dans cette tenue, t'es un homme mort. Et maintenant, dégage en vitesse, sinon tu vas filer immédiatement au trou.

— Je sais que je ne suis pas habillé pour une réunion mondaine, déclara Pitt d'un ton calme et plaisant, mais il est sacrément urgent que je voie l'amiral.

Le marin se dressa derrière son bureau, la face empourprée.

— Arrête tes singeries, dit-il d'une voix puissante. Ou tu retournes dans tes quartiers pour y faire un petit somme, ou bien j'appelle la patrouille côtière.

— Eh bien, appelle-les ! s'écria brusquement Pitt d'un ton tranchant.

— Écoute, mec, reprit le marin avec une expression de colère contenue. Rends-toi un petit service. Remonte sur ton navire et si tu veux rencontrer l'amiral, rentre une demande formelle, en suivant la voie hiérarchique.

— Cela ne sera pas nécessaire, Yager, déclara une voix derrière eux, avec la finesse d'un bulldozer s'attaquant à un pont d'autoroute.

Pitt fit volte-face et se retrouva les yeux dans les yeux avec un personnage grand et sec, qui se tenait raide devant une porte menant vers l'intérieur du bâtiment. Il était habillé de blanc, des pieds à la tête, et arborait des galons dorés qui partaient du haut de ses bras pour remonter en rangs serrés jusqu'à ses épaules. Ses cheveux étaient touffus et blancs eux aussi, d'une couleur presque équivalente au teint cadavérique du visage qu'ils ornaient. Seuls les yeux semblaient vivants, et ils observaient d'un air curieux le caisson dans les mains de Pitt.

— Je suis l'amiral Hunter, et je vous accorde cinq minutes, pas une de plus, mon grand, vous feriez donc mieux de ne pas perdre de temps. Et amenez ce machin avec vous, ajouta-t-il, en montrant le caisson du doigt.

— Oui, sir, fut tout ce que Pitt parvint à répliquer.

Hunter avait déjà fait demi-tour, et était retourné dans son bureau. Pitt le suivit, et s'il n'avait encore éprouvé aucune gêne avant de pénétrer dans le bureau de l'amiral, il n'y eut plus aucun doute sur son embarras lorsqu'il se retrouva à l'intérieur. Il y avait là trois autres officiers de la marine, installés en compagnie de Hunter autour d'une antique table de conférence à la surface étincelante et immaculée. Leurs visages trahirent leur étonnement à la vue de Pitt, à demi-nu et tenant sous le bras un paquet à l'aspect étrange.

Hunter se chargea des présentations de routine, mais cette courtoisie de façade ne parvint pas à abuser Pitt. L'amiral essayait par cette attitude de l'intimider, en citant les grades de ces hommes, tout en gardant l'œil sur Pitt pour guetter sa réaction. Pitt apprit ainsi que le grand capitaine de corvette blond au visage rappelant celui de John Kennedy s'appelait Paul Boland, et était le commandant en second de la 101e Flotte. L'imposant capitaine qui transpirait abondamment portait le nom plutôt bizarre de Orl Cinana et était l'officier commandant la petite flotte de navires de sauvetage de Hunter. Le petit personnage, dont la taille était presque celle d'un gnome, qui se leva d'un bond pour venir serrer la main de Pitt se présenta lui-même comme le capitaine Burdette Denver, aide de camp de l'amiral. Il laissa son regard fixé sur Pitt, comme s'il essayait de se rappeler ses traits.

— Alors, mon grand, reprit Hunter en utilisant à nouveau cette expression.

Pitt aurait donné un mois de salaire pour écraser son poing sur les dents de Hunter. La voix de l'amiral suintait de sarcasme.

— Et maintenant, si vous aviez la gentillesse de nous dire qui vous êtes et à quoi rime cette interruption, nous vous en serions éternellement reconnaissants.

— Vous êtes plutôt agressif pour quelqu'un de si anxieux de savoir ce que je transporte dans ce caisson, rétorqua Pitt, en s'installant confortablement sur une chaise libre, guettant leur réaction.

Cinana lui jeta un regard de l'autre côté de la table, les traits tordus en un masque sombre et empreint de malveillance.

— Espèce de salaud ! Comment pouvez-vous avoir l'audace de débarquer ici et d'insulter un officier !

— Cet homme est fou, lança Boland.

Il se pencha vers Pitt, le visage grave et tendu, avant d'ajouter :

— Vous n'êtes qu'un fichu imbécile. Est-ce que vous savez à qui vous parlez ?

— Vu que nous venons d'être présentés, dit Pitt d'un ton désinvolte, la réponse est « affirmatif ».

Le poing moite de Cinana s'abattit sur la table.

— La police côtière, nom de Dieu ! Je vais dire à Yager d'appeler la police côtière et de l'envoyer au trou.

Hunter alluma une longue cigarette, envoya l'allumette en direction d'un cendrier, le manquant de dix centimètres, avant d'observer Pitt d'un air pensif.

— Vous ne me laissez pas le choix, mon grand.

Il se tourna vers Boland.

— Capitaine, demandez au quartier-maître Yager de faire appel à la police côtière.

— Si j'étais vous, je n'en ferais rien, déclara Denver en quittant son siège, avec sur le visage une expression qui indiquait qu'il venait de trouver ce qu'il avait cherché jusque-là. L'individu que certains d'entre vous ont traité d'imbécile et de salaud, et que vous vouliez flanquer au cachot, est en réalité

Dirk Pitt, le directeur des projets spéciaux de la NUMA, l'Agence Nationale de Recherches Océanographiques, et dont le père n'est autre que le sénateur de Californie George Pitt, président de la Commission des finances de la marine.

Cinana étouffa un juron des plus gratinés.

Boland fut le premier à recouvrer ses esprits.

— Vous en êtes sûr ?

— Oui, Paul, presque tout à fait.

Il longea la table pour aller se placer face à Pitt.

— Je l'ai vu il y a quelques années de cela, en compagnie de son père, lors d'une conférence à la NUMA. C'est également un ami de mon cousin, qui fait partie lui aussi de la NUMA. Le capitaine Rudi Gunn.

Un sourire réjoui éclaira le visage de Pitt.

— Bien sûr. Rudi et moi avons travaillé ensemble sur plusieurs projets. Je remarque la ressemblance, maintenant que vous le dites. La seule différence notable tient au fait que Rudi porte des lunettes à monture d'écaille.

— J'avais l'habitude de l'appeler le Castor, ajouta Denver en riant, quand nous étions gamins.

— Je lui balancerai ça à la tête, la prochaine fois que je le verrai, dit Pitt dans un sourire.

— J'espère que… Vous ne prendrez pas comme une offense… Ce que nous avons pu dire, bégaya Boland.

Pitt le gratifia de son regard le plus cynique et répondit simplement :

— Non.

Hunter et Cinana échangèrent alors un regard que Pitt n'eut aucune peine à déchiffrer. S'ils avaient eu l'intention de dissimuler leur embarras de se trouver dans la même pièce que le fils d'un sénateur des États-Unis, leur manœuvre échoua lamentablement.

— O.K., monsieur Pitt, vous êtes ici chez vous. Vous vouliez nous voir, je présume, pour nous parler du caisson que vous transportez. Pourriez-vous nous expliquer où vous l'avez trouvé ?

— Je ne suis que le garçon de courses, dit Pitt d'un ton

tranquille. Je l'ai découvert alors que je me trouvais sur la plage cet après-midi, il flottait dans l'eau. Mais il vous appartient.

— Bien, bien, déclara Hunter d'une voix puissante. Je suis très honoré. Mais pourquoi moi ?

Pitt observa les trois hommes avec une expression pensive, avant de poser le cylindre sur la table, toujours emballé dans la natte de plage en bambou.

— Là-dedans, vous allez trouver des papiers. Et l'un de ces papiers porte votre nom.

Hunter ne sourcilla pas et pas le moindre signe de curiosité ne passa dans ses traits.

— Où avez-vous trouvé cet objet ?

— Près de la pointe de Kaena Point.

Hunter se pencha en avant.

— Échoué sur la plage ?

Pitt remua la tête.

— Non. J'ai dû nager au-delà des brisants et le tirer jusqu'au rivage.

Denver eut l'air étonné.

— Vous avez nagé au-delà des brisants de Kaena Point ? Je n'aurais jamais cru que c'était possible.

Hunter accorda à Pitt un long regard pensif, avant de réagir.

— Pouvons-nous voir ce qui se trouve à l'intérieur ?

Pitt acquiesça de la tête avant de dévisser la tête du cylindre, prenant à peine garde au sable humide qui se répandait sur la table de conférence. À la suite de quoi, il tendit l'objet à Hunter.

— C'est cet emballage de plastique jaune qui a attiré mon regard.

Hunter s'empara du cylindre et le présenta aux autres pour qu'ils l'examinent.

— Vous reconnaissez ceci, Messieurs ?

Les autres hochèrent la tête.

— Vous n'avez certainement jamais servi à bord d'un sous-marin, monsieur Pitt, ou bien vous sauriez à quoi ressemble une capsule de communications.

Hunter déposa l'objet sur la table avant de le tapoter légèrement de la main.

— Lorsqu'un sous-marin désire rester en plongée tout en voulant communiquer avec le navire de surface qui suit son sillage, un message est inséré dans une capsule d'aluminium.

Tout en parlant, il dégageait délicatement le caisson de son enveloppe de plastique jaune.

— La capsule, munie d'une cartouche d'encre rouge, est alors éjectée du sous-marin à l'aide d'un tube pneumatique. Lorsqu'elle arrive à la surface, l'encre est libérée, et colore plusieurs centaines de mètres carré d'eau, ce qui la rend visible pour le navire suiveur.

— Le filetage très fin sur le couvercle, dit Pitt lentement. Il a été conçu pour empêcher les fuites, même sous des pressions extrêmes.

Dans l'expectative, Hunter porta son regard sur Pitt.

— Avez-vous lu ce que contient la capsule ?

Pitt hocha la tête.

— Oui, sir.

Ni Boland, ni Cinana, ni même Denver ne saisirent l'expression de malaise et de désespoir qui passa alors dans le regard de Hunter, et sans doute ne la virent-ils même pas.

— Cela vous ennuierait-il de nous décrire ce que vous y avez découvert ? demanda Hunter, sachant avec une redoutable certitude quelle allait être la réponse.

Plusieurs secondes passèrent, au cours desquelles Pitt forma le vœu muet de n'être jamais tombé sur cette maudite capsule. Mais il n'avait aucune chance d'y échapper. Il allait prononcer une dernière phrase, et il serait débarrassé de toute cette affaire, et de tous ses aspects désagréables. Il prit une longue respiration, avant de se mettre à parler lentement.

— À l'intérieur, vous allez trouver une note qui vous est adressée, amiral. En plus de trente-six pages arrachées au journal de bord du *Starbuck*, le sous-marin nucléaire.

CHAPITRE DEUX

Les notes qui suivent sont un résumé des observations du capitaine Dupree, commentées par l'amiral Hunter.

> *Il n'est pas possible d'expliquer l'enfer que nous avons vécu ces cinq derniers jours. Je suis le seul responsable du changement de cap, qui a conduit mon navire et mes hommes vers ce qui sera sans aucun doute une fin étrange et affreuse. En plus de cela, je ne peux que décrire du mieux que je le peux les circonstances de la catastrophe — vu que mon cerveau ne fonctionne plus aussi bien qu'il le devrait.*

Le fait que Dupree déclare ne plus être en possession de toutes ses facultés mentales est un aveu étonnant de la part d'un homme dont la réputation était celle d'un esprit aussi rationnel et efficace qu'un ordinateur.

> *À 20h40, ce 14 juin, nous sommes entrés dans le banc de brume. Peu de temps après, alors que le fond sablonneux ne se trouvait plus qu'à dix-huit mètres de notre quille, une explosion a déchiré la coque du vaisseau, et un furieux torrent d'eau s'est engouffré dans le compartiment des torpilles à l'avant, le noyant presque instantanément.*

Le capitaine ne révèle pas, en imaginant qu'il l'ait su, si

l'explosion est survenue à l'intérieur ou à l'extérieur de la coque du *Starbuck*.

> *Parmi les hommes d'équipage, vingt-six eurent la bonne fortune de mourir dans les quelques secondes qui suivirent. En ce qui concerne les trois hommes qui se trouvaient encore sur la passerelle, le lieutenant Carter, les quartier-maîtres Farris et Metford, nous avions espéré qu'ils avaient réussi à s'éloigner du navire avant que nous ne nous enfoncions. De tragiques événements ont démontré le contraire.*

Si, comme l'indique Dupree, le *Starbuck* se déplaçait en surface, il semble étrange que Carter, Farris et Metford ne soient pas arrivés à quitter la passerelle et à descendre à l'intérieur en l'espace d'une trentaine de secondes. Il est inconcevable que le capitaine ait fait bloquer les écoutilles en abandonnant ces hommes à leur sort. Il est tout aussi inconcevable que le temps ait manqué pour sauver la vie de ces hommes — il est invraisemblable que le *Starbuck* ait pu couler comme une pierre.

> *Pendant ce temps, nous avons fait condamner écoutilles et évents. J'ai ensuite ordonné de rejeter tous les ballasts et de relever rapidement les barres de plongée. Il était trop tard. Les craquements et les grondements à l'avant signifiaient que le vaisseau venait de plonger dans la mer la tête la première.*

Il semble raisonnable de penser qu'avec tous ses réservoirs à ballasts vides, et l'étrave immergée dans environ quarante-huit mètres d'eau, la partie arrière du *Starbuck*, long d'une centaine de mètres, aurait dû dépasser de la surface de la mer. Il n'en fut rien.

Nous reposons à présent sur le fond. Le plancher penche de huit degrés à tribord, selon un angle descendant de deux degrés. À l'exception de la chambre des torpilles avant, tous les autres compartiments sont en parfait état, et ne montrent aucune signe de fuite. Nous sommes tous près de la mort maintenant. J'ai ordonné à mes hommes d'abandonner la lutte. C'est ma folie qui nous a tous tués.

Voilà ce qui reste le plus étrange mystère. En comptant sept mètres cinquante de la quille jusqu'en haut de la coque, la distance séparant l'écoutille de secours arrière de la surface n'était que d'une quarantaine de mètres ; remontée relativement modeste pour un homme muni d'un appareil respiratoire indépendant, engin se trouvant à bord de chaque sous-marin à l'usage des membres d'équipage. Au cours de la seconde Guerre mondiale, huit hommes s'étant trouvés à bord du sous-marin *Tang*, échoué à cinquante-quatre mètres de profondeur, réussirent à rejoindre la surface grâce à leur seule capacité pulmonaire.

Les quelques dernières phrases sont également les plus déroutantes. Qu'est-ce qui a bien pu précipiter la démence de Dupree ? A-t-il été accablé par un stress dû à une situation cauchemardesque ? Il semble se détacher de plus en plus de la réalité.

Les provisions sont terminées, les réserves d'oxygène tiendront encore quelques heures au mieux. Plus d'eau potable depuis le troisième jour.

Impossible ! Avec le réacteur nucléaire en état de marche — et il n'y a aucune raison de penser qu'il ne l'était pas —, l'équipage pouvait survivre des mois. Les unités de distillation pouvaient facilement produire plus d'eau fraîche que nécessaire, et moyennant quelques mesures de précautions, le système de secours qui purifiait l'atmosphère du sous-marin et qui produisait de l'oxygène, pouvait sans problème subvenir aux besoins des soixante-trois hommes, pour autant qu'il n'ait pas cessé de fonctionner, ce qui est peu probable. Seule la nourriture présentait un problème à longue échéance. Et pourtant, puisque que le *Starbuck* venait d'être mis à flot, les réserves alimentaires auraient dû leur permettre, grâce à un rationnement, de tenir quatre-vingt-dix jours. Tout repose sur le réacteur. S'il est mort, les hommes sont morts.

> *Ma route est claire. Je me sens étrangement en paix. J'ai ordonné au médecin de bord de fournir aux hommes des injections qui abrégeront leurs souffrances. Je serai, bien entendu, le dernier à m'en aller.*

Seigneur Dieu ! Est-il possible que Dupree ait effectivement pu ordonner le meurtre général des membres de son équipage encore en vie ?

> *Ils sont revenus une fois de plus. Carter frappe sur la coque. Sainte Mère de Dieu ! Pourquoi son fantôme nous poursuit-il de la sorte ?*

Dupree vient de franchir la limite et d'entrer dans le royaume de la folie totale. Comment est-ce possible en cinq jours seulement ?

> *Nous ne pourrons les retenir que pour quelques heures encore. Ils sont presque venu à bout de l'écoutille qui se trouve dans le compartiment de secours arrière. Ce n'est pas bon, pas bon... (illisible). Ils ont l'intention de nous tuer, mais nous allons en fin de compte les prendre de vitesse. Pas de satisfaction, pas de victoire. Nous serons tous morts.*

De qui donc parle-t-il, bon Dieu, en disant « Ils » ? Est-il possible qu'un autre vaisseau, un chalutier espion russe par exemple, soit en train d'essayer de sauver l'équipage ?

> *Il fait sombre à la surface à présent, et ils ont cessé les travaux. Je vais envoyer ce message ainsi que les dernières pages du carnet de bord vers la surface, dans la capsule de communications. Il y a de fortes chances qu'ils ne s'en aperçoivent pas au cours de la nuit. Notre position est (les premiers chiffres sont raturés) 32°43'15" Nord — 161°18'22" Ouest.*

Leur position ne colle pas. C'est à environ huit cent kilomètres de la dernière position avérée du *Starbuck*. Le laps de temps n'est pas suffisant, entre le dernier contact radio et la position finale du *Starbuck* calculée par Dupree, pour se déplacer sur pareille distance, même à plein régime.

> *Ne nous cherchez pas. Les recherches ne peuvent qu'échouer. Ils ne permettront pas à la moindre trace de subsister. Quel truc ignoble ils utilisent. Si j'avais su, nous serions à présent en vie, dans l'éclat du soleil. S'il vous plaît, faites en sorte que ce message parvienne à l'amiral Leigh Hunter, à Pearl Harbor.*

L'énigme finale. Pourquoi moi ? À ma connaissance, je n'ai jamais rencontré le capitaine Dupree. Pourquoi m'a-t-il choisi comme unique destinataire du testament du *Starbuck* ?

CHAPITRE TROIS

Pitt s'appuyait au bar du vieil hôtel Royal Hawaiian, le regard distraitement posé sur son verre, l'esprit occupé par les événements qui avaient eu lieu ce jour-là. Ils dansaient devant ses yeux, dont les paupières ne cillaient pas, avant de se dissoudre dans la brume. Une seule de ces scènes refusait de disparaître : le souvenir du visage blême de l'amiral Hunter à la lecture du contenu de la capsule — le terrible manque de bon sens entourant le destin tragique du Starbuck, et les phrases déconcertantes et paranoïaques du capitaine Dupree.

Lorsque Hunter eut terminé, il avait lentement relevé les yeux et adressé un signe de tête en direction de Pitt. Celui-ci avait serré la main tannée de l'amiral, marmonné un vague salut aux autres officiers, et, d'une démarche hypnotique, était sorti lentement de la pièce. Il ne se rappelait pas avoir conduit sa voiture au milieu du trafic intense de l'autoroute Nimitz. Il ne se rappelait pas être entré dans sa chambre d'hôtel, s'être douché et habillé, et avoir quitté la pièce dans un but obscur et inconnu. Même à présent, tandis qu'il remuait doucement le bourbon dans son verre, il n'entendait rien des babillages qui flottaient autour de lui dans le bar de l'hôtel.

Il y avait un côté étrangement sinistre dans la manière dont il avait retrouvé le message final du *Starbuck*, songeait-il distraitement. Une pensée timide et rétrospective essayait désespérément de faire surface, du tréfonds de son esprit. Mais cela se dissipa et replongea dans le néant avant de prendre forme.

Du coin de l'œil, Pitt aperçut un homme, installé un peu

plus loin le long du comptoir et qui levait son verre dans sa direction, dans un geste signifiant qu'il comptait lui offrir la prochaine tournée. C'était le capitaine Orl Cinana. À l'instar de Pitt, il portait une tenue décontractée, pantalon et chemise hawaiienne à fleurs. Cinana s'approcha et vint s'appuyer au comptoir à proximité de Pitt. Il transpirait toujours autant, son front était humide de sueur, et il s'essuyait régulièrement les paumes avec le mouchoir qu'il tenait en main.

— Puis-je avoir l'honneur de vous offrir un verre? demanda Cinana avec un sourire resplendissant d'hypocrisie.

Pitt leva son verre plein.

— Merci, mais je n'ai pas encore touché à celui-ci.

Pitt n'avait pas observé très en détail Cinana, lors de leur première rencontre à Pearl Harbor, si bien que c'est avec une certaine surprise qu'il se rendit compte d'une chose qui jusque-là lui avait échappé. À l'exception du fait que le poids de Cinana dépassait celui de Pitt de sept ou huit kilos, placés en grande partie au niveau de la bedaine, les deux hommes auraient parfaitement pu passer pour des cousins.

Cinana fit s'entrechoquer les glaçons qui flottaient dans son rhum Collins, évitant nerveusement le regard sans expression de Pitt.

— J'aimerais m'excuser une fois encore pour la légère méprise de cet après-midi.

— N'y pensez plus, capitaine. Je ne me suis pas montré non plus un modèle de courtoisie.

— Une sale affaire, cette perte du *Starbuck*, dit Cinana avant de boire une gorgée de son rhum.

— La plupart des mystères ont de fortes chances d'être résolus. Voyez le *Tresher*, le *Bluefin*, le *Scorpion* — la Navy n'a pas abandonné avant que toute la situation ne soit tirée au clair.

— Il ne s'agit pas de la même histoire cette fois-ci, dit Cinana avec une grimace. Ce qui arrive là, nous n'y avons jamais été confronté.

— Ne jamais dire jamais.

— Les trois tragédies que vous venez d'évoquer, major, se

sont déroulées dans l'Atlantique. Le *Starbuck* a eu la mauvaise fortune de disparaître dans le Pacifique.

Il s'interrompit pour s'éponger la nuque.

— Nous avons un dicton dans la marine, au sujet des navires qui s'égarent dans ces eaux-là.

Ceux qui reposent au fond de l'océan Atlantique
Des tombeaux s'en souviennent, des gerbes et des poèmes
Pour ceux qui dorment au fond du Pacifique
Ils seront oubliés jusqu'à la fin des siècles.

— Mais vous connaissez leur position grâce au message de Dupree, reprit Pitt. Avec un peu de chance, vos sonars vont pouvoir les repérer en moins d'une semaine de recherches dans la région.

— La mer ne livre pas ses secrets si facilement, major, dit Cinana en reposant son verre vide sur le comptoir. Eh bien, je vais devoir y aller. J'étais censé avoir rendez-vous, mais visiblement, elle m'a fait faux bond.

Pitt serra la main que lui tendait Cinana en souriant.

— Je connais ça.

— Au revoir, et bonne chance.

— Pareil à vous, capitaine.

Cinana se détourna, et s'éloigna, avant de se faufiler au milieu de la foule qui déambulait dans le hall d'entrée de l'hôtel, où il se perdit au milieu d'une mer de têtes.

Pitt n'avait pas encore touché à son bourbon. Après le départ de Cinana, il éprouva une sensation de solitude exaspérante, en dépit du brouhaha de voix qui l'environnait dans cette pièce bondée. Pitt éprouvait le besoin pressant d'une vraie cuite. Il désirait oublier jusqu'au nom du *Starbuck*, pour se concentrer sur un sujet bien plus important, comme celui de draguer une secrétaire en vacances qui aurait abandonné toutes ses inhibitions sexuelles au fin fond du Nebraska. Il sécha son verre et en commanda un autre.

Il se préparait à faire usage de son affabilité langoureuse

lorsqu'il fut tout à coup conscient du contact des deux seins moelleux et féminins qui se pressaient contre son dos, et des mains fines et blanches qui encerclaient son torse. Il fit lentement volte-face et se trouva nez à nez avec le visage mutin d'Adrienne Hunter.

— Bonjour, Dirk, murmura-t-elle d'une voix rauque. Besoin d'un partenaire de bar ?

Elle resserra son étreinte autour de sa poitrine.

— Peut-être. Ça me mènerait où ?

— On pourrait aller chez moi, pour voir un bon vieux film, et prendre des notes.

— Pas possible. Mère m'attend pour le dîner ce soir.

— Oh, non, mon petit chou, tu ne vas pas gâcher la soirée d'une vieille amie en l'empêchant de se comporter de manière scandaleuse, n'est-ce pas ?

— À quoi serviraient donc les vieux amis ? dit-il de manière sarcastique.

Les mains de la fille avaient filé vers le bas, mais il les écarta.

— Tu devrais te trouver un nouveau passe-temps. Au rythme où tu te laisses aller à toutes tes fantaisies, je suis surpris que tu n'aies pas encore été envoyée à la casse pour y être vendue en pièces détachées.

— Voilà une idée intéressante, répliqua-t-elle avec le sourire. Je pourrais toujours utiliser l'argent de la vente. Je me demande bien ce que j'obtiendrais.

— Sans doute le prix d'une Edsel usagée.

Elle fit saillir ses seins en faisant mine d'être choquée.

— Qui aime bien châtie bien, c'est toujours ce que je me dis.

Songeant au rythme effréné de sa vie nocturne, Pitt se dit qu'elle était encore sacrément bien roulée. Il se rappela le contact satiné de son corps, lorsqu'ils avaient fait l'amour la dernière fois. Il se souvint également qu'en dépit de la vigueur de ses assauts, et de l'habileté de sa technique, il n'était à aucun moment parvenu à la rassasier.

— Ce n'est pas pour changer le sujet de notre stimulante

conversation, reprit-il, mais j'ai rencontré pour la première fois ton père cet après-midi.

Il guetta son expression de surprise. Il n'y en eut aucune. On aurait dit qu'elle ne se sentait pas le moins du monde concernée.

— Oh, vraiment ? Qu'est-ce que t'a donc raconté le vieux Lord Nelson ?

— Juste une chose. Qu'il n'appréciait pas beaucoup la façon dont j'étais habillé.

— Ne t'en fais pas. Il n'aime pas non plus la façon dont moi, je m'habille.

Il prit une gorgée de bourbon et lui accorda un regard par-dessus le bord de son verre.

— En ce qui te concerne, je ne peux pas le blâmer. Aucun homme n'aimerait voir sa fille se balader attifée comme un pute dans une rue mal famée.

Elle ne tint aucun compte de cette dernière remarque. Que son père ait eu un tête-à-tête avec ce qui n'était qu'un de ses nombreux amants ne l'intéressait pas le moins du monde. Elle alla se percher sur le tabouret de bar voisin et lança à Pitt un regard de séduction incendiaire, dont l'effet était encore accentué par les longues mèches de cheveux noirs qui venaient glisser le long d'une de ses épaules. Sa peau miroitait comme du bronze poli dans la semi-pénombre du bar de l'hôtel.

— Alors ? Ce verre ?

Pitt adressa un signe au barman.

— Un brandy Alexander pour… euh, madame.

Elle fronça légèrement les sourcils avant qu'un sourire ne se dessine sur ses lèvres.

— Ne sais-tu pas que se faire appeler « madame » est terriblement passé de mode ?

— Une vieille habitude. Tout homme a envie d'une fille, en tout point pareille à celle qui a épousé son bon vieux Papa.

— Maman était une emmerdeuse, dit-elle avec une désinvolture étudiée.

— Et Papa ?

— Papa était un vrai courant d'air. Il n'était jamais à la

maison, toujours en train de chercher un vieux bateau puant ou bien une épave abandonnée. Il aimait l'océan bien plus qu'il n'a jamais aimé sa propre famille. La nuit où je suis née, il était en train de venir en aide à l'équipage d'un pétrolier qui coulait au beau milieu du Pacifique. Quand j'ai reçu mon diplôme à l'université, il se trouvait en mer, occupé à chercher un avion qui avait disparu. Et à la mort de Maman, notre cher amiral traçait des graphiques d'icebergs au large du Grœnland, en compagnie de types aux cheveux longs, sortis de l'école d'océanographie d'Eton.

Son regard tremblait juste assez pour que Pitt comprenne qu'il avait touché un point sensible.

— Alors ne viens pas verser une larme, continua-t-elle, sur la relation entre un père et sa fille. L'amiral et moi, nous ne nous tolérons que pour nous conformer aux convenances.

Pitt l'observa un instant.

— Mais tu es une adulte à présent. Pourquoi ne quittes-tu pas la maison ?

Le barman lui apporta un verre, qu'elle se mit à boire.

— Qu'est-ce qu'une fille pourrait espérer de mieux ? Je suis perpétuellement entourée de jolis mâles en uniforme. Regarde un peu les avantages, des milliers d'hommes, et pas de concurrence. Pourquoi est-ce que je devrais quitter la vieille maison de famille et m'en aller vivre d'expédients ? Non, l'amiral a besoin de donner l'image d'un chef de famille, et j'ai besoin de mon vieux papa pour les avantages divers qui vont avec le fait d'être fille d'amiral.

Elle plongea alors son regard sur lui, feignant la timidité et une expression de pudeur.

— Chez moi ? On y va ?

— Il vous faudra l'inviter une autre fois, Miss Hunter, déclara une voix délicate derrière eux. C'est moi que le capitaine attend.

Adrienne et Pitt se retournèrent en même temps, pour découvrir la femme à l'allure la plus exotique que Pitt ait jamais vue. Ses yeux étaient d'un gris si étrange qu'ils défiaient la réalité, tandis que ses cheveux lui tombaient autour des épaules en une ravissante cascade de couleur rouge, qui formait un contraste des plus vifs avec le vert de la robe fourreau orientale qui moulait ses formes appétissantes.

Pitt fouilla rapidement sa mémoire, mais en vain. Il était certain de n'avoir jamais posé les yeux sur cette beauté. Il descendit de son tabouret, et eut l'agréable surprise de constater que son pouls s'était accéléré. C'était la première créature féminine à mettre ainsi le feu à ses émotions dès la première rencontre, depuis le jour où une blonde de cinquième année, aux yeux de cocker, lui avait mordu le bras pendant les vacances.

Adrienne fut la première à rompre le silence.

— Je suis désolée, poupée, mais comme disaient les vieux chercheurs d'or, tu empiètes sur ma concession.

Adrienne semblait apprécier la situation. À ses yeux, l'intruse n'était rien de plus qu'un embêtement. Elle se détourna, offrant à l'inconnue le spectacle de son dos, et se remit à siroter son verre.

Les grands yeux gris ne s'écartèrent pas une seconde d'Adrienne.

— Votre impolitesse, Miss Hunter, n'a d'égale que votre mauvaise réputation.

Adrienne était trop maîtresse d'elle-même pour trahir la moindre émotion. Elle demeura immobile, observant l'image de la fille qui se reflétait dans le miroir de l'autre côté du comptoir.

— Cinquante dollars ? dit-elle d'une voix si forte qu'on put l'entendre à une dizaine de mètres à la ronde. En tenant compte de ta qualité amateur et de tes talents plus que médiocres, dis-toi bien que c'est largement surpayé.

Plusieurs consommateurs se trouvant aux environs du comptoir s'étaient mis à écouter avec attention l'échange de remarques caustiques. Les femmes fronçaient les sourcils, mais les hommes souriaient, formant la secrète envie de se trouver à la place de celui qui se tenait silencieux, au milieu de cet affrontement sexuel. Pitt était également stupéfait. C'était une expérience nouvelle pour lui d'entendre deux filles adorables s'envoyer des piques pour l'obtenir. Son ego baignait dans l'ivresse de cet instant unique.

— Puis-je vous dire un mot en privé, Miss Hunter ? demanda la mystérieuse personne en robe verte.

Adrienne haussa les épaules.

— Pourquoi pas ?

Elle pivota, et se laissa glisser doucement de son tabouret, avant de suivre l'inconnue en direction des portes ouvertes qui menaient à la plage privée de l'hôtel. Pitt contempla avec une fascination émerveillée les deux paires de hanches rebondies qui roulaient en un balancement fluide et suggestif rappelant, c'est ce que se dit Pitt, deux ballons de plage agités par le même remous tourbillonnant.

Il poussa un léger soupir, et s'appuya négligemment au comptoir, se sentant comme une araignée lorgnant en direction de deux mouches volant à sa portée et souhaitant qu'elles viennent rapidement s'engluer dans sa toile. C'est alors qu'il se rendit compte de l'attention que lui portaient toutes les personnes présentes. Il eut un sourire avant d'effectuer un salut, pour les remercier de leur bonne attention, puis se tourna à nouveau vers le bar.

Cela faisait assez de surprises pour une seule journée, admit-il d'un air chagrin. Comment tout cela allait-il se terminer ? Pressentant qu'il allait avoir besoin d'un sursaut de courage, il adressa un signe au barman et commanda un autre Cutty sur glace — mais un double cette fois.

Quinze minutes plus tard, les yeux gris étaient de retour. La fille s'approcha et vint se placer silencieusement derrière lui. Pitt était à ce point plongé dans ses réflexions qu'il lui fallut plusieurs secondes pour percevoir sa présence, lever les yeux, et attraper son regard réfléchi par le miroir.

Les lèvres de la fille se plissèrent en ce qui pouvait passer pour le début d'un sourire.

— Au vainqueur revient le butin ?

C'était une question qu'elle avait posée de manière hésitante. L'ecchymose sous son œil droit était en train de passer du rouge au pourpre, et d'une petite coupure à sa lèvre inférieure suintaient quelques gouttes de sang, qui tombaient sur la peau de sa poitrine, empruntant alors un chemin précis qui filait dans l'espace entre ses seins. Pitt estima que parmi toutes les femmes qu'il connaissait, elle restait toujours la plus désirable.

— Et la perdante ? demanda-t-il.

— Il va lui falloir une bonne couche de maquillage pour les quelques jours à venir, mais je crois qu'elle survivra.

Il sortit un mouchoir de l'une de ses poches, pêcha un cube de glace qui flottait dans son verre, et l'y enveloppa, avant de le presser avec douceur sur sa lèvre tuméfiée.

— Voilà, gardez ça sur la coupure. Ça va stopper l'hémorragie.

Elle esquissa un pâle sourire et murmura un « merci ».

L'assistance montrait à nouveau de la curiosité, avec des regards à présent si francs que cela frisait la grossièreté. Il régla rapidement l'addition au barman, prit la fille par le bras et lui fit quitter la salle en direction de la plage. Pitt scruta les environs, sans découvrir la moindre trace d'Adrienne.

— Auriez-vous l'obligeance de me raconter ce qui s'est passé ?

Elle fut obligée d'éloigner le cube de glace avant de s'exprimer.

— Ce n'est pas évident ? Miss Hunter ne voulait pas entendre raison.

Pitt observa sa compagne, avec une expression mi-hésitante, mi-songeuse. Pourquoi m'avoir choisi ? se demanda-t-il. Pourquoi s'être battue ainsi pour un homme qu'elle n'avait jamais rencontré ? Et la question à mille francs : qu'est-ce que cachait son jeu ? Pitt ne se payait pas d'illusion ; aucun producteur de cinéma ne l'aurait engagé pour jouer le premier rôle d'une nouvelle version de Don Juan. Il avait eu son lot de conquêtes, mais pas sans les préliminaires habituels, les petits mensonges et les roublardises, les manœuvres d'approche. Il décida de ne pas chercher plus loin les raisons qui la poussaient, mais de laisser le mystère planer sur l'intrigue.

— On fait une balade sur la plage ? demanda-t-il.

— J'attendais que vous le proposiez.

Elle sourit, et dans la seconde, elle l'eut en son pouvoir. Et elle le savait. Elle suivit d'un œil malicieux le regard de Pitt se poser sur sa poitrine, puis descendre le long de son corps jusqu'à ses jambes.

Ses seins étaient étonnamment petits et rapprochés, en comparaison avec les courbes généreuses que dessinait le reste de sa silhouette. Dans le clair de lune et l'éclat dansant des flambeaux plantés autour de la terrasse de l'hôtel, il pouvait distinguer l'endroit où la peau d'un bronze profond, parsemée de gouttes de sang, plongeait de manière engageante sous l'étoffe de sa robe. Plus bas, sa taille finissait en un ventre fuselé, ferme et plat, qui lui-même était bordé d'une paire de hanches plantureuses qui donnaient l'impression de vouloir s'évader de leur prison de soie verte. Elle avait l'apparence d'une indienne, mais la chevelure d'un roux flamboyant qui dévalait jusqu'au bas de son dos était en contradiction avec cette idée.

— Si vous continuez à me regarder de la sorte, je vais être forcée de vous faire payer une entrée.

Pitt essaya de prendre l'air timide et embarrassé, mais n'y réussit pas.

— Je pensais que l'accès des galeries d'art était gratuit.

Elle lui serra le bras.

— Pas si vous avez l'intention d'acheter quelque chose.

— J'aime beaucoup jeter un coup d'œil. J'achète rarement.

— Vous êtes donc un homme de principes.

— Je m'en tiens à quelques-uns, mais aucun ne s'applique aux femmes.

Son parfum flottait autour d'eux, une fragrance qui d'une façon ou d'une autre semblait familière à Pitt.

Elle s'arrêta, et prenant appui sur lui, ôta ses chaussures. Ses orteils se mirent à frétiller dans le sable tiède de Waikiki Beach. Ils continuèrent nonchalamment leur promenade pendant quelque temps, en silence. Elle raffermit sa prise sur le bras de Pitt et se rapprocha de lui tandis qu'ils marchaient.

Ses yeux se mirent à briller dans la pénombre.

— Je m'appelle Summer, dit-elle à voix basse.

Pitt ne répondit rien, la prit dans ses bras et déposa un léger baiser sur ses lèvres gonflées. C'est alors que la sirène d'alarme retentit dans son esprit, mais cet avertissement arriva trop tard. Ce fut la douleur qui fut la plus rapide. Sa bouche s'ouvrit en grand et un gémissement qui venait de naître au plus profond de sa gorge fusa dans le silence, sous la force du coup de genou que Summer venait de lui envoyer en direction de l'entre-jambes.

Pour quelle raison les cellules de son cerveau commandèrent-elles une réaction aussi vive, il ne le saurait jamais. Au milieu de la brume provoquée par le choc qu'il venait de recevoir, il aperçut à peine le mouvement réflexe de son propre poing qui allait cueillir en un solide crochet le côté droit de la mâchoire de Summer. Elle vacilla comme une ivrogne pendant un instant, avant de s'affaler silencieusement dans le sable.

Grâce à des ressources enfouies en lui de manière insoupçonnée, mais toujours prêtes à répondre à l'appel dans les moments de désespoir, Pitt parvint à ne pas glisser dans l'inconscience. L'atroce souffrance qui avait envahi tout le bas de son corps l'obligeait à aspirer l'air avec de grands halètements sifflants. Il se laissa tomber lentement à genoux, aux côtés de la silhouette inerte de la fille, les deux mains pressées sur son entre-jambes, et se mit à tanguer sous la douleur.

Pitt serra les dents jusqu'à ce que ses mâchoires lui fassent mal, pour refouler les cris de douleur qui ne demandaient qu'à s'exprimer. Il enfonça ses genoux dans le sable, et se balança d'arrière en avant. Être découvert dans cette position, recroquevillé à proximité d'une fille évanouie, les mains serrées sur son bas ventre aurait pu lui valoir d'embarrassantes questions. Heureusement, à l'exception d'un groupe de garçons de plage et de clients de l'hôtel assis en cercle autour d'un petit feu à une soixantaine de mètres, la plage était déserte.

Quatre minutes passèrent ; quatre minutes durant lesquelles la douleur cessa peu à peu de l'accabler, et se mua en un mal sourd et lancinant. Ce ne fut qu'alors qu'il remarqua quelque chose qui brillait dans la main de Summer, un objet qui reflétait comme du verre les flammes des torches sur la terrasse. Il rampa en direction de la fille, alla se pencher au-dessus son corps inconscient, et dégagea délicatement la seringue hypodermique qu'elle serrait dans ses doigts.

Cette découverte laissa Pitt perplexe. Dans la faible lumière, Summer ne paraissait pas avoir plus de vingt-cinq ans, et avait l'air douce et gentille. Glissant précautionneusement la seringue dans sa poche de poitrine, il essaya de deviner ce que pouvait bien contenir le petit tube de verre.

Il se pencha, hissa avec difficulté la fille sur son épaule, et se leva en vacillant. Il lui vint soudain à l'idée qu'elle avait sans doute une paire de complices qui les observaient, dissimulés dans l'ombre. Il n'avait nullement l'intention d'attendre que la petite bande vienne lui bloquer le passage. Son hôtel se trouvait au moins à trois pâtés de maisons de là, si bien qu'il assura la position de son fardeau, ainsi que son propre équilibre, et se mit à clopiner avec peine dans le sable.

Son seul espoir en se faufilant au milieu de la foule de touristes désœuvrés qui déambulaient sur les trottoirs en cette soirée agréable, était de se glisser au plus vite dans l'épais feuillage des jardins. Il était plus que certain qu'il n'avait aucune envie de tomber sur une patrouille d'agents de police ou sur une bonne âme en vacances qui se mettrait soudain en tête de jouer le rôle du héros, pour tirer la princesse endormie des griffes du grand méchant loup.

En temps ordinaire, la marche le long des trottoirs n'aurait dû prendre que cinq minutes tout au plus, mais il en fallut une vingtaine avant que Pitt n'atteigne les jardins à l'arrière des bâtiments. Il fit une pause dans l'obscurité, et reprit son souffle en attendant qu'une bande de joyeux fêtards se soient éloignés. Il savourait le parfum subtil qui flottait autour du corps de Summer. À présent, il identifia l'odeur de frangipane, qui n'était pas inhabituelle sur les îles Hawaii, mais c'était la première fois que Pitt humait sa présence sur une femme.

Son hôtel se trouvait maintenant juste de l'autre côté de la chaussée, et les lumières derrière la porte d'entrée lui adressaient des signes d'invite rassurants. Au premier signe d'accalmie de la circulation, il traversa la rue au pas de course, les traits tordus par la douleur qui n'avait pas encore quitté son aine, et les poumons poussés à bout par l'effort physique requis pour lc transport d'un poids mort tout au long d'un quatre-cents mètres haies dans la nuit. Il prit rapidement la direction des voitures rangées le long du trottoir, se faufila dans l'entrebâillement de la porte d'entrée de l'hôtel, et jeta un coup d'œil prudent dans le hall.

Sa chance l'abandonna alors momentanément. Une femme de ménage était occupée à passer l'aspirateur sur les tapis devant les ascenseurs, une espèce de géante à la peau sombre et qui aurait facilement pu passer pour un flic. Il se recula pour prendre le chemin de l'angle du bâtiment. Arrivé là, il emprunta en trottinant la rampe qui descendait vers le garage en sous-sol. À l'exception de quelques véhicules garés çà et là dans l'obscurité de la salle aux murs de béton, le garage était désert. Il trouva une cage d'ascenseur ouverte, y pénétra, appuya sur le bouton correspondant à son étage, et puis se recula contre l'épaisse barre de teck qui courait le long des parois de l'ascenseur.

Pitt n'était plus qu'une masse de sueur à présent ; la fatigue s'ajoutait à l'humidité nocturne pour l'amener à un cheveu de l'épuisement total. Toujours appuyé à la main courante, courbé sous le poids de Summer, il essaya de reprendre son souffle. L'ascenseur bourdonnait de manière égale, et se montra assez coopératif pour ne marquer aucun arrêt aux autres étages avant celui que Pitt avait choisi.

La petite lumière sur le panneau s'alluma au chiffre 10. La chance de Pitt continuait de lui sourire — le couloir était vide dans les deux directions. Farfouillant avec maladresse dans sa poche de pantalon pendant plusieurs secondes exaspérantes, il réussit finalement à en extraire sa clé, et l'introduisit dans la serrure d'une porte en bois de rose vernie surmontée du chiffre 1010.

Une suite somptueuse était un luxe que Pitt pouvait difficilement s'offrir avec son salaire, mais il s'était justifié à ses propres yeux en arguant du fait qu'il s'agissait de ses premières vacances depuis trois ans.

Il pénétra dans la chambre et, sans cérémonie, balança Summer sur le lit. En d'autres temps, contempler ainsi une femme aussi douce et délicate aurait réveillé son désir. Mais pas ce soir. Mentalement, sentimentalement et physiquement, Pitt était épuisé. La journée s'était terminée comme elle avait commencé, par une course d'endurance qui le laissait éreinté. Pitt abandonna Summer, toujours parfaitement inconsciente, se rendit dans la salle de bains, où il se déshabilla avant de passer sous la douche.

Rien de tout ce qui s'était passé n'avait de sens. Pourquoi une parfaite étrangère aurait-elle voulu le tuer ? Sa seule héritière était sa vieille mère aux cheveux blancs, et à moins qu'elle n'ait abandonné les thés de charité et le tricot pour rejoindre la Mafia, elle n'avait aucun motif de lui vouloir du mal. En plus de cela, se dit-il en grimaçant un sourire face à cette situation de la plus haute fantaisie, quelle preuve avait-il que la seringue hypodermique contenait bien du poison ?

Il s'agissait peut-être de drogue ? Cette éventualité n'était qu'à moitié crédible. Mais même dans ce cas, pourquoi le droguer ? Il ne connaissait aucun code militaire, aucun secret concernant des engins nucléaires, aucun emplacement de missile tenu caché, aucun plan top secret de destruction du globe. Ses pensées vagabondèrent à nouveau au sujet de la magnifique beauté de Summer. Puis il obligea son esprit à en revenir à la réalité du moment, et ferma les robinets avant de quitter la cabine de douche. Il posa un peignoir sur ses larges épaules et, repassant dans la chambre, alla placer une serviette mouillée sur le front de la fille, constatant avec un brin de plaisir sadique qu'elle allait sans nul doute arborer dès le lendemain matin sur la joue une ecchymose du plus beau bleu.

Il saisit Summer par les épaules et se mit à la secouer vigoureusement. Lentement, à contrecœur, comme si elle ne souhaitait guère sortir de son état d'inconscience, et murmurant à faible voix des paroles incompréhensibles, elle ouvrit ses grands yeux gris. Reprendre connaissance dans un lieu inconnu aurait fait tressaillir la plupart des femmes. Pas Summer. Elle était solide. Pitt arrivait presque à voir les circuits de son cerveau se mettre rapidement en branle. Son regard courut dans la pièce, se posant d'abord sur Pitt, puis sur la porte, et le balcon, avant de revenir sur Pitt. Elle le regarda négligemment, mais un peu trop négligemment pour que cela ne sonne pas faux. Ensuite, elle leva la main et toucha délicatement sa joue, en grimaçant à ce contact.

— Tu m'as frappé ?

C'était plus une question qu'une affirmation.

— Oui, dit-il en souriant. Et maintenant que tu es sur mon terrain, je crois bien que je vais te violer.

Ce n'est qu'alors que ses yeux s'arrondirent.

— Tu n'oserais pas.

— Comment peux-tu savoir que ce n'est pas déjà fait ?

Elle faillit s'en assurer. Sa main se mit à descendre le long de son ventre, mais elle l'immobilisa brusquement.

— Tu n'es pas assez pervers.

— Qui a jamais dit que je l'étais ?

Elle accorda à Pitt un regard très particulier.

— On m'a raconté...

Elle s'arrêta, et détourna les yeux.

— Tu devrais te montrer plus prudente, dit Pitt en matière de reproches. Croire les vilains bruits qui courent, et puis se balader de haut en bas de Waikiki Beach pour planter une seringue hypodermique dans le bras des hommes sans défense pourrait te valoir un tas d'ennuis.

Elle l'observa quelques instants, ses lèvres tremblantes comme si elle avait l'intention de répliquer, mais une expression d'incertitude se mit à flotter dans ses splendides yeux gris.

— Je ne vois pas de quoi tu parles.

— Ce n'est pas grave.

Pitt se détourna, et se mit en quête d'un téléphone.

— Je vais laisser à la police le soin de t'expliquer les règles du jeu. C'est la raison pour laquelle les honnêtes citoyens dans mon genre payent leurs impôts.

— Tu commets une erreur, lança-t-elle d'un ton subitement ferme et glacé. Je vais crier au viol, et avec les marques que j'ai sur le visage, qui vont-ils croire, toi ou moi ?

Pitt saisit le combiné et entreprit de former un numéro.

— Il ne fait pas le moindre doute que c'est toi qu'ils croiront. Jusqu'à ce que je fasse appel au témoignage d'Adrienne Hunter pour ma défense. Elle a certainement elle aussi quelques marques à faire valoir dans cette affaire.

Pitt concentra son attention sur le téléphone. La voix qui lui répondit à l'autre bout du fil se fatigua après le cinquième « allô », et raccrocha. Pitt attendit le signal sonore indiquant que plus personne n'était au bout du fil, avant de déclarer :

— Bonjour, j'aimerais vous faire part d'une agression…

Ce furent les seuls mots qu'il parvint à placer. Summer avait bondi du lit et appuyé sur l'appareil.

— S'il te plaît, tu ne comprends pas, dit-elle d'une voix basse et désespérée.

— Voilà l'euphémisme du jour, dit Pitt avec colère.

Il l'empoigna par les épaules, en serrant fortement et en plongeant son regard dans le sien, à quelques centimètres seulement de ses yeux grands ouverts.

— Frapper un homme dans les couilles et lui enfoncer une seringue hypodermique dans le dos et puis jouer le rôle de Miss Rebecca de Sunnybrook Farm en tombant dans les pommes. Mais qu'est-ce que cache ton manège ?

Elle essaya de se dégager, puis se détendit presque aussitôt.

— Tu n'es qu'un gangster ! lança-t-elle dans un murmure furieux.

Cette vieille expression prit Pitt au dépourvu. Il relâcha lentement son étreinte et se recula.

— Oui, voilà, c'est moi, je suis un des tueurs du grand Al Capone, je viens de débarquer du bateau en provenance de Chicago.

— Je voudrais tellement ne pas avoir…

Elle s'interrompit sèchement, se croisa les bras pour masser la chair de ses épaules qui commençait à rougir.

— Tu n'es qu'un démon.

Pitt n'éprouva aucune animosité en retour, seulement une pointe de remords tandis qu'il remarquait les meurtrissures rougeâtres qui naissaient sur la peau de Summer là où ses doigts s'étaient agrippés à sa chair.

Il y eut alors un long silence avant qu'elle ne reprenne la parole.

— Je vais te dire tout ce que tu veux savoir.

En dépit d'un subtil changement de ton, il n'y avait aucune trace de douceur dans son regard glacé.

— Mais avant tout, est-ce que tu pourrais me conduire à la salle de bains. Je me sens… Je crois bien que je vais me sentir mal.

Pitt tendit la main pour prendre son poignet, s'apercevant par la même occasion de la tension qui raidissait les muscles de son bras. Brusquement, elle prit appui d'un pied sur l'armature du lit et se servit de chaque gramme de son corps gracieux pour balancer un coup d'épaule en direction de l'estomac de Pitt. Elle le prit par surprise ; il bascula en arrière sur une chaise, avant d'aller s'écraser sur le sol en emportant la lampe de chevet dans sa chute. Pitt venait à peine de s'affaler sur le tapis que déjà Summer avait bondi du lit pour se précipiter hors de la pièce par la porte coulissante. Elle disparut sur le balcon.

Pitt ne fit aucun effort pour se relever, mais au contraire se détendit en s'allongeant sur le sol dans une position plus confortable. Dix secondes passèrent. Il ne réussit pas à se retenir plus longtemps, et se mit à rire.

— La prochaine fois que tu décides de quitter un appartement situé au dixième étage par le balcon, tu ferais bien d'emporter ton parachute.

Elle revint à pas mesurés dans la chambre, son adorable visage livide de rage.

— Il y a un vilain mot qui t'irait très bien.

— Je peux en imaginer une bonne douzaine, dit-il, souriant poliment.

Elle se dirigea vers le coin opposé de la pièce, pour mettre autant d'espace que possible entre eux, et s'installa au bord d'une chaise, ses yeux ne le quittant pas un instant.

— Que se passera-t-il si je réponds à tes questions ?

— Rien, dit Pitt d'un ton calme. Si tu me fournis une histoire que je peux avaler sans avoir de haut-le-cœur, tu seras libre de t'en aller.

— Je ne te crois pas.

— Ma chère amie, je ne suis pas l'étrangleur de Boston, ni Jack l'Éventreur, et je peux t'assurer qu'il n'entre pas dans mes habitudes de kidnapper des vierges innocentes sur la plage de Waikiki.

— Je t'en supplie, implora-t-elle doucement, je n'avais pas l'intention de te faire du mal. Je dois travailler pour mon gouvernement, tout comme tu dois travailler pour le tien. Tu détiens des informations, et on m'a ordonné de me les procurer. Le contenu de la seringue n'est qu'une banale solution de scopolamine.

— Sérum de vérité ?

— Oui. Ta réputation d'homme à femmes faisait de toi le premier suspect.

— Je ne saisis pas.

— La Marine des États-Unis, ou plutôt son service de renseignements, a de bonnes raisons de croire que l'un des amants de Miss Hunter a tenté d'obtenir des informations confidentielles au sujet des manœuvres de la flotte de son père. C'est pourquoi on m'a demandé d'enquêter sur ta relation avec elle. Voilà tout ce qu'il y a derrière ça.

Ce n'était pas tout. Dans l'esprit de Pitt, il ne faisait aucun doute qu'elle était en train de mentir. Il savait aussi pertinemment qu'elle essayait de gagner du temps. La seule information confidentielle que détenait Adrienne Hunter concernait la place qu'allaient occuper toute une série de futurs amiraux sur son tableau de chasse personnel.

Alors que Pitt se relevait et s'approchait d'elle, elle aperçut l'éclat sauvage de ses yeux et elle se crispa visiblement. Perplexe et en colère, Pitt se rendit compte qu'il éprouvait un fort sentiment de compassion envers cette fille. Il contempla sa chevelure rousse, dont une mèche venait couvrir l'un de ses yeux, et les longues mains graciles qui reposaient librement sur ses genoux engageants.

— Je suis désolé que l'affaire ait tourné de cette façon, dit-il. Sacrément désolé.

Il se sentait un peu idiot.

— C'est dommage, mais tu as tout flanqué en l'air. Tu ne fais pas partie des services de renseignements de la Navy, mon petit cœur. Tu ne peux même pas prétendre être américaine. Bon Dieu, personne n'a plus employé le terme de « gangster » dans ce pays, depuis les années trente. Tu as également échoué à ton examen d'agent secret. Aucun professionnel ne se serait laissé avoir avec ce truc bidon d'appeler la police, mais toi, tu as été piégée. Et en plus de tout ça, la Navy n'a pas l'habitude d'autoriser ses agents féminins de s'approcher de vilains méchants, sans une équipe de gars armés jusqu'aux dents et prêts à foncer au moindre cri d'alerte. Tu ne portes pas de sac à main, et ta robe est trop moulante pour te permettre d'y cacher l'émetteur avec lequel prévenir tes chiens de garde si l'affaire tournait mal.

Ce traitement de choc se montra plus efficace que prévu. Toute couleur disparut du visage de Summer et elle eut l'air effectivement malade.

Il poursuivit.

— Et, dans le cas où tu t'imaginerais que je suis aussi pur et vierge que toi, je peux te dire que tu commets une méchante erreur. Je t'ai examinée depuis le sommet de tes cheveux jusqu'à la pointe de tes orteils aux ongles peints, pendant que je t'amenais de la plage jusqu'ici. La seule chose que tu portes sous ta robe, c'est un petit étui pour la seringue, collé sur l'intérieur de ta cuisse gauche.

Les yeux de Summer se révulsèrent de dégoût. Pitt ne se souvenait pas qu'une femme l'ait jamais contemplé de la sorte. Elle se détourna et regarda en direction de la salle de bains, comme si elle essayait de décider si elle allait vomir sur la carpette ou bien attendre de se trouver face au lavabo. Ce fut le lavabo qui l'emporta. Elle se mit debout en vacillant, et fonça vers la salle de bains, claquant la porte au passage.

Très vite, Pitt perçut le bruit de l'eau qui gargouillait après que la chasse ait été tirée. Puis celui du robinet du lavabo que l'on ouvrait. Pitt passa sur le balcon et laissa son regard errer en direction des lumières scintillantes d'Honolulu dans le lointain, tandis que plus bas, les lames de l'océan venaient se fracasser sur la plage. Il rêvassa sur le balcon un peu trop longuement sans doute.

Il fut ramené à la réalité par le bruit de l'eau qui coulait dans la salle de bains. Le flux était trop constant, et de trop longue durée pour un usage normal. En trois pas, il se retrouva devant la porte — elle était fermée de l'intérieur. Il n'avait pas le temps de lancer un théâtral « Il y a quelqu'un ? » En prenant appui sur une jambe, il frappa lourdement la serrure avec son autre jambe, et enfonça la porte sur une pièce vide.

Summer était partie. La seule trace de son passage était une ligne de serviettes de bain nouées les unes aux autres, fermement accrochée à la barre du rideau de la douche et qui filait vers l'appui de fenêtre. Jetant avec prudence un œil vers le bas, il aperçut la dernière serviette qui dansait à moins d'un mètre cinquante d'une chaise longue installée sur le balcon de la chambre située juste sous la sienne. Aucune lumière ne brillait, et il n'entendit aucun cri d'alarme de la part d'occupants éventuels. Elle s'était échappée en toute sécurité. Il en éprouva du soulagement.

Il demeura un instant dans la nuit, à se rappeler les traits de son visage — un visage probablement compatissant, tendre et réjoui.

Puis il se maudit de l'avoir laissée s'enfuir ainsi.

CHAPITRE QUATRE

C'était le petit matin. De fines traînées de brume fantomatique, voilà tout ce qui restait de la légère pluie tombée au cours de la nuit. L'humidité aurait été suffocante sans le souffle de l'alizé qui avait nettoyé l'atmosphère saturée de buée et l'avait dispersée en direction du bleu de l'océan jusqu'au-delà des récifs. La bande de plage sablonneuse qui s'incurvait de Diamond Head jusqu'à l'hôtel Reef était déserte, mais déjà des touristes commençaient à sortir des hôtels de verre et de béton pour se lancer dans une nouvelle journée de visite et d'emplettes.

Allongé en travers de son lit, sur les draps trempés de sueur, Pitt, complètement nu, observait par la fenêtre ouverte deux mainates qui s'affrontaient pour obtenir les faveurs d'une femelle, perchée sur un palmier tout proche et qui semblait se désintéresser complètement de la scène. Des plumes noires se mirent à voler à profusion tandis que les deux mâles poussaient des cris tapageurs, causant un raffut pouvant être entendu à un pâté de maisons de là. Puis, au moment où la bagarre miniature était proche de l'instant décisif, le carillon retentit à la porte de Pitt. Il se leva de mauvaise grâce, enfila un peignoir en tissu éponge, se dirigea en bâillant vers l'entrée, et ouvrit la porte.

— Bonjour, Dirk.

Un petit individu, aux cheveux flamboyants et au visage tout en saillie, se tenait dans le couloir.

— J'espère que je n'interromps pas un intermède romantique ?

Pitt tendit la main.

— Non, je suis seul. Entrez.

Le petit individu franchit le seuil, examina la pièce sans se presser, puis sortit sur le balcon, pour profiter de la vue splendide. Il était tiré à quatre épingles, dans un costume de couleur ocre, pourvu de tout, jusqu'à la montre de gousset et la chaînette. Sa barbe soignée rappelait celle du capitaine Achab, le chasseur de baleine, avec deux bandes blanches disposées de manière symétrique de chaque côté de son menton, une barbe si fournie qu'elle lui donnait un aspect pour le moins étrange. Son visage au teint bistre était perlé de gouttes de sueur, due à l'humidité ambiante, ou au fait d'avoir escaladé des marches, ou bien aux deux ensemble. Au contraire de la plupart des hommes qui essayent au cours de leur vie d'emprunter les voies les moins laborieuses, l'amiral James Sandecker, directeur en chef de la NUMA, l'Agence Nationale de Recherches Océanographiques, préférait se cogner à toutes les barrières et à tous les obstacles se trouvant sur le chemin le plus court entre le point À et le point B.

Sandecker tourna la tête pour lancer par-dessus son épaule :

— Comment diable arrivez-vous à trouver le sommeil avec ces fichus volatiles occuper à criailler dans vos oreilles ?

— Par bonheur, ils ne sont pas pris de folie furieuse avant le lever du soleil.

Pitt indiqua le canapé.

— Installez-vous confortablement, amiral, pendant que je m'occupe de préparer le café.

— Oubliez le café. Il y a neuf heures, je me trouvais à Washington. Le décalage horaire a complètement fichu en l'air ma chimie interne. Je préférais avaler quelque chose d'un peu plus corsé.

Pitt sortit une bouteille de bourbon d'un petit bar portatif et servit un verre. Il jeta un coup d'œil à l'autre bout de la pièce, pour croiser le regard bleu de Sandecker qui pétillait. Que se passait-il donc ? Le patron de l'une des plus prestigieuses agences gouvernementales n'avait pas parcouru neuf mille cinq cents kilomètres en avion simplement pour discuter d'oiseaux avec son directeur des projets spéciaux.

Il tendit le verre à Sandecker et demanda :

— Qu'est-ce qui vous amène de Washington ? Je croyais que vous étiez plongé jusqu'au cou dans le projet d'une nouvelle mission d'étude des courants en eaux profondes ?

— Vous ne savez pas pourquoi je suis là ?

Il employait son ton habituel, tranquillement cynique, un ton qui avait toujours provoqué chez Pitt une crispation involontaire.

— Grâce à votre habitude d'aller fourrer votre nez dans les affaires qui ne vous concernent pas, j'ai été forcé de faire ce petit voyage, pour vous tirer d'un guêpier et vous flanquer dans un autre.

— Je ne vous suis pas.

— Une qualité que je ne vous connais que trop, répliqua l'amiral avec une légère trace de sourire moqueur. On dirait bien que vous avez mis le feu aux poudres en vous amenant avec la capsule à messages du *Starbuck*. Sans le savoir, vous avez déclenché un tremblement de terre au Pentagone, qui a fait sauter les sismographes jusqu'en Californie. Cela a du même coup fait de vous le « grand homme du jour » pour le département de la marine. Je ne suis qu'un vieux croulant rangé des voitures pour ces gars-là, si bien qu'on ne m'a pas autorisé à jeter un coup d'œil derrière le rideau. J'ai tout simplement été contacté par le chef d'état-major des armées, très courtoisement, je dois le reconnaître, qui m'a demandé de filer à toute allure jusqu'à Hawaii, de vous expliquer votre nouvelle mission, et de tout arranger pour vous prêter à la Navy.

Pitt plissa les paupières.

— Qui se cache derrière tout ça ?

— L'amiral Leigh Hunter, de la 101e Flotte de Sauvetage.

— Vous n'êtes pas sérieux ?

— Il vous a requis personnellement.

Pitt remua la tête avec emportement.

— C'est stupide. Qu'est-ce qui pourrait m'empêcher de refuser ?

— Vous m'obligez à vous rappeler, dit calmement Sandecker, qu'en dépit de votre statut au sein de la NUMA, vous êtes toujours inscrit au rôle actif en tant que major de l'armée de l'air. Et, vous le savez aussi bien que moi, le chef d'état-major ne supporte pas beaucoup l'insubordination.

Les yeux de Pitt plongeaient avec ressentiment dans ceux de Sandecker.

— Ça ne marchera pas.

— Bien sûr que si, dit Sandecker. Vous êtes un ingénieur maritime d'un sacrément bon niveau, le meilleur que je possède. J'ai déjà rencontré Hunter, et je n'y suis pas allé par quatre chemins pour le lui dire.

— Il existe d'autres complications, déclara Pitt d'un ton pas très assuré, des points délicats qui n'ont pas été pris en compte.

— Vous voulez dire le fait que vous ayez couché avec la fille de Hunter ?

Pitt se raidit.

— Vous savez ce que vous êtes, amiral ?

— Un fils de pute sournois et pervers ? proposa Sandecker. Sérieusement, reprit-il, cette affaire est beaucoup plus importante que tout ce que vous avez pris la peine de remarquer.

— Vous me semblez bien sinistre, dit Pitt, guère impressionné par ce langage.

— C'est voulu, rétorqua Sandecker d'un ton grave. Vous n'allez pas rejoindre la Navy pour apprendre un nouveau métier. Vous servirez d'agent de liaison entre Hunter et moi. Jusqu'à ce que cette affaire soit terminée, la NUMA va être impliquée dans l'histoire jusqu'au cou. Nous avons reçu l'ordre de collaborer avec la Navy pour tout ce dont ils auraient besoin en matière de données océanographiques.

— Et en matériel ?

— S'ils en font la demande.

— Retrouver un sous-marin disparu depuis six mois ne va pas être une partie de plaisir.

— Le *Starbuck* n'est que la moitié d'un acte dans cette affaire, dit Sandecker. Le département de la marine a recensé trente-huit cas avérés de navires ayant sombré dans une zone circulaire au nord des îles Hawaii, avant de disparaître, et ce au cours des trente dernières années. Ils aimeraient bien savoir pourquoi !

— Des navires disparaissent aussi dans l'Atlantique et dans l'océan Indien. Ce sont des choses qui arrivent.

— Exact, mais dans des circonstances normales, un navire qui sombre laisse des traces derrière lui ; des bouts de bois qui flottent, des flaques d'huile, ou même des cadavres. L'épave elle-même revient parfois s'échouer sur le rivage et livre des détails concernant le sort du vaisseau manquant, mais aucun débris de la sorte n'a jamais été retrouvé suite à la disparition de navires dans le vortex du Pacifique.

— Le vortex du Pacifique ?

— C'est le nom que les hommes des syndicats maritimes lui ont donné. Ils n'acceptent pas d'être embauchés sur un navire dont la course les emmènerait dans cette région.

— Trente-huit navires, répéta lentement Pitt. Et les messages radio ? Un vaisseau ne coule pas en quelques secondes, sans avoir eu le temps d'envoyer un appel au secours.

— Aucun signal de détresse n'a jamais été reçu.

Pitt ne répondit rien. Sandecker se contenta de siroter son bourbon, sans faire d'autres commentaires. Comme s'ils prenaient cela pour un signal, les mainates recommencèrent à s'agiter et à piailler, mettant fin à ce bref instant de silence. Pitt essaya de ne pas les écouter, en fixant le sol d'un air résolu. Une centaine de questions lui traversaient l'esprit, mais il était encore beaucoup trop tôt pour échafauder des théories expliquant le mystère de la disparition de ces navires.

Lorsque le silence se fut éternisé un peu trop longtemps, Pitt déclara :

— Entendu. Trente-sept navires ne rejoindront plus jamais aucun port. Ce qui nous laisse avec le trente-huitième, le *Starbuck*. La Navy possède sa position exacte grâce aux données de la capsule. Qu'est-ce qu'ils attendent ? S'ils parviennent à localiser l'épave, ce ne sera pas exactement un travail de Titan de la repêcher à une vingtaine de mètres de profondeur.

— Ce n'est pas aussi facile.

— Pourquoi pas ? La Navy a sorti le sous-marin F-4 de cent neuf mètres de profondeur, à Oahu, juste à l'entrée de Pearl Harbor. Et ça se passait en 1945.

— Les amiraux en chambre se font à présent une opinion en tapotant sur des ordinateurs, et ils ne sont pas tout à fait convaincus que le message que vous avez trouvé est authentique. Du moins, pas avant d'avoir fait réaliser une analyse graphologique.

Pitt poussa un soupir.

— Ils soupçonnent l'imbécile qui leur a amené la capsule d'avoir monté un canular.

— Quelque chose comme ça.

Pitt éclata d'un rire forcé.

— Voilà ce qui explique mon transfert, finalement. Hunter veut garder l'œil sur moi.

— Vous avez commis l'erreur de lire le message contenu dans la capsule. Ce seul fait vous enlève du rang des honnêtes spectateurs, et vous flanque dans la classe des matières ultra-confidentielles. En plus, la 101e Flotte désire nous emprunter notre nouvel hélicoptère à longue portée, le FXH. Aucun pilote de la Navy n'a jamais effectué de vol là-dessus. Vous, oui. Et, dans le cas où une nation hostile se mettait en tête de se lancer dans la course, pour repêcher avant nous le plus moderne et le plus sophistiqué des sous-marins nucléaires de l'Oncle Sam — dans les eaux internationales, c'est le premier arrivé qui se sert d'abord —, vous serez parfait dans le rôle de l'appât que voudront kidnapper les agents secrets étrangers, dans le but d'apprendre la position du *Starbuck*.

— C'est agréable d'être connu et aimé, dit Pitt, mais vous oubliez une chose : je ne suis pas le seul à connaître l'endroit où se trouve le *Starbuck*.

— C'est vrai, mais vous êtes le plus facile à trouver. Hunter et son équipe sont bien au chaud, dans leurs bureaux de Pearl Harbor, en train de travailler au contre-la-montre pour essayer de débroussailler le puzzle.

L'amiral fit une pause, pour se ficher un énorme cigare entre les lèvres, l'allumer, et tirer dessus d'un air méditatif.

— Comme je vous connais, mon vieux, un agent ennemi n'aurait pas à faire usage de ses muscles. Ils n'auraient qu'à envoyer tout simplement leur plus séduisante Mata Hari dans le bar le plus proche, et vous laisser l'emballer vous-même.

Sandecker prit conscience de l'air brusquement affligé qui venait d'envahir les traits de Pitt, mais il n'en tint pas compte.

— Et je pourrais encore ajouter, pour votre gouverne, que la 101e Flotte est une des meilleures équipes secrètes au monde, pour ce qui est des opérations de sauvetage.

— Secrète ?

— Parler avec vous, c'est comme patauger sur un récif, dit Sandecker d'un air patient. L'amiral Hunter et ses hommes ont tiré un bombardier britannique des eaux, à moins de quinze kilomètres des côtes de Cuba, au nez et à la barbe de Castro. Ils sont allés repêcher le *New Century* des eaux libyennes, le *Southwind* dans la mer Noire, le *Tari Maru* à portée de vue du rivage chinois. Pour chacune de ces affaires, les navires ont été récupérés par la 101e Flotte avant même que s'aperçoivent de quoi que ce soit les nations dans les eaux territoriales desquelles les bateaux avaient coulé. Ne sous-estimez pas Hunter et sa bande de marchands de ferraille sous-marins. Ils ne sont jamais arrivés deuxièmes.

— Concernant le *Starbuck*, dit Pitt, pourquoi tout ce remue-ménage d'espions ?

— Pour une seule raison. La position finale donnée par Dupree est une impossibilité. La seule manière qu'aurait eu le *Starbuck* de se trouver là où il le prétend, ce serait qu'il ait volé dans les airs. Un exploit que les ingénieurs de la marine n'ont pas encore réussi à accomplir. En tout cas pas avec dix mille tonnes d'acier.

Pitt regarda fixement Sandecker.

— Il doit bien se trouver quelque part. Les systèmes de détection sous-marine ont fait d'énormes progrès. Cela n'aurait aucun sens que le *Starbuck* reste introuvable, ou bien qu'une vaste mission de recherche ne donne aucun résultat.

Sandecker leva son verre vide et se mit à l'observer.

— Aussi longtemps qu'il existera des mers, des navires et des hommes, il y aura aussi des mystères étranges et sans solution. Le *Starbuck* n'en est qu'un exemple.

CHAPITRE CINQ

Pitt resta un long moment sous le jet de la douche, l'eau brûlante lui ouvrant les pores de la peau. Après s'être aspergé d'un jet d'eau froide, il sortit de la cabine, s'essuya, et, sans se presser, entreprit de raser la barbe qui avait poussé au cours de la nuit. Il n'avait aucunement l'intention d'arriver au quartier général de Hunter dans les temps. Je ne devrais pas contrarier le vieux salaud pour mon premier jour de travail, songea-t-il, en s'adressant un sourire dans le miroir.

Il se décida à enfiler un costume blanc sur une chemise rose. Tandis qu'il s'occupait de la tâche complexe consistant à former son nœud de cravate, il lui vint à l'esprit que cela ne serait pas une mauvaise idée de se munir d'une petite protection. Summer avait échoué, mais néanmoins, Pitt commençait à sentir que ses chances de parvenir à un âge avancé diminuaient d'heure en heure. Il ne réussirait pas à faire bonne figure dans un combat au corps à corps avec un agent secret professionnel ayant subi un entraînement de haut niveau.

Le Mauser modèle 712 Schnell Feuer Pistole, numéro de série 47405, ne pouvait être décrit que d'une seule manière : c'était à coup sûr une arme à feu sanguinaire. Il s'agissait d'un revolver unique en son genre, de par sa capacité de tirer au coup par coup ou bien en continu, comme une mitrailleuse. C'était l'arme idéale pour semer la terreur dans l'esprit de n'importe quel malheureux ayant la mauvaise idée de se trouver sans défense à quelques centimètres de son museau d'acier.

Pitt jeta négligemment le revolver sur le lit et se remit à

fouiller sa valise, en quête d'un étui d'épaule. Un des flancs du Mauser était pourvu d'une petite barre métallique, qui coulissait d'un cran sur la poignée rappelant un manche à balai, pour transformer l'arme en une carabine à longue portée, et qui servait aussi à empoigner le tout lorsqu'on s'en servait en tir automatique. Pitt plaça l'arme dans son étui, ajouta un chargeur de cinquante coups, et enveloppa l'inquiétante machine de mort dans une serviette de plage.

Avant que l'ascenseur ait rejoint le rez-de-chaussée, il lui fallut s'arrêter avec obéissance à chaque étage pour emmener de nouveaux passagers, jusqu'à se trouver complet. Pitt se demanda en lui-même ce que penseraient les personnes qui l'entouraient dans la cage d'ascenseur si elles avaient le plus vague soupçon de ce qu'il transportait dans sa serviette. Lorsque la foule de gens eut quitté l'ascenseur, en se cognant aux épaules, avant de foncer dans le hall, Pitt appuya sur le bouton marqué B, pour se rendre dans le parking souterrain. Il ouvrit la porte de la Cobra, glissa le Mauser dans l'espace réduit derrière le siège du conducteur, et prit place au volant.

Il fit grimper sa voiture le long de la rampe de sortie et se joignit au flot de véhicules sur Kalakaua Avenue, avant de pointer le museau carré de la Cobra en direction du nord de la ville. Les palmiers en bordure de la chaussée laissaient pendre leurs branches courbes par-dessus les rangées de devantures de magasins et de bureaux, à l'architecture moderne. Les trottoirs étaient bondés de colonies de touristes qui ondulaient en un mouvement incessant, dans leurs chemises et leurs robes bariolées. Le soleil était brûlant, et son éclat violent rebondissait sur l'asphalte, obligeant Pitt à cligner des paupières, jusqu'à ce qu'il se penche pour s'emparer de lunettes de soleil traînant à l'autre bout du tableau de bord.

Il était déjà en retard de plus d'une heure pour son rendez-vous avec Hunter, mais il avait encore quelque chose à vérifier, poussé par une légère intuition, cachée au fin fond de son cerveau et qui réclamait une chance d'être écoutée. Il ne savait pas exactement ce qu'il essayait de découvrir, tandis que ses pneus crissaient sur la poussière rouge jaillie des volcans que longeait l'autoroute, mais il avait déjà dépassé de plus de trois kilomètres la sortie qu'il aurait dû emprunter, et il n'avait donc aucune raison de pas poursuivre ce qu'il avait commencé. Il rangea sa voiture et se dirigca vers un petit panneau sur lequel était finement gravée la mention :

MUSÉE BERNICE PAUAHI D'HISTOIRE NATURELLE
ET D'ETHNOLOGIE POLYNESIENNE

Le hall principal, avec ses balcons qui couraient au niveau des étages supérieurs, était décoré de répliques de canoës, de poissons et d'oiseaux empaillés, de copies de huttes d'herbe primitives, ainsi que d'étranges et inquiétantes sculptures représentant les anciens dieux hawaiiens, le tout soigneusement disposé dans la pièce. Pitt aperçut un homme de grande taille, aux cheveux blancs, la tête haute et fière, qui rangeait une collection de coquillages dans une armoire vitrée. L'apparence de George Papaaloa était celle d'un authentique Hawaiien, avec sa large face brune, son menton en saillie, ses lèvres épaisses, ses yeux bruns et embués, et cette manière gracieuse de se mouvoir sans effort. Il leva les yeux, et reconnaissant Pitt, lui adressa un signe de la main.

— Ah, Dirk. Votre visite fait le bonheur de ma journée. Venez dans mon bureau, nous pourrons nous y asseoir.

Pitt le suivit dans une pièce à la décoration spartiate. Les meubles étaient anciens, mais avaient été remis en état et vernis de neuf, et les livres qui garnissaient les murs étaient époussetés avec le plus grand soin. Papaaloa s'installa derrière la table et indiqua à Pitt un canapé victorien.

— Dites-moi, mon ami, avez-vous découvert le lieu de repos éternel du roi Kamehameha ?

Pitt se pencha en arrière.

— J'ai passé la majeure partie de la semaine à plonger le long de la côte de Kona, sans rien trouver qui ressemble à un caveau funéraire.

— Nos légendes racontent qu'il se trouve dans une caverne sous les eaux. Peut-être s'agit-il de l'eau d'une rivière.

— Vous savez aussi bien que moi, George, que pendant la saison sèche, vos rivières ne sont plus que des ravins à sec.

Papaaloa haussa les épaules.

— Peut-être vaut-il mieux que son tombeau ne soit jamais retrouvé et que sa dépouille repose en paix.

— Personne n'a l'intention de déranger votre roi. Il n'est pas question d'un trésor caché dans cette affaire. Kamehameha le Grand serait une grande découverte archéologique. Rien de plus. Et, au lieu d'une vieille caverne humide, ses os reposeraient dans un superbe tombeau à Honolulu, vénéré par tous.

Une expression attristée passa dans le regard de Papaaloa.

— Je me demande si notre grand roi apprécierait d'être l'objet d'un spectacle pour vous, les *haoles*.

— Je crois qu'il tolérerait notre présence, à nous les *haoles* venus du continent, s'il savait que son royaume est maintenant peuplé à quatre-vingts pour cent d'Orientaux.

— C'est triste, mais c'est exact. Ce que les Japonais n'ont pas réussi à obtenir avec leurs bombes dans les années quarante, ils l'achètent avec leurs devises dans les années soixante-dix et quatre-vingt. Un de ces jours, cela ne m'étonnerait pas de m'éveiller et de voir le soleil levant me souhaiter adieu avant de partir dans les alizés qui soufflent sur le palais Iolani.

Les yeux de Papaaloa restaient fixés sur Pitt, les traits vides de toute expression.

— Il ne reste plus beaucoup de temps à mon peuple. Encore deux, peut-être trois générations, et nous serons complètement mélangés aux autres races. Mon héritage me suivra dans la tombe. Je suis le dernier de ma famille dont le sang hawaiien est encore pur.

Il montra la pièce d'un geste de la main.

— C'est pourquoi j'ai décidé de consacrer ce qui me restait d'années à cet endroit. Pour préserver la culture d'une race en train de mourir, ma propre race.

Papaaloa s'interrompit, laissant son regard errer négligemment en direction des Monts Koolau, que l'on apercevait à travers une petite fenêtre.

— Mon esprit vagabonde de plus en plus à mesure que je

vieillis. Mais dites-moi, vous n'êtes pas ici pour entendre les divagations d'un vieil homme. Qu'aviez-vous en tête ?

— Je voulais en apprendre davantage au sujet d'un endroit de l'océan qu'on appelle le vortex du Pacifique.

Les yeux de Papaaloa se plissèrent.

— Le vortex... Ah oui, je connais l'endroit dont vous parlez.

Il resta un moment pensif, et puis se remit à parler d'un voix douce, presque un murmure.

À ka makani hema pa
Ka Mauna o Kanoli Ikea
À kanaka ke kauahiwi hoopii.

— Le langue hawaiienne est vraiment très musicale, dit Pitt.

Papaaloa acquiesça.

— C'est parce qu'elle ne comporte que sept consonnes : h, k, l, m, n, p, et w. Et il ne peut se trouver qu'une seule de ces consonnes dans chaque syllabe. Je vous donne la traduction de ce poème :

Lorsque souffle le vent du sud
On peut voir la montagne de Kanoli
Et l'on croirait son faîte peuplé.

— Kanoli ? demanda Pitt.

— C'est une île mythique qui se trouve dans le nord. Selon la légende, il y a de cela plusieurs siècles, une tribu familiale a quitté les îles tout au sud, sans doute Tahiti, et s'est embarquée dans de grands canoës pour traverser le vaste océan, à la recherche d'autres membres de la tribu partis pour Hawaii des décennies plus tôt. Mais les dieux se mirent en colère contre ces gens qui quittaient leur patrie, si bien qu'ils changèrent la position des étoiles, et firent en sorte que les navigateurs des canoës se perdent en chemin. Ils manquèrent Hawaii de plusieurs kilomètres, passant au nord de l'île, puis aperçurent

Kanoli, et c'est là qu'ils abordèrent. Les dieux avaient cruellement puni la tribu, car Kanoli était une île aride, où ne poussaient que très peu de cocotiers et d'arbres fruitiers, et où ne coulait aucun ruisseau d'eau fraîche et pure. Le peuple fit des sacrifices et implora le pardon des dieux. Leurs plaintes furent ignorées, si bien que les gens de cette tribu décidèrent de rejeter des dieux si cruels et se mirent à travailler très dur pour venir à bout des obstacles les plus rudes, et pour faire de Kanoli un jardin. Beaucoup laissèrent leur vie dans cette tâche, mais après quelques générations, les gens de Kanoli avait édifié une grande civilisation sur les roches volcaniques de l'île, et fiers du travail qu'ils avaient accompli, ils se proclamèrent eux-mêmes leurs propres dieux.

— Cela ressemble, dit Pitt, à l'aventure des Quackers et des Mormons.

Papaaloa laissa échapper un long soupir, en remuant la tête.

— Ce n'est pas pareil. Les peuples dont vous parlez ont toujours gardé la religion comme un bâton sur lequel s'appuyer. Les gens de Kanoli se considéraient comme meilleurs que les dieux qu'ils avaient un jour vénérés. Après tout, n'avaient-ils pas réussi à bâtir un paradis, sans leur aide ? Ils avaient dépassé la mesure des mortels. Ils se mirent à envahir Kauai, Oahu, Hawaii, et les autres îles, massacrant et pillant, emportant les plus belles femmes chez eux comme esclaves. Les Hawaiiens primitifs se trouvaient sans défense. Comment auraient-ils pu combattre des hommes qui se comportaient et qui se battaient comme des dieux ? Leur seul espoir étaient la confiance qu'ils mettaient en leurs propres divinités. Ils prièrent pour leur délivrance, et ils furent entendus. Les dieux des Hawaiiens firent se soulever la mer, qui engloutit les mauvais Kanoliens pour toujours et à jamais.

— Chez nous, il existe aussi une légende semblable qui parle d'un pays englouti sous la mer. On l'appelle l'Atlantide.

— J'ai lu des ouvrages à ce sujet. Platon en parle de manière presque romantique, dans son *Timée*.

— On dirait bien que vous êtes une sommité concernant les mythes, même s'ils ne sont pas hawaiiens.

Papaaloa sourit.

— Les légendes sont comme des nœuds sur une ficelle. L'un mène à l'autre. Je pourrais vous parler d'histoires qui ont traversé les siècles, au sein de peuples lointains, presque identiques à celles que rapportent la Bible des Chrétiens, et qui lui sont antérieures.

— Les voyants prédisent que l'Atlantide ressurgira un jour des flots.

— C'est aussi ce que l'on dit de Kanoli.

— Je me demande, murmura Pitt, combien ces légendes cachent de vérité.

Papaaloa s'appuya des coudes sur la table, et observa Pitt par-dessus ses mains croisées.

— C'est étrange, dit-il lentement, très étrange. Il avait utilisé les mêmes mots.

Pitt lui jeta un regard interrogateur.

— Qui donc ?

— Il y a longtemps de cela. Juste après la Deuxième Guerre mondiale. Un homme est venu chaque jour au musée, pendant une semaine, et a examiné chaque ouvrage et chaque manuscrit de notre bibliothèque. Il voulait se documenter sur la légende de Kanoli.

— D'autres personnes ont sans doute dû trouver l'histoire intéressante, après toutes ces années.

— Non, vous êtes le premier depuis celui-là.

— Vous devez être doté d'une mémoire d'éléphant, mon ami, pour vous souvenir d'un événement aussi lointain.

Papaaloa écarta les mains et accorda à Pitt un regard hésitant.

— Je n'ai jamais oublié l'incident, simplement parce que je n'ai pas oublié l'individu en question. Voyez-vous, c'était un géant aux yeux d'or.

Au-delà de la perplexité gisait la frustration, et les nuages empêchaient de distinguer ce que serait l'étape suivante. Lorsqu'un homme pénètre dans un nuage, c'est comme s'il sortait de lui-même. Il se déplace et agit de manière instinctive. C'était à peu de chose près l'état dans lequel se trouvait Pitt, une demi-heure avant midi, et quelques minutes après avoir quitté Papaaloa et son musée.

Son esprit n'était que confusion, qui se lançait d'arrière en avant, en essayant désespérément de dénicher les deux premières pièces du puzzle et de les assembler. Un vieux camion Dodge de couleur grise sortit du parking du musée et se mit à le suivre de près. Pitt fut tenté de mettre ce poursuivant sur le compte de son imagination — son subconscient s'était mis à voir des agents ennemis, avec leurs imperméables et leurs yeux de fouine, le guettant de derrière le moindre arbuste. Mais tandis qu'il roulait en direction de Pearl Harbor, le camion ne cessa de le suivre, collé à ses basques comme s'ils étaient attachés par une corde.

Pitt prit un nouveau virage et augmenta légèrement sa vitesse, les yeux braqués sur le rétroviseur. Le camion emprunta lui aussi le virage, perdit un peu de terrain, pour ensuite accélérer, et reprendre son ancienne position, à quelques mètres de distance. Au volant de la Cobra, Pitt se faufila au milieu de la circulation pendant trois kilomètres environ, à la suite de quoi il emprunta la bretelle vers le Mont Tantale. Il conduisait sans à-coups en suivant les virages en épingles à cheveux qui grimpaient à flanc de colline, au milieu des bosquets de fougères de Koolau Range, tout en appuyant sur l'accélérateur d'un millimètre à chaque tournant. Dans le rétroviseur, il observait le chauffeur du camion qui bataillait ferme avec son volant dans sa tentative désespérée de ne pas perdre de vue la petite voiture qui s'échappait.

C'est alors que survint un événement imprévu. Sans avoir été annoncée par le bruit d'une détonation, une balle vint frapper le rétroviseur extérieur de la voiture de Pitt, faisant exploser le petit miroir avant de continuer sa course vers l'avant. L'affaire était en train de se corser. Pitt enfonça la pédale d'accélérateur à fond pour mettre le maximum de distance entre lui et son poursuivant.

Ce fils de salaud utilise un silencieux, se dit Pitt, qui comprit également qu'il avait fait preuve de stupidité en quittant la ville. Il aurait été relativement plus prudent de rester au milieu du trafic du centre. À présent, son seul espoir était d'atteindre Honolulu avant que la prochaine balle ne vienne lui faire sauter le haut du crâne. Avec un peu de chancc, il se pourrait qu'il croise un véhicule de police en patrouille. Lorsque Pitt leva à nouveau les yeux vers le rétroviseur, il fut frappé de stupeur. Le camion s'était rapproché à moins d'une dizaine de mètres du pare-chocs arrière de la Cobra.

La route parvint au sommet de la colline, situé à six cents mètres, et entama une descente en pente raide par une série de virages serrés en direction de la ville qui se trouvait en bas. Pitt fit rugir son moteur tout au long des quinze cents mètres de ligne droite, tandis que derrière lui, le camion peinait pour ne pas se faire distancer. Pitt maintint sa vitesse au même niveau pour passer le virage suivant, en se recroquevillant sur son siège autant que le lui permettait l'intérieur plutôt réduit de la Cobra. L'aiguille de son indicateur de vitesse frôlait le cent-vingt kilomètres heure au moment où son poursuivant franchit la ligne au centre de la chaussée pour venir rouler de front avec la Cobra. Pitt risqua un œil par la fenêtre ; il n'oublierait jamais le sourire que lui lança l'homme aux longs cheveux noirs, découvrant une rangée de dents irrégulières et tachées de tabac. Cette vision ne dura qu'un bref instant, mais Pitt vit chaque détail du visage tavelé, les yeux noirs et brillants, l'énorme nez crochu à la peau bistre.

Tout ce que put ressentir Pitt, ce fut de la frustration. La frustration de ne pas pouvoir répliquer en tirant lui aussi, pour réduire en pièces la face de ce salaud. Derrière son siège, à moins de vingt-cinq centimètres, se trouvait une arme en parfait état de marche, et il n'avait aucun possibilité de s'en emparer. Un contorsionniste d'une taille d'un mètre vingt aurait peut-être été capable de mettre la main sur la crosse du Mauser, mais Pitt n'y arriverait jamais, avec son mètre quatre-vingt-dix.

Une autre solution consistait tout simplement à s'arrêter, sortir de la Cobra, se pencher à l'arrière et empoigner le revolver derrière le siège, le déballer de la serviette qui l'enveloppait, faire sauter la sécurité, et commencer enfin à tirer. Le seul problème, c'était le temps. Le vieux camion était trop proche. Le chauffeur au nez crochu aurait tout loisir d'arrêter son camion et de flanquer cinq balles dans le ventre de Pitt avec que ce dernier ait pu atteindre l'étape du déballage de la serviette.

La route devant eux virait sèchement sur la gauche en une dangereuse épingle à cheveux, précédée d'un signal jaune indiquant en lettres noires : Ne pas dépasser 30 km/h. Pitt vira pour emprunter le tournant à quatre-vingt-cinq. Le camion ne serait plus gouvernable à cette allure, à cause de la force centrifuge qui ferait décoller ses roues de la chaussée, et serait forcé de se laisser distancer momentanément avant que le chauffeur ne puisse à nouveau faire appel à la puissance maximale de son moteur.

Les plans ne cessaient de se succéder dans l'esprit de Pitt, chacun d'eux rejetant le précédant dans l'ombre. Au moment où il manœuvrait pour emprunter le virage suivant, il se mit à appuyer davantage encore sur l'accélérateur, tout en suivant des yeux, par l'intermédiaire du rétroviseur, les mouvements du chauffeur du camion qui essayait une fois de plus de revenir à la hauteur de la Cobra.

Ce fut une piètre consolation pour Pitt de constater que l'homme ne braquait plus d'arme en direction de son crâne. Mais il essayait de repousser Pitt hors de la route, vers une falaise escarpée qui dévalait sur plusieurs centaines de mètres.

Encore deux cents mètres de course en avant, et ils atteindraient l'épingle à cheveux suivante, et pourtant Pitt continua à la même allure. Le Dodge gris grignotait centimètre après centimètre pour rejoindre le niveau de l'aile avant de la voiture de sport. Il suffirait ensuite d'un petit coup pour que Pitt décolle littéralement. Alors qu'il ne restait qu'une centaine de mètres jusqu'au virage, Pitt appuya à fond sur l'accélérateur, y laissa son pied, puis le releva brusquement tout en écrasant le frein. Cette manœuvre brutale prit son poursuivant au dépourvu. Il avait lui aussi augmenté son allure, dans sa tentative de rester à la hauteur de sa proie, tout en dirigeant son véhicule pour forcer Pitt à foncer vers le bord de la falaise. Mais il était trop tard ! Ils atteignaient le virage.

Pitt continua de freiner brutalement. Il rétrograda de vitesse, et jeta sa voiture dans le tournant, tandis que ses pneus émettaient une plainte de protestation, d'être ainsi écrasés sur les pavés. La Cobra se mit à déraper des quatre roues, et l'arrière commença à chasser. Un léger mouvement sur la droite permit à Pitt de compenser ce dérapage, à la suite de quoi, accélérant à nouveau, il fila à toute vitesse dans la ligne droite suivante. Un regard dans le rétroviseur lui apprit que la route derrière lui était vide. Le camion gris avait disparu.

Pitt ralentit, comptant sur la gravité et sur la vitesse acquise par sa voiture pour franchir les cinq cents mètres suivant. Il n'y avait toujours aucun signe du camion. Avec prudence, Pitt effectua un demi-tour et repartit en direction du virage, se tenant prêt à effectuer un nouveau braquage à cent-quatre-vingts degrés si le Dodge réapparaissait brusquement. Il atteignit le virage, immobilisa sa voiture, et en descendit, pour marcher vers le bord de la chaussée.

Un nuage de poussière s'élevait très lentement du couvert de la forêt tropicale qui s'étendait tout en bas. Au fond du précipice, juste au pied de la falaise escarpée, on apercevait les débris du camion gris, dont le moteur avait été arraché de la carrosserie. Il n'y avait pas trace du chauffeur. Pitt allait abandonner ses recherches lorsqu'il distingua une forme inerte, plantée au sommet d'un poteau téléphonique, à environ une trentaine de mètres sur la gauche de l'épave du camion.

Ce spectacle était sinistre. On aurait dit que le chauffeur avait tenté de sauter de son véhicule avant que le vieux Dodge n'ait entamé son vol plané dans le précipice. Il avait raté le bord, et était tombé, chutant dans les airs sur presque soixante mètres avant de cogner ce poteau de téléphone perché sur un socle de béton. Le corps s'était empalé sur une barre de métal dont se servaient les employés de la firme chargée de l'entretien des lignes. Sous l'œil hypnotisé de Pitt, la partie inférieure du pylône changea lentement de couleur, passant du brun au rouge, comme si une main invisible était occupée à la peindre.

On aurait dit un quartier de bœuf suspendu à un crochet de boucher.

Pitt dut franchir les Monts Tantale et dépasser Manoa Valley avant de dénicher les premières habitations. Il se précipita vers un porche couvert de vigne, aperçut une vieille Japonaise, et lui demanda l'autorisation de se servir de son téléphone pour signaler un accident. La femme prit un temps infini pour effectuer une courbette, puis conduisit Pitt à un appareil installé dans la cuisine. Il forma en premier le numéro de l'amiral Hunter, et lui fit un rapide résumé des événements en lui communiquant l'endroit où ils avaient eu lieu.

En réponse, la voix de l'amiral sortit du combiné avec la force d'un mégaphone, obligeant Pitt à écarter l'appareil à plusieurs centimètres de son oreille.

— N'appelez pas tout de suite la police d'Honolulu, beugla Hunter. Accordez-moi dix minutes pour que nos gars de la sécurité puissent atteindre l'épave, avant que les enquêteurs locaux ne viennent piétiner la zone et tout flanquer en l'air. C'est clair ?

— Je crois que je peux comprendre.

— Bien ! reprit Hunter sans paraître remarquer la pointe de sarcasme de Pitt. Dix minutes. Et après ça, remuez votre cul et filez à Pearl Harbor. On a du pain sur la planche.

Pitt acquiesça et raccrocha le téléphone.

Il attendit ensuite une dizaine de minutes, en répondant à la foule de questions en rafale que posait la petite vieille Japonaise au sujet de l'accident. Puis il s'empara à nouveau du combiné et demanda à l'opératrice de lui passer la police d'Honolulu. Lorsque la voix rocailleuse à l'autre bout du fil lui demanda son nom, après que Pitt ait fourni les renseignements concernant l'endroit du sinistre, il ne répondit rien, et replaça tranquillement le combiné sur son berceau.

Il remercia la propriétaire des lieux, et retourna dans sa voiture. Il resta assis face au volant pendant cinq bonnes minutes, transpirant dans la chaleur tropicale chargée d'humidité, sur le cuir rigide de son siège.

Quelque chose ne tournait pas rond. Un détail qu'il avait

négligé revint lui chatouiller l'esprit, une espèce de ligne de pensée impossible à exprimer par des mots.

C'est alors qu'il saisit brusquement. Il alluma rapidement le moteur et laissa deux traînées de caoutchouc Goodyear sur l'asphalte fatigué en repartant à toute vitesse vers le lieu de l'accident. Cinq minutes au téléphone, une vingtaine de minutes passées à lambiner comme si le temps n'avait aucune importance, trois minutes pour revenir jusque-là, vingt-huit minutes en tout, gaspillées.

Il aurait dû songer qu'il avait plus d'un poursuivant à ses trousses. La Cobra dérapa légèrement avant de s'immobiliser, et Pitt fonça une fois de plus en direction du bord de la falaise.

L'épave se trouvait à l'endroit exact où il l'avait aperçue tout à l'heure, tordue et déchirée comme un jouet d'enfant fracassé. Le pylône de téléphone était lui aussi toujours là, désespérément planté au milieu de la ligne de falaise, ses barres transversales supportant des câbles qui s'étendaient à l'infini. Les tiges de métal étaient toujours en place, elles aussi. Mais le corps du chauffeur avait disparu. Seule restait la tache de couleur rouge, qui coagulait et se cristallisait sous la morsure du soleil.

CHAPITRE SIX

Une baraque en préfabriqué — qui ressemblait davantage au bureau délabré d'un chantier sauvage — constituait le plus lamentable des exemples de constructions réalisées depuis la Guerre Civile. Le toit de tôle ondulée rongé par la rouille et les fenêtres poussiéreuses et fendillées étaient assaillis par une mer de mauvaises herbes. Mais à la porte, dont la peinture s'écaillait et craquelait, Pitt fut forcé de s'arrêter devant un sergent de la Marine armé d'un Colt automatique .45.

— Votre identité, s'il vous plaît.

Il s'agissait plus d'une exigence que d'une simple requête. Pitt lui présenta sa carte d'identité.

— Dirk Pitt. Je viens faire mon rapport à l'amiral Hunter.

— J'ai bien peur de devoir examiner votre ordre de mission, sir.

Pitt n'était pas dans l'état d'esprit favorable aux opérations de procédure. Les marines avaient le don de l'irriter, avec leur cou gonflé, toujours à chercher la bagarre, et prêts à lancer à la moindre occasion le premier couplet de l' « Hymne de la Marine ».

— Je présenterai mes papiers à l'officier responsable, et à personne d'autre.

— J'ai des ordres qui…

— Vos ordres sont de contrôler l'identité des personnes, et de voir si leurs noms se trouvent sur la liste de ceux qui peuvent pénétrer dans ces bâtiments, et rien de plus, dit froidement Pitt. Nul ne vous a donné l'autorisation de jouer les héros en vérifiant des documents.

Il prit la direction de la porte.

— Et maintenant, si vous le voulez bien.

Le sergent rougeaud donna l'impression de ne pas arriver à décider s'il allait retenir Pitt en lui flanquant son poing dans la figure. Il hésita un moment, scruta l'expression glacée des traits de Pitt, puis se détourna pour ouvrir la porte derrière lui, et fit signe à Pitt de le suivre.

L'intérieur de la baraque en préfabriqué était vide, à l'exception de deux chaises renversées, un classeur à dossiers poussiéreux, et quelques journaux jaunis étalés çà et là sur le sol. L'endroit sentait le moisi et des toiles d'araignées pendaient au plafond. Pitt demeura frappé de stupeur, jusqu'à ce que le sergent aille se placer dans le fond de la pièce déserte et donne deux coups de son pied sur le plancher de bois. On entendit une vague réponse, à la suite de quoi le sergent dégagea une trappe parfaitement impossible à déceler jusque-là, et invita Pitt à emprunter l'escalier qui descendait au sous-sol, baignant dans la pénombre. Puis il se recula pour refermer la trappe invisible derrière Pitt, ne manquant sa tête que de quelques centimètres.

Le fantôme d'Edgar Allan Pœ, songea Pitt. Au bas des marches, il écarta un épais rideau, et pénétra dans un carnaval d'activités bruyantes. Il se trouvait à l'entrée d'un vaste bunker souterrain, qui s'étendait sur presque soixante mètres. Les tubes fluorescents accrochés au plafond éclairaient ce qui se faisait de mieux en tant que centre d'opérations. D'un mur lambrissé à l'autre courait un épais tapis de couleur beige, couvert de bureaux, d'ordinateurs, de télex et autres appareils du genre, qui n'auraient pas détonné dans le plus somptueux des bureaux de Madison Avenue.

Un essaim de jolies filles, vêtues de pimpants uniformes de la marine, étaient installées derrière la plupart des bureaux, la mine austère, les unes tapant furieusement sur un clavier, face à l'écran vidéo qu'elles avaient devant elles, d'autres se déplaçant avec aisance et souplesse autour de la rangée d'ordinateurs qui occupaient le centre de la pièce. Une vingtaine d'officiers mâles, en uniformes blancs, se tenaient en petits groupes, ici et là, en train d'examiner les feuilles sorties des imprimantes ou bien de griffonner des séries de chiffres complexes sur les tableaux noirs qui couvraient une grande partie des murs. Toute la scène évoquait une salle de pari de première classe. La seule chose manquante était la voix monotone de celui qui annonçait les courses et le nom des chevaux.

L'amiral Hunter finit par apercevoir Pitt, se redressa, et lui adressa son sourire assassin, avant de foncer vers lui, la main tendue.

— Bienvenue à bord du nouveau quartier général de la 101e Flotte, monsieur Pitt.

— C'est très impressionnant.

Hunter fit un large geste pour montrer la pièce aux vastes dimensions.

— La construction remonte à la Deuxième Guerre mondiale. Ça n'a pas servi depuis lors. Je ne pouvais pas supporter que personne ne l'utilise, alors j'ai décidé de m'y installer.

Hunter saisit le bras de Pitt, et l'emmena jusqu'à un bureau aménagé dans un coin du bunker, séparé du reste de la salle par des cloisons. L'air profondément décidé, l'expression autoritaire et le regard intense, tout cela faisait de Hunter l'exemple parfait du commandant des forces d'assaut aux yeux perçants à qui revenait la tâche d'attaquer un ennemi invisible de l'autre côté de la terre. Ce qu'il était en vérité.

— Vous êtes exactement deux heures et trente-huit minutes en retard, déclara Hunter d'un ton ferme.

— Désolé, sir. La circulation était un peu difficile.

— C'est ce que j'ai cru comprendre au téléphone. Je voulais vous remercier pour votre appel. Je vous suis très reconnaissant de m'avoir contacté en premier. C'était bien pensé.

— Je n'ai qu'un regret, c'est d'avoir tout gâché en quittant les lieux de l'accident.

— Ne vous en faites pas. Je crois que nous n'aurions pas appris grand-chose en examinant le corps, à part l'identité du gars. Mais il est plus que probable que votre ami le chauffeur n'était qu'un petit truand local engagé pour vous envoyer au cimetière.

— Pourtant, on aurait peut-être pu découvrir davantage que…

— Les agents secrets, l'interrompit Hunter d'un ton sarcastique, n'ont pas vraiment l'habitude de laisser des notes au sujet leur mission, épinglées sur la chemise de leurs tueurs à gages.

— Par agents secrets, vous voulez dire les Russes ?

— Peut-être. Nous ne disposons pas encore de preuves, mais nos gars des renseignements semblent penser que les Russes ont monté une organisation qui fouille un peu partout dans le but de dénicher la position du *Starbuck*, et pour être les premiers à lui mettre le grappin dessus.

— L'amiral Sandecker évoquait lui aussi pareille éventualité.

— Un sacré gars, dit Hunter avec une note satisfaite dans la voix. Il m'a montré votre dossier personnel ce matin. Je dois admettre qu'en toute honnêteté, je ne m'attendais pas le moins du monde à ce que j'y ai trouvé. Distinguished Flying Cross avec deux épis, Silver Star, ainsi que plusieurs autres décoration et Purple Heart pour blessures de guerre. Franchement, je vous avais pris pour un escroc.

Hunter prit un paquet de cigarettes qui traînait sur son bureau et le tendit à Pitt.

Ce vieux salaud, songea Pitt, est pour le moment en train de faire assaut de courtoisie.

— Vous avez probablement remarqué qu'il n'est pas fait mention d'une médaille de Bonne Conduite, dit Pitt en rendant le paquet.

Hunter l'observa d'un regard pénétrant.

— J'ai remarqué.

Il prit une cigarette, gratta une allumette, puis se pencha par-dessus le bureau pour appuyer sur la commande d'un interphone.

— Yager, trouvez les capitaines Denver et Boland, et faites-les venir ici.

Il coupa la communication, se retourna, et se dirigea vers une carte du Pacifique nord, installée au mur.

— Le vortex du Pacifique, Major, vous en avez déjà entendu parler ?

— Pas avant ce matin.

Hunter frappa des doigts sur un point de la carte, au nord de Oahu.

— C'est là, dans une zone de moins de six cents kilomètres de diamètre, que près d'une quarantaine de navires ont sombré corps et biens, depuis 1956. Les opérations de recherche intensives n'ont rien donné. Avant cette date, les naufrages ont eu lieu à un rythme beaucoup plus réduit, jusqu'à correspondre au facteur de disparition normal de un ou deux vaisseaux tous les vingt ans.

Hunter se détourna de la carte et se pinça le lobe de l'oreille.

— Il y a eu une masse d'études à ce sujet. Nous avons nourri les ordinateurs avec la moindre miette d'information disponible, dans l'espoir qu'ils nous pondent une solution plausible. Jusqu'à présent, nous n'avons réussi qu'à déterrer des théories bidons. Les faits purs et simples sont sacrément rares et il nous reste pas mal…

Un léger coup à la porte interrompit Hunter. Il leva les yeux alors que Denver et Boland pénétraient dans la pièce. Les deux hommes fixèrent un instant Pitt, d'un air étonné, avant de poser lentement un nom sur son visage.

Denver fut le premier à réagir.

— Dirk, cela me fait plaisir de vous compter parmi nous.

Pitt sourit.

— Et cette fois, je me suis habillé pour la circonstance.

Boland se contenta de saluer Pitt d'un signe de tête, et de murmurer quelques mots de bienvenue, avant de s'asseoir.

Hunter sortit un mouchoir de lin de sa poche revolver, et se le passa sur les lèvres pour les débarrasser d'un brin de tabac qui s'y était collé. Après avoir contemplé la petite parcelle de matière brune, il déclara :

— Nous n'avons pas eu assez de temps pour mettre sur pied une organisation complète, monsieur Pitt, mais nous avons quand même pas mal de choses qui tournent plutôt bien.

Nos ordinateurs sont en liaison avec chacune des agences de renseignements du pays. Je compte sur vous pour effectuer la coordination de nos opérations avec vos gens de Washington. Il nous faut des réponses, et il nous les faut vite. Si vous avez besoin de quoi que ce soit, demandez-le au capitaine Boland.

— Je voudrais savoir une chose, dit Pitt.

— Dites toujours, rétorqua Hunter.

— Je me trouve tout en bas du totem pour l'instant, comparé à vous. Avant ce matin, je n'avais jamais entendu parler de cette affaire. Je ne pourrai pas vous être d'un grand service si on ne me donne pas la moindre idée de ce qui se cache derrière tous ces racontars au sujet d'un mystérieux aspirateur marin qui engloutit les navires.

Hunter accorda à Pitt un regard pensif.

— Excusez-moi.

Il s'arrêta, et lorsqu'il se remit à parler, ce fut sur un ton très posé.

— Je pense que vous savez ce qu'est le Triangle des Bermudes.

Pitt hocha la tête, en murmurant une réponse affirmative.

— Le Triangle, poursuivit Hunter, n'est pas le seul endroit du globe où surviennent des événements inexplicables. La mer Méditerranée en possède sa part elle aussi. Et même si elle a reçu moins de publicité, la zone de Romondo, dans le sud-ouest du Pacifique, aux environs du Japon, possède le triste privilège d'avoir vu sombrer plus de navires au cours des deux derniers siècles que l'ensemble des autres océans. Ce qui nous amène à la plus récente et la plus insolite des régions : le vortex du Pacifique.

— En ce qui me concerne, je pense qu'il s'agit d'un ramassis de bêtises, dit sèchement Pitt.

— Oh, je ne sais pas, répliqua Boland. Il y a un certain nombre de scientifiques réputés qui considèrent qu'il y a vraiment quelque chose.

— Vous êtes donc sceptique ? demanda Hunter à Pitt.

— Je n'aime pas qu'on me fasse marcher. Je crois simplement ce que je peux voir, sentir et toucher.

Hunter prit un air et un ton résignés.

— Messieurs, nos opinions n'ont pas la plus fichue importance. Ce qui compte, ce sont les faits ; et c'est ce dont nous allons nous occuper aussi longtemps que je commanderai la 101e Flotte. Notre boulot, ce sont les opérations de sauvetage. Et pour le moment, notre tâche principale est de retrouver et de repêcher le *Starbuck*. On se retrouve embrouillés avec ce mythe du vortex tout simplement à cause des étranges circonstances entourant le message du capitaine Dupree. Si nous arrivons à éclaircir le mystère de la perte du *Starbuck* tout en apportant une réponse au sujet de la disparition des autres navires depuis toutes ces années, cela serait tout bénéfice pour le transport maritime et les compagnies de navigation. Si jamais les Russes ou les Chinois mettent la main sur le *Starbuck* avant nous, je peux vous dire que ça va emmerder pas mal de gens à Washington.

— En particulier le département de la Marine, ajouta Boland.

Hunter hocha la tête.

— Le département de la Marine, et l'ensemble des laboratoires de recherches scientifiques et des compagnies d'ingénierie ont passé des années à établir des plans et à construire le plus moderne des sous-marins nucléaires en service. Les gars qui ont transpiré et travaillé sur le *Starbuck* ne vont pas rigoler si jamais il se retrouve arrimé à un quai russe de Vladivostock.

— Existe-t-il des similitudes entre la disparition du *Starbuck* et celles des autres appareils, navires ou avions ? demanda Pitt.

— Je vais répondre à votre question, dit Boland d'un ton cinglant. Primo, contrairement à ce qui s'est passé dans le Triangle des Bermudes, il n'est fait mention d'aucun cas d'avion disparu au-dessus du vortex du Pacifique. Secundo, puisqu'il n'existe pas de survivants, pas de canots de sauvetage, pas de cadavres, aucun débris flottant, nous n'avons aucune chance d'établir une correspondance. Le seul lien entre le sous-marin et les autres vaisseaux manquants tient au fait qu'ils ont tous disparu au sein d'un secteur bien précis de l'océan Pacifique.

Denver se pencha pour prendre le bras de Pitt.

— À part la capsule à message que vous avez découverte près de la plage de Kaena Point, il n'existe qu'un seul autre exemple de preuve.

— L'amiral Sandecker m'a en effet parlé d'une exception, dit Pitt.

— Le *Lily Marlène*, ajouta calmement Hunter. Un cas bien plus étonnant que la *Marie Céleste*.

Il ouvrit un tiroir et fouilla un instant à l'intérieur.

— Cela tient à peu de chose, quelques pages seulement.

Il tendit une chemise de carton à Pitt et, dans le même mouvement, appuya sur l'interphone.

— Yager, aboya-t-il, apportez-nous du café.

Pitt s'installa au fond de son siège, prit note du titre sur la chemise, et se plongea ensuite dans la lecture du document.

L'étrange catastrophe du S.S. Lily Marlène

Dans l'après-midi du 10 juillet 1968, le S.S. Lily Marlène, torpilleur britannique transformé en yacht privé, quitta le port d'Honolulu, et mit le cap au nord-ouest de l'île de Oahu dans le but de filmer une scène de sauvetage pour un film tourné sous la direction de Herbert Verhusson, producteur de cinéma de réputation internationale et propriétaire en titre du navire. La mer était calme et le temps beau, avec quelques nuages dispersés. Un vent soufflait du nord-est à la vitesse approximative de quatre nœuds.

À 20 h 50, le 13 juillet, la station de garde-côtes de Makapuu Point et le centre de communications maritime de Pearl Harbor captèrent un signal de détresse émis par le navire, suivi de ses coordonnées. L'équipe de secours de Hickam Field fut mise en alerte, et les bâtiments de la Marine et des garde-côtes partirent de Oahu. Les appels au secours, après avoir continué pendant douze minutes, furent suivis par le silence, qui ne fut brisé que par les derniers mots en prove-

nance du Lily Marlène, des paroles étranges : « Ils sortent du brouillard. Le capitaine et le second sont morts. L'équipage se bat. Aucune chance. Ils sont trop nombreux. Ils ont commencé par les passagers. Personne ne sera épargné, même pas les femmes. » Suivirent des phrases incohérentes. « Un navire approche à l'horizon sud. Oh, Seigneur! Si seulement il arrivait à temps. M. Verhusson est mort. Ils vont s'occuper de moi, maintenant. Je n'ai plus le temps. Ils captent mes messages. N'accusez pas le capitaine. Il ne pouvait pas savoir. Ils frappent à ma porte à présent. Plus beaucoup de temps. Je ne comprends pas. Le navire s'est remis en marche. À l'aide! Pour l'amour de Dieu, aidez-nous! Oh, doux Jésus! Ils sont... » La communication se termine ainsi.

Le premier navire arrivé sur les lieux fut le cargo espagnol San Gabriel. Il ne se trouvait qu'à une vingtaine de kilomètres lorsqu'il capta le signal de détresse en provenance du Lily Marlène. Il s'agissait en fait du navire que l'opérateur radio avait aperçu avant de sombrer dans le silence. Tandis que le steamer espagnol venait se ranger de côté, son équipage put se rendre compte que le yacht semblait en parfait état de marche, et était en train d'avancer à vitesse réduite, laissant une fine ligne de remous derrière sa poupe. Soudain, et de manière inexplicable, le Lily Marlène s'arrêta complètement au milieu des flots, ce qui permit au capitaine du San Gabriel d'envoyer une équipe à son bord. Ses hommes découvrirent un navire mort, avec un équipage mort. Les corps sans vie des passagers, des techniciens cinéma, des officiers et de l'équipage, étaient éparpillés çà et là sur les ponts et dans les cabines intérieures. Dans la salle radio, le cadavre de l'opérateur était affalé sur son appareil, et la lumière rouge du bouton d'allumage continuait de briller sur le panneau.

L'officier commandant la petite équipe de secours appela aussitôt par radio le capitaine du San Gabriel. Il y avait de la terreur dans sa voix, tandis qu'il relatait ce qu'ils venaient de découvrir. Les corps des victimes avaient viré au vert, et les traits de leurs visages avaient fondu, comme s'ils avaient été exposés à une chaleur intense. Une odeur nauséabonde avait envahi le navire, qu'il décrivit comme de nature sulfureuse. La position des cadavres semblaient indiquer qu'ils avaient dû livrer un horrible combat avant de succomber. Bras et jambes étaient tordus dans des positions saugrenues, et les faces atrocement brûlées semblaient toutes tournées vers le nord. Même un petit chien, appartenant sans doute à l'un des passagers, présentait les mêmes étranges lésions.

Après un bref échange de vues dans la timonerie, l'équipe de sauvetage demanda au capitaine du San Gabriel de lui envoyer un câble de remorquage. Ils avaient l'intention de réclamer l'indemnité de sauvetage du navire et de le remorquer, ainsi que sa cargaison morbide, jusqu'à Honolulu.

C'est alors que brusquement, avant même que le San Gabriel ait pu se mettre en position, une gigantesque explosion ravagea le Lily Marlène de la proue à la poupe. La force de la déflagration secoua le San Gabriel, et projeta des débris sur quatre cents mètres à la ronde.

Pétrifiés d'horreur, l'équipage et le capitaine du San Gabriel ne purent qu'assister, totalement impuissants, à la retombée des débris fracassés du Lily Marlène, qui sombra aussitôt dans les flots, en emportant avec lui la totalité de l'équipe de sauvetage.

Après examen des témoignages et des documents, l'équipe d'enquêteurs des garde-côtes clôtura le dossier par ces mots : « La mort de l'équipage et des passagers, ainsi que l'explosion consécutive et le naufrage du yacht Lily Marlène, ne peuvent être attribuées qu'à des circonstances et des personnes inconnues. »

Pitt referma la chemise et la posa sur le bureau de Hunter.

— Ce que vous venez de lire, déclara Hunter d'un air sombre, constitue le seul cas connu d'un appel de détresse antérieur au désastre, venant aussi bien de témoins extérieurs, que de personnes impliquées dans les événements.

— On dirait, reprit Pitt, que le *Lily Marlène* a été attaqué par une bande montée à son bord.

Boland remua la tête.

— Les hommes qui sont partis du *San Gabriel* ont été disculpés. L'équipement de radio directionnelle confirme de façon précise que le cargo espagnol se trouvait à vingt kilomètres du lieu du sinistre quand le premier appel de détresse a été entendu.

— On n'a repéré aucun autre navire ? demanda Pitt.

— Je vois ce que vous voulez dire, déclara Denver. Mais les actes de piraterie ont disparu en même temps que la fabrication des sabres d'abordage.

— Le message de Dupree parle lui aussi d'une brume ou d'un banc de brouillard, insista Pitt. Est-ce que le *San Gabriel* fait mention de quoi que ce soit ressemblant à du brouillard ?

— Négatif, répondit Hunter. Le premier appel au secours est arrivé à 20 h 50. C'est le crépuscule, sous cette latitude. L'horizon obscur aurait masqué toute trace d'un banc de brouillard isolé.

— En outre, ajouta Denver, de la brume dans cette région du Pacifique, en plein mois de juillet, c'est aussi rare que du blizzard sur la plage de Waikiki. Il arrive qu'un banc de brouillard, très localisé et de dimensions réduites, se forme lorsque de l'air chaud en suspension se refroidit et entre en condensation, la plupart du temps lors de nuits tranquilles, au contact d'une surface plus froide. Et dans ces seules et uniques circonstances. Les vents sont presque constants tout au long de l'année, et une eau dont la température varie de vingt-deux à vingt-sept degrés peut difficilement être considérée comme une surface froide.

Pitt haussa les épaules.

— Voilà qui règle la question.

— Ce qui nous laisse avec ceci, déclara d'un air sombre Hunter. Si le *San Gabriel* n'était pas arrivé sur les lieux à temps, le *Lily Marlène* aurait explosé et sombré vers le fond de toute manière. Et on aurait pu ajouter cette affaire sur la liste des disparitions mystérieuses.

Denver se tourna vers lui.

— D'un autre côté, si un être d'un autre monde s'est

attaqué au *Lily Marlène*, il n'était pas obligé de le faire avec un autre navire à proximité, ni de lui laisser le temps de venir à bord pour effectuer une inspection. S'il a fait ça, c'est dans un but bien précis.

Boland leva les mains en l'air.

— Voilà qu'il remet ça.

— Tenez-vous en aux faits, capitaine, lança Hunter en accordant un regard glacial à Denver. Nous n'avons pas de temps à gaspiller avec de la science-fiction.

Personne n'ajouta mot. Seuls les bruits étouffés des appareils, de l'autre côté des parois du petit bureau, venaient déranger le silence. Pitt se frotta les yeux avec les poings, puis se prit la tête dans les mains comme s'il voulait s'éclaircir les idées. Lorsqu'il se décida à parler, ses mots s'enchaînèrent avec lenteur.

— Je crois que Burdette vient de toucher un point intéressant.

Hunter lui jeta un regard.

— Vous allez marcher dans cette histoire de petits hommes verts aux oreilles pointues, qui ont une dent contre les croisières en mer ?

— Non, répondit Pitt. Mais je vais marcher dans l'idée que ce qui est, ou ceux qui sont, responsables du désastre, tenaient également à ce que le cargo espagnol fasse cette découverte.

Hunter semblait davantage intéressé, à présent.

— Je vous écoute.

— Mettons sur le compte du mauvais temps, des mauvaises manœuvres, et de la malchance, la disparition d'un faible pourcentage de navires. Ce qui nous permet de franchir un nouveau pas, et de nous dire qu'une intelligence se cache derrière le reste des cas mystérieux.

— D'accord, admettons qu'il y ait un cerveau qui dirige les opérations, dit Boland. Qu'est-ce qu'il…

Il s'interrompit, pour se tourner avec le sourire vers Denver.

— Ou qu'est-ce que… cet être aurait à gagner en laissant ces espagnols tomber au beau milieu d'un massacre général ?

— Pourquoi aurait-il changé ses habitudes ? rétorqua Pitt, en répondant par une autre question. C'est de notoriété publique, les marins sont des gens superstitieux. La plupart d'entre eux ne savent même pas nager, et il en existe encore moins qui acceptent d'enfiler une combinaison et de plonger sous les flots. Ils passent leur vie à flotter à la surface. Et de plus, leurs craintes les plus profondes et leurs pires cauchemars tournent pour la plupart autour de la perspective de se noyer en mer. Mon idée, c'est que ces mystérieux bandits ont agi de manière délibérée, pour faire en sorte que les passagers et les hommes d'équipage du *Lily Marlène* soient découverts, éparpillés un peu partout, couverts de mutilations innommables. Même le chien n'a pas été épargné.

— Ça me paraît un peu compliqué, comme stratagème, pour effrayer quelques marins, insista Boland.

— Pas seulement pour effrayer quelques marins, reprit Pitt, mais toute la corporation des marins. En résumé, toute la scène n'a été montée que comme un avertissement.

— Un avertissement à quel sujet ? demanda Denver.

— Un avertissement de ne plus jamais s'aventurer dans cette région précise de l'océan, répondit Pitt.

— Il faut bien l'admettre, dit lentement Boland. Depuis l'histoire du *Lily Marlène*, les navires ont évité comme la peste l'emplacement du vortex.

— Il vous reste encore un problème, déclara Hunter d'une voix étrangement douce. Les seuls véritables témoins sur les lieux, ces gars de l'équipe de secours, ils sont partis en fumée en même temps que le navire.

Pitt eut un sourire entendu.

— C'est simple. L'idée de ces gars était de retourner à bord du *San Gabriel* pour faire leur rapport au capitaine. Le petit malin qui est derrière toute l'affaire ne s'attendait pas à devoir faire un nouvel assaut de violence. Les gars de l'équipe de sauvetage, vous vous en souvenez, avaient décidé de rester à bord du *Lily Marlène* et avaient demandé qu'on leur envoie un câble. Ils étaient déjà probablement en train de penser à ce qu'ils allaient bien pouvoir faire de l'argent que ce sauvetage allait leur rapporter. Il fallait qu'ils soient stoppés, juste à l'endroit où le navire se trouvait. Si jamais le *Lily Marlène* regagnait un port, une véritable enquête scientifique allait sans doute découvrir des détails préjudiciables pour le petit malin qui se cache derrière tout cela. C'est la raison de cette fantastique explosion, qui a envoyé le yacht de Verhusson par le fond.

— Ça a l'air de tenir, soupira Hunter. Mais même dans le cas où votre imagination fertile aurait touché juste, nous avons toujours sur le dos notre boulot principal, qui est de retrouver le *Starbuck.*

— Je voulais en arriver là, dit Pitt. Le message envoyé par l'opérateur radio du yacht et celui du capitaine Dupree sont tout deux formulés avec les mêmes phrases hachées. Et on entend le même ton plaintif dans les deux cas. L'opérateur radio dit : « N'accusez pas le capitaine. Il ne pouvait pas savoir. » Et dans la dernière partie du message de Dupree, il déclare : « Si j'avais su. » Il pourrait s'agir d'une expression plus ou moins semblable, employée par deux hommes pris de panique, mais je ne le crois pas.

Pitt s'arrêta pour laisser à ses mots le temps de s'enfoncer dans l'esprit de ses interlocuteurs.

— Tout cela nous amène à la conclusion la plus probable : le message final du capitaine Dupree est un faux.

— Nous y avons déjà pensé, dit Hunter. Le texte de Dupree a été envoyé par avion à Washington la nuit dernière. Le bureau de vérification des services secrets de la Navy ont attesté il y a de cela une heure de l'authenticité de l'écriture de Dupree.

— Bien sûr, dit Pitt sans se démonter. Personne ne serait assez stupide pour passer son temps à contrefaire une écriture sur autant de paragraphes. Je suggère que vous demandiez à vos experts de vérifier les marques en creux sur le papier. Il y a des chances pour que les mots aient été imprimés et puis écrasés dans l'épaisseur du papier juste assez pour faire croire à de l'écriture manuscrite.

— Cela n'a pas de sens, dit Boland. Pour y arriver, il aurait fallu recueillir pas mal d'échantillons de l'écriture de Dupree, et les reproduire.

— Ils détenaient le livre de bord, sa correspondance, et peut-être même un journal personnel. C'est d'ailleurs peut-être la raison pour laquelle il manque certaines pages au message que contenait la capsule. Certains mots clés et certaines lettres ont été découpés et puis replacés dans un autre ordre, pour former des phrases sensées. L'ensemble a été passé à la photogravure, et ensuite imprimé.

L'expression de Hunter restait pensive, et son ton neutre.

— Cela pourrait expliquer les termes bizarres du message de Dupree, et ces phrases décousues. Mais cela ne nous dit pas où se trouvent Dupree et son équipage.

Pitt quitta son siège et se dirigea vers la carte murale.

— Est-ce que le *Starbuck* a envoyé à Pearl Harbor des messages chiffrés ? demanda-t-il.

— La machine à déchiffrer n'avait pas encore été installée, répliqua Hunter. Et vu que le sous-marin manœuvrait plus ou moins dans nos eaux territoriales au cours de cette croisière d'essai, la Navy n'avait pas considéré comme très important que les communications soient classées confidentielles.

— Ça me paraît plutôt risqué, dit Pitt, pour l'un de nos submersibles de se balader comme ça en plein air.

— Le silence absolu n'est requis que lorsque le sous-marin est en patrouille ou en station. Comme le *Starbuck* était un vaisseau récent que l'on mettait à l'essai, Dupree avait reçu l'ordre de communiquer sa position toutes les deux heures, par mesure de précaution, en cas de dysfonctionnement mécanique. La période d'essais initiale avait été planifiée sur cinq jours seulement. Le temps pour les Russes de capter les messages, d'affréter un navire, d'y installer le matériel électronique de surveillance et de l'envoyer sur les lieux, et le *Starbuck* aurait eu largement le temps de faire machine arrière jusqu'à Pearl Harbor.

Pitt continuait d'observer la carte.

— Ces marques rouges, amiral. Qu'est-ce qu'elles indiquent ?

— C'est la route de Dupree, selon les messages qu'il a fait parvenir.

— Et ces symboles noirs, j'imagine, correspondent à la dernière position vérifiée du *Starbuck* ?

— Exact.

Pitt reprit, toujours économe de ses mots.

— Ce signe-ci, tout en haut, indique l'endroit du message final de Dupree.

Hunter se contenta de hocher la tête.

Pitt s'appuya contre le bureau de Hunter et examina pendant un long moment la carte, sans rien ajouter. Finalement, il se redressa et alla frapper la carte à l'endroit de la dernière position du *Starbuck*.

— Votre aire de recherches part de ce point, pour aller jusqu'où ?

— Elle s'étend en éventail, sur quatre cents kilomètres, en direction du nord-est, répondit Boland, les yeux embués par la perplexité face à cette rafale de questions de la part de Pitt.

— Si vous aviez la bonté de nous apprendre où vous voulez en venir, ajouta-t-il.

— Suivez mon raisonnement, je vous prie, répondit Pitt. Vos opérations de recherche ont été massives, ont fait appel à plus de vingt navires et à trois cents avions. Mais vous n'avez rien trouvé, même pas une flaque d'huile. Il ne fait aucun doute que tous les appareils de détection scientifiques ont été utilisés — magnétomètres, sondeurs de profondeurs ultrasensibles, caméras sous-marines, et ainsi de suite. Et pourtant, vos efforts n'ont rien donné. Ça ne vous paraît pas bizarre ?

Les traits de Hunter trahirent son incompréhension.

— Pourquoi bizarre ? Le *Starbuck* a parfaitement pu glisser au fond d'une gorge sous-marine…

— Ou bien sa coque s'est retrouvée enfouie dans une épaisse couche de sédiments, ajouta Denver. Retrouver un seul petit navire dans une zone aussi étendue revient à chercher une aiguille dans une botte de foin.

— Cher ami, dit Pitt en souriant, vous venez de prononcer la formule magique.

Denver lança à Pitt un regard ébahi.

— Un seul petit navire, répéta Pitt. Malgré toutes vos recherches, vous n'avez pas pu retrouver un seul petit navire.

— Et alors ? demanda Hunter d'un ton glacial.

— Vous ne voyez toujours pas ? Vos opérations étaient sensées se dérouler au beau milieu du vortex du Pacifique. Il est possible que vous n'ayez pas découvert le *Starbuck*, mais vous auriez dû au moins tomber sur quelque chose. Après tout, vous aviez l'embarras du choix, avec la trentaine d'autres épaves englouties dans les environs.

— Nom de Dieu ! jura Hunter dont l'assurance venait d'être ébranlée. Personne n'avait jamais songé à ça…

— Je vous suis très bien, dit Boland. Mais qu'est-ce que cela prouve ?

— Cela prouve, rétorqua Pitt, que vous avez cherché au mauvais endroit. Cela prouve que le message de Dupree était une contrefaçon habile. Et cela prouve que les dernières coordonnées fournies par le *Starbuck* constituent un exemple de fraude encore plus ingénieuse. En bref, messieurs, l'endroit où chercher votre sous-marin disparu n'est pas situé au nord-est, mais sur un cap à cent-quatre-vingts degrés de là, à l'exact opposé vers le sud-ouest.

Hunter, Boland et Denver dévisagèrent Pitt dans un silence stupéfait, la lumière se faisant peu à peu dans leurs esprits.

Ce fut Denver qui parla le premier.

— Ça colle, déclara-t-il simplement.

Le visage de Hunter commença à s'éclairer d'un enthousiasme qu'il n'avait pas ressenti depuis des mois. Il examina longuement et précisément la carte murale, pendant presque une trentaine de secondes au moins. Puis, il fit soudain volte-face et chercha rapidement Boland des yeux.

— Dans combien de temps le *Martha Ann* peut-il être prêt à appareiller ?

— Hisser l'hélicoptère à bord, remplir les réservoirs, effectuer un contrôle final des instruments de détection… Je dirais 21 heures ce soir, sir.

Hunter jeta un coup d'œil à sa montre.

— Cela ne nous laisse pas beaucoup de temps pour définir la zone de recherches.

Il se tourna vers Denver.

— C'est votre domaine. Je vous suggère de lancer immédiatement un programme de grille de recherches.

— Les premières données sont déjà introduites dans les ordinateurs, amiral. Il ne s'agit plus que d'inverser celles qui concernent la zone en question.

Hunter se frotta les paupières.

— C'est bien, messieurs, à vous de jouer à présent. Je donnerais la moitié de mes galons pour vous accompagner. À ce propos, monsieur Pitt, j'espère que vous ne verrez pas d'inconvénient à une grande balade en mer ?

Pitt lui sourit.

— Je n'ai rien d'autre de prévu pour le moment.

— Bien, dit Hunter en approchant une cigarette de ses lèvres. Dites-moi une chose : comment un officier de l'armée de l'air a-t-il bien pu devenir chef de département de la meilleure agence océanographique nationale ?

— J'ai descendu en flèche l'amiral Sandecker et son équipe, au-dessus de la mer de Chine.

Hunter lança à Pitt un étrange regard, comme s'il était tout prêt à le croire. « Avec cet homme, presque rien n'est impossible », c'est ce que lui avait dit l'amiral Sandecker le matin même.

CHAPITRE SEPT

Le soleil s'était couché depuis une heure déjà lorsque la Cobra alla se ranger sur un emplacement de parking aux environs des quais d'Honolulu. Au moment même où les roues avant entrèrent en contact avec la cale de bois, le moteur s'arrêta et le plafonnier s'alluma. Pitt venait d'ouvrir la portière pour contempler le port et l'eau noire qui le baignait.

La brise changea de direction, et envoya aux narines de Pitt une odeur puissante : l'incontestable parfum des quais. Cela sentait l'huile, le gasoil, le goudron, et la fumée, avec une pointe d'eau saline pour couronner le tout. Pitt en fut revivifié, et envahi par la nostalgie de ports lointains et exotiques.

Pitt sortit de la voiture et jeta un coup d'œil aux autres emplacements de parking, à la recherche d'un signe d'activité humaine. Il n'y en avait aucun. Seule une mouette, perchée sur un pilier de bois, lui rendit son regard. Pitt se pencha à l'intérieur de la Cobra et s'empara du Mauser, toujours placé derrière le siège et enveloppé de sa serviette. Puis il aspira longuement l'air nocturne du port, glissa l'arme sous son bras, et se mit à marcher le long du quai.

Si jamais quelqu'un s'était trouvé aux alentours, il n'aurait sans doute rien remarqué d'étrange dans l'apparence de Pitt. Il portait une chemise kaki usagée, sur un pantalon de gabardine. Ses pieds tenaient dans une vieille paire de chaussures de cuir éraflées, attachées avec de la grosse ficelle. Ces frusques, cadeau de la 101e Flotte, étaient d'une taille trop petite pour lui et saillaient aux coutures. Il avait le sentiment d'être un mélange de vagabond et de clochard. Il ne manquait à sa panoplie qu'une bouteille de gros rouge dans un sac en papier brun. Ou mieux encore, une bouteille de Grand Marnier Étiquette jaune ; exactement la touche de distinction qui irait le mieux avec ses vieilles fringues.

Une centaine de mètres plus loin, Pitt s'arrêta et leva les yeux vers une énorme masse noire qui se dressait dans l'obscurité. La seule lumière baignant le quai couvert de planches goudronnées et polies par les intempéries provenait de l'éclat verdâtre de quelques lampes qui bringuebalaient aux murs métalliques d'un vieil entrepôt rongé par la rouille. Le halo sinistre des lampes, dans le silence mortel de la nuit, ne faisait qu'ajouter à l'aspect fantomatique du monstre flottant sur les eaux.

Il s'agissait d'un vieux navire, à la proue bien droite et à la superstructure aussi carrée qu'une boîte, surmontée par une ancienne cheminée verticale arborant une bande de couleur bleu pâle. Sur les ponts étaient plantés des mâts de toute taille, formant un véritable dédale. Lors d'une époque antérieure, il avait dû être peint en noir, et pourvu de l'habituelle ligne de flottaison rouge, mais pour l'heure il était crasseux, sale et rouillé. Pitt s'approcha jusqu'à se trouver au plus près de la poupe. Le navire était d'une taille imposante, sans doute près d'une douzaine de milliers de tonnes. Il leva les yeux vers l'inscription en lettres blanches juste au-dessus du gouvernail. Le nom était à ce point écaillé et tâché de rouille qu'il ne parvint qu'avec peine à le déchiffrer dans la pénombre. Il s'agissait du *Martha Ann*, ayant Seattle comme port d'attache.

L'échelle de coupée ressemblait à un tunnel plongeant dans un vide menaçant. Seuls le ronronnement étouffé des génératrices, enfouies profondément sous la coque, et une mince volute de fumée s'échappant de la cheminée trahissaient une présence humaine.

Pitt posa la main sur le garde-fou de grosse corde de la passerelle d'embarquement et, penché en avant pour compenser l'angle de trente degrés, grimpa jusqu'au pont du *Martha Ann*. Le faible éclat des lampes installées sur l'entrepôt disparaissait à l'endroit de la dernière marche de l'échelle. Pitt hésita à s'avancer sur le pont visiblement désert et essaya de scruter les ténèbres.

— Monsieur Pitt ? demanda une voix sortie de l'obscurité.

— Oui, c'est moi, Pitt.

— Puis-je voir vos papiers, s'il vous plaît ?

— Vous le pourriez, si seulement j'arrivais à distinguer à qui les tendre.

— Laissez votre carte d'identité sur le pont, sir, et reculez de quelques pas.

Pitt ronchonna en lui-même. Il avait bien conscience que la procédure militaire habituelle exigeait qu'on examine les papiers d'identité en cas d'urgence et d'alertes, mais pourquoi faire tant d'histoires pour monter à bord de ce vieux rafiot bringuebalant ? Déposant avec délicatesse le Mauser sur le pont, il sortit son portefeuille et en tira sa carte. Ses yeux ne parvenaient pas à percer les ténèbres, si bien qu'il lui fallut fouiller des doigts au milieu de plusieurs cartes plastiques avant d'en dénicher une qui ne portait pas les inscriptions en relief caractéristiques des cartes de crédit, et de la lancer à quelques mètres devant lui. Un rayon de lumière, de la taille d'un pinceau, jaillit en direction de la carte, puis vint éblouir Pitt.

— Désolé de tous ces embarras, sir, mais l'amiral Hunter a ordonné les mesures de sécurité les plus strictes tout autour du navire.

Une ombre noire rendit à Pitt sa carte d'identité.

— Si vous grimpez à la première échelle sur votre droite, vous rejoindrez le capitaine Denver dans la salle des cartes.

— Merci, grommela Pitt.

Il reprit son arme et escalada l'échelle jusqu'au pont supérieur. Arrivé au sommet, il se rendit compte que la timonerie était vide et noire, si bien qu'il traversa le petit espace désert pour aller ouvrir avec précaution une porte. C'est là qu'il fut finalement accueilli par un flot de lumière brillante.

— Bonjour, Dirk, dit chaleureusement Denver.

Il tenait une cigarette entre les doigts et tandis qu'il saluait Pitt de la main, un peu de sa cendre tomba sur la table à cartes.

Il portait un pull-over noir et une paire de jeans tachés.

— Bienvenue à bord de l'unique fossile flottant de la marine des États-Unis.

Pitt lui répondit d'un salut dégagé.

— Je ne m'attendais pas à vous trouver ici, Burdette. Je pensais que vous restiez au centre d'opérations avec l'amiral.

— J'y retourne, dit Denver en souriant. Mais je n'ai pas pu résister à l'envie de venir vous souhaiter bonne pêche, à vous et à Paul.

— Nous allons en avoir besoin. Si ça n'avait dépendu que de moi, j'aurais préféré rechercher la bonne vieille aiguille dans sa botte de foin.

— Vous pensez qu'il s'agit d'un phénomène inconnu ? lui demanda Denver.

— Comme l'a dit votre patron, notre boulot consiste à retrouver le *Starbuck*, et à le sortir de l'eau. Toute chasse aux fantômes ne sera qu'une activité annexe. En outre, les scientifiques et les ingénieurs de la NUMA n'ont pas vraiment l'habitude de fouiller triangles des Bermudes et vortex du Pacifique. Nous laissons ça aux écrivains à l'imagination fertile, qui ont le chic question exagération. Toute découverte inexplicable n'arrive que par pur hasard, et lorsque ça arrive, elle est gentiment démontée et examinée de fond en comble.

— Vous pourriez me donner un exemple ? demanda Denver d'une voix douce.

Pitt observa distraitement une carte à moitié dépliée posée sur la table.

— C'est un cas qui remonte à environ neuf mois, et qui dépasse tout ce que Jules Verne a pu imaginer. Deux de nos navires océanographiques étaient occupés à effectuer des relevés de fonds sous-marins et des tests acoustiques à proximité de la fosse des Kouriles, au large du Japon, lorsque leurs appareils ont capté le signal d'un vaisseau se déplaçant à très haute vitesse, dans les eaux très profondes. Nos deux navires se sont aussitôt mis en panne, ont coupé tous les moteurs et ont dirigé tous les instruments vers le fond, pour essayer de comprendre ce qui se trouvait là en bas.

— Est-ce que l'un des appareils aurait pu se tromper, ou bien l'un des opérateurs ? demanda Denver à voix basse.

— C'est très improbable, répondit Pitt. Ces enquêteurs sont considérés comme les meilleurs dans leur domaine respectif. Et si vous tenez compte du fait que deux navires différents munis de deux panoplies d'instruments de précision ont effectué et enregistré des lectures identiques, vous pouvez facilement éliminer tout pourcentage d'erreur. Cela ne faisait pas un pli, ce machin, sous-marin, monstre des mers, quel qu'il soit, se trouvait bien là. Et il se déplaçait à la vitesse de cent-soixante kilomètres-heure à la profondeur de cinq mille sept cents mètres.

Denver remua lentement la tête.

— Incroyable. Ça dépasse l'entendement.

— Et je ne vous ai pas encore raconté la moitié, dit Pitt. Un autre navire travaillant au-dessus de la fosse des Caïmans, au large de Cuba, a tout à coup enregistré les mêmes informations. J'ai pu jeter un coup d'œil aux documents pris aux Kouriles et aux Caïmans. Les deux tracés sonars concordent au millimètre près.

— Est-ce que la marine a été avertie ?

— Aucune raison. La marine ne veut rien savoir des événements étranges se passant au fond des mers, pas plus que l'armée de l'air ne s'intéresse aux objets volants non-identifiés. Et d'ailleurs, qu'est-ce qu'il y avait d'autre comme preuve effective qu'un fouillis de lignes sur quelques feuilles de papier millimétré ?

Pitt s'installa sur une chaise, posa les pieds sur la table, et se croisa les mains dans la nuque.

— Il existe pourtant un cas au cours duquel il s'en est fallu d'un cheveu qu'on ne tombe sur un des ces étranges habitants des mers, et qu'on ne l'enregistre sur bande vidéo. Un zoologiste de la NUMA étudiait et enregistrait les bruits des poissons au large de la barrière continentale, près de l'Islande. Il avait plongé un micro à trois mille mètres de profondeur pour capter les bruits produits par des poissons qui n'étaient que rarement observés. Pendant plusieurs jours, il n'a recueilli que les cliquetis et les petits craquements habituels, d'une tonalité très proche de ceux émis par les poissons qui résident en surface. Il reconnut également les petits grésillements continus produits par les crevettes.

Soudain, un après-midi, les craquements cessèrent, et il se mit à capter un tapotement, comme si quelqu'un était occupé à frapper le micro à l'aide d'un stylo. Au début, il se dit qu'il venait de tomber sur un poisson émettant un bruit que l'on ne connaissait pas encore. Mais il finit peu à peu par se rendre compte que le tapotement était émis selon une sorte de code. Il appela rapidement l'opérateur radio qui réussit à déchiffrer le tapotement et à le traduire en une formule mathématique. C'est alors que le bruit s'interrompit et qu'un énorme rire, déformé de façon sinistre par la densité de l'eau, explosa dans les haut-parleurs de la pièce. En essayant de faire taire leur incrédulité, les gars de l'équipe envoyèrent une caméra par le fond. Elle n'arriva sur les lieux que dix secondes trop tard. La fine vase du fond venait d'être agitée par un déplacement rapide, ne laissant qu'un nuage de boue impénétrable. Une heure passa avant que le fond ne devienne à nouveau visible. Et là, devant l'objectif de la caméra, apparut une file d'empreintes bizarres, dans la couche de vase, qui s'enfonçait dans les ténèbres.

— Est-ce qu'ils ont pu tirer quelque chose de la formule ? demanda Denver.

— Oui, il s'agissait d'un simple calcul pour obtenir la pression de l'eau à la profondeur où se trouvait le micro.

— Et qu'est-ce que l'on obtenait comme réponse ?

— Près de quatre cents kilos par centimètre carré.

Le silence envahit la salle des cartes, un long silence glacial. Pitt parvenait à distinguer le bruit de l'eau qui venait doucement lécher le flanc du navire.

— Je pourrais avoir un café ? demanda-t-il.

L'esprit de Denver vagabondait toujours dans les mystérieux abysses sous-marins. Puis, avec un effort de volonté évident, il se secoua pour revenir à la réalité.

— Vous pouvez être assuré, dit-il en grimaçant un sourire

sardonique, que lors d'une croisière en mer à bord du *Martha Ann*, vous bénéficierez du meilleur service de tout le Pacifique.

Il s'empara d'une vieille cafetière noircie et emplit une tasse d'étain cabossée.

— Voilà votre désir exaucé, sir. Je vous souhaite un agréable voyage.

Ils étaient installés autour de la table à cartes, commençant à peine à apprécier l'arôme du café, lorsque la porte s'ouvrit pour laisser passage à Boland. Il portait un t-shirt souillé, des Levi's décolorés, et une paire de godillots dans un état pire encore que les chaussures de Pitt. Le mince maillot de corps laissait apprécier la musculature des épaules de Boland, et pour la première fois, Pitt remarqua le tatouage ornant l'un de ses bras. L'image d'un couteau s'enfonçant dans sa chair et répandant son sang était figurée sur son avant-bras gauche, et sous l'horrible dessin, on pouvait lire ces mots, en lettres bleues : MORT PLUTÔT QUE DÉSHONNEUR.

— On dirait que vous venez tout les deux de recevoir une lettre de rupture, dit Boland d'une voix moqueuse mais ferme. Qu'est-ce qu'il se passe ?

— Nous étions simplement en train de résoudre les mystères de l'univers, répondit Denver. Allez, Paul, vous prendrez bien une gorgée de mon breuvage mondialement réputé.

Il tendit une tasse fumante en direction de Boland, en faisant gicler quelques gouttes sur le sol.

Boland prit le gobelet humide des mains de Denver, et observa Pitt d'un air pensif. Lorsque ce dernier leva les yeux, Boland se fendit d'un sourire, leva la tasse, et se mit à siroter son café.

— Vous nous amenez des ordres de la part du vieux ? demanda-t-il ensuite.

Denver remua la tête.

— Il m'a dit la même chose qu'à vous. Au moindre signe de danger, tirez-vous immédiatement et rentrez en quatrième vitesse à Pearl Harbor.

— Ceci dans le cas où nous aurions de la chance, dit Boland. Aucun autre vaisseau n'a eu le temps d'envoyer un signal de détresse, et encore moins de ficher le camp.

— C'est pourquoi Pitt est là, dans le rôle de l'assurance-vie. Lui et son hélicoptère.

— Cela prend du temps de faire chauffer un hélicoptère, déclara Boland d'un ton dubitatif.

— Pas cet oiseau-là, dit laconiquement Pitt. Je peux le faire s'envoler en quarante secondes précises.

Il se leva et s'étira, touchant de ses longues mains le plafond métallique.

— Dites-moi. Cet hélico ne peut embarquer que quinze personnes. Soit la marine nous a fourni un équipage de nains, soit nous allons manquer sacrément de personnel.

— Selon les normes courantes, vous allez voyager avec des effectifs insuffisants, dit Denver, avant de se tourner en souriant vers Boland et de lui adresser un clin d'œil. Vous ne pouvez pas être au courant, Dirk, mais le *Martha Ann* n'est pas vraiment le vieux rafiot décrépit dont il a l'air. Il n'a pas besoin d'un équipage nombreux, parce qu'il est nanti d'un système de contrôle entièrement automatique, plus moderne que tout ce qu'on peut trouver à bord de n'importe quel autre navire. Il avance pratiquement de lui-même.

— Mais la peinture écaillée sur la coque, et la rouille…

— La mise en scène la plus réussie que vous ayez jamais vue, avoua Denver. Une espèce d'enduit chimique si bien fichu qu'il ressemble à de la véritable usure. On n'arrive pas à faire la différence avec de la rouille, en pleine lumière et à trente centimètres de distance.

— Et la raison de ce stratagème tarabiscoté ? demanda Pitt.

— Le *Martha Ann* possède de sacrées ressources cachées, dit Boland avec un certain ton de modestie. On ne peut pas le deviner rien qu'en le regardant, mais il est bourré d'appareils de sauvetage, de la quille jusqu'aux pointes des mâts.

— Un navire de sauvetage déguisé ? dit lentement Pitt. Voilà qui change tout.

Denver sourit.

— La mascarade devient très utile lors des, comment dire ?… Des projets de récupération les plus délicats.

— L'amiral Sandecker m'a parlé de quelques-unes de vos réussites à ce sujet, dit Pitt. Maintenant, je comprends un peu mieux comment vous y arrivez.

— Pas de boulot trop important, pas de boulot trop insignifiant, dit Boland en riant. Nous pourrions presque tirer l'*Andrea Doria* du fond de la mer, si on nous laissait le champ libre.

— À supposer que l'on déniche le *Starbuck*, même avec tous vos gadgets automatiques, vous ne parviendrez jamais à le ramener à la surface avec un équipage aussi réduit.

— Pure précaution, mon cher Pitt, répondit Denver. L'amiral Hunter a insisté pour que l'équipage soit réduit au strict minimum pendant les opérations de recherche. Cela n'aurait aucun sens de mettre la vie de gens en péril, si jamais le *Martha Ann* devait subir le même sort fatal que les autres navires. D'un autre côté, si nous sommes vernis et que nous tombons sur le *Starbuck*, vous et votre hélico pourrez facilement vous transformer en service de navette entre le lieu de la découverte et Honolulu, et en ramener l'équipe de sauvetage et tout le matériel dont nous pourrions avoir besoin.

— Un charmant petit voyage, admit Pitt. Pourtant, je dormirais mieux si nous étions accompagnés d'une escorte armée.

Denver remua la tête.

— On ne peut pas courir ce risque. Les Russes flaireraient l'entourloupe à la minute même où ils auraient vent d'un vieux cargo escorté par un croiseur de la marine garni de missiles. Ils nous balanceraient l'*Andrei Vyborg* sur le dos dès le lever du soleil.

Pitt dressa un œil.

— L'*Andrei Vyborg* ?

— Un vaisseau océanographique russe. Les services secrets de la marine savent qu'il s'agit en fait d'un navire espion. Il a passé les six derniers mois à surveiller du coin de l'œil les opérations en vue de retrouver le *Starbuck*, et il est toujours en train de patrouiller dans le coin, dans l'espoir de tomber sur le sous-marin.

Boland s'interrompit pour avaler une gorgée de café.

— La 101e Flotte a dépensé trop de temps et trop d'énergie pour assurer notre couverture de navire marchand. On ne peut pas courir le risque de flanquer tout cela en l'air.

— Comme vous pouvez le voir, reprit Denver, le *Martha Ann* possède un statut complètement séparé de la marine. Il est inscrit sur les registres des États-Unis en tant que navire marchand. Et nous avons l'intention de continuer de la sorte, gentiment et discrètement.

— Cela n'inquiète-t-il pas la marine de savoir que l'*Andrei Vyborg* est seul à fouiller les eaux ?

— Il n'est pas seul, répondit Boland avec sérieux. Quatre de nos navires sont pour l'heure en train de ratisser le nord de la zone de recherche. La marine n'abandonne jamais ses opérations, même si l'espoir de retrouver des survivants devient pratiquement nul. Appelez ça une tradition navale si cela vous chante, major, mais ça fait sacrément du bien, quand vous vous retrouvez baignant dans les flots, accroché à un morceau d'épave ou à ce qui reste de votre navire après qu'il a sombré, de savoir qu'aucun effort n'est épargné pour venir à votre secours…

Le discours de Boland fut interrompu par un coup frappé à la porte.

— Entrez ! s'écria-t-il.

Un jeune homme, de dix-neuf ou vingt ans, pénétra dans la pièce. Il portait une toque de boucher de couleur blanche et une combinaison bleue. Ne tenant aucun compte de la présence de Pitt et de Denver, il s'adressa à Boland.

— Excusez-moi, sir, le chef ingénieur vous fait savoir que la salle de machines est prête et le second maître tient l'équipage à disposition pour appareiller.

Boland jeta un coup d'œil à sa montre.

— Bien. Donnez l'ordre d'appareiller dans dix minutes.

— Bien, sir, répliqua le jeune marin.

Il salua, se détourna et disparut en direction du poste de pilotage.

Boland adressa à Denver un sourire plein de suffisance.

— Pas mal. Nous sommes quarante minutes en avance sur le plan de route.

— L'hélico est en sûreté et bien arrimé ? demanda Pitt.

Boland acquiesça.

— Il est au chaud. Vous pourrez effectuer vos dernières opérations de contrôle lorsque le jour sera levé.

Pitt se leva et se dirigea vers le hublot, l'ouvrit et respira ensuite profondément, pour débarrasser ses poumons de la fumée des cigarettes de Denver. L'air du port semblait d'une pureté étonnante comparé à l'atmosphère enfumée de la salle des cartes.

— Vous avez attribué un logement à Dirk ? demanda Denver.

— Il y a une cabine de luxe juste à côté de la mienne, répondit Boland, que nous gardons à l'intention des invités de marque. Dans le cas de Pitt, nous pouvons faire une exception.

Un sourire sarcastique lui retroussaient les lèvres.

Pitt fixait du regard le mince filet de fumée qui montait du cendrier, sans éprouver ni colère ni animosité. Il pouvait sans problème faire fi d'une telle pique verbale, sans ressentir rien de plus que s'il chassait un moustique posé sur son bras. Hunter était un vieux renard rusé. Il savait très bien ce qu'il faisait en plaçant deux hommes de tempéraments si différents dans une même équipe.

— Eh bien, je crois que je ferais bien d'y aller, dit Denver, en mettant fin au silence embarrassé.

— Nous vous enverrons des cartes postales de temps à autre, dit Pitt.

— Vous feriez mieux de vous préparer à plus que cela, rétorqua Denver, ses lèvres esquissant un sourire, mais le regard ferme. J'ai l'intention de réserver le bar de l'hôtel Reef, pour dans trois semaines à compter d'aujourd'hui. Et malheur à celui qui me fera faux bond.

Il se tourna vers Boland.

— Vous détenez le code, Paul. L'amiral et moi, nous comptons suivre votre trace par satellite. Lorsque vous aurez repéré le *Starbuck*, contentez-vous de communiquer par simple message radio que vous avez stoppé toutes les machines pour examiner un palier de transmission grillé. Nous aurons ainsi votre position en un millième de seconde.

Il serra la main de Pitt, puis celle de Boland.

— On ne peut pas dire grand-chose dans un cas pareil, à part 'Bonne chance'.

Avant que les deux autres aient eu le temps de répondre, Denver avait brusquement fait volte-face et quitté la pièce.

Quelques minutes plus tard, il apparut sur le quai, et s'appuya contre un pilier pour observer les hommes d'équipage qui ramenaient les cordages et qui rentraient la passerelle. Il examina distraitement le flanc tribord du *Martha Ann* qui se glissait lentement dans le chenal menant à l'embouchure du port endormi. Il suivit des yeux les feux de navigation jusqu'à ce que la légère pulsation des moteurs se soit fondue dans les ténèbres. Puis il expédia sa cigarette dans l'eau grasse et tranquille, enfonça ses mains dans les poches, et suivit les quais, d'une démarche empreinte de lassitude, jusqu'aux emplacements de parking.

CHAPITRE HUIT

Pitt s'appuyait au bastingage de poupe, observant distraitement les hélices du *Martha Ann* battre les flots. La masse d'écume blanche et bleue tourbillonnait, diminuant peu à peu sur quatre cents mètres derrière l'étambot, avant que la mer ne se referme implacablement et ne l'avale, comme pour recouvrir une cicatrice monstrueuse. Le temps était chaud, et le ciel dégagé. Une forte brise soufflait en direction du nord-est.

Quelle bande de fous avait croisé sa route au cours des deux derniers jours, songea-t-il avec dépit. Une fille perverse qui avait tenté de lui planter une seringue hypodermique dans le dos, un assassin aux dents tachées par le tabac, un salaud d'amiral, un capitaine porteur d'un tatouage ridicule, et un petit commandant apparemment le plus roublard de tous.

Et cependant, cette bande n'avait pas été capable de s'insinuer dans les profondeurs de son esprit. Ce qui avait été le cas pour un autre personnage de ce drame, un personnage qui n'avait pourtant pas encore fait son entrée sur la scène ; un homme de la taille d'un géant, et dont les yeux étaient couleur d'or.

Pour quelle raison s'était-il donc mis à la recherche de l'île de Kanoli, il y avait de cela tant d'années ? Ne s'agissait-il pas simplement d'un étudiant s'efforçant de faire revivre une civilisation perdue, ou bien un passionné d'occultisme fouillant les mythes et les légendes ? Ou bien quelqu'un poussé par des buts plus étranges ? Que pouvait-il bien y avoir dans cette histoire de Kanoli qui n'existait pas déjà dans la moitié des balivernes écrites à propos de Mu, le continent perdu, ou bien dans la surabondance de romans concernant l'Atlantide ? Les mystères du vortex du Pacifique et du Triangle des Bermudes n'avaient rien d'une invention, quant à eux. Il devait bien exister quelque part une solution rationnelle pour expliquer ces énigmes. Une clé d'une évidence telle que nul ne l'avait encore jamais aperçue.

— Monsieur Pitt ?

La gymnastique mentale de Pitt venait d'être interrompue par le jeune homme en bleu de chauffe. Pitt sourit.

— Que puis-je pour vous ?

Le marin exécuta un vague salut. Il semblait troublé par l'attitude à adopter face à un civil, en particulier lorsque celui-ci se trouvait à bord d'un navire de la Navy.

— La capitaine Boland requiert votre présence sur la passerelle de commandement.

— Merci. J'y vais.

Pitt se retourna et traversa le pont métallique, en longeant les écoutilles bâchées. Sous ses pieds, il percevait le rythme régulier des machines, tandis que le navire traçait sa route au sein des flots tranquilles, qui envoyaient une légère buée blanche et salée par-dessus les rambardes et sur la superstructure, répandant sur la peinture une couche d'humidité scintillante.

Pitt escalada l'échelle qui grimpait jusqu'à la passerelle de commandement. Boland se tenait devant le timonier, scrutant à l'aide d'une paire de jumelles l'horizon bleu sombre qui s'étendait au-delà de la proue. Il les abandonna un moment, pour essuyer les oculaires avec un bout de son t-shirt. Puis il les replaça devant ses yeux et se remit à fouiller la vaste étendue déserte devant le navire.

— Que se passe-t-il ? s'enquit Pitt.

Il jeta un coup d'œil à travers la vitre, sans rien apercevoir.

— Je pensais que vous voudriez être tenu au courant, dit Boland. Nous venons à l'instant de pénétrer dans la nouvelle zone de recherches.

Il déposa les jumelles sur une étagère, manipula le bouton d'un émetteur, et se mit brusquement à parler, sur un ton saccadé.

— Lieutenant Harper, c'est le capitaine. Stoppez toutes les machines. Nous nous mettons en panne.

Il se tourna vers Pitt.

— C'est maintenant que commence notre travail.

Boland l'invita à le suivre. Ils empruntèrent un escalier qui descendait vers les cabines, et suivirent ensuite le couloir qui filait sous le poste de commande. Ils dépassèrent plusieurs portes, avant que Boland ne s'arrête devant l'une d'elles, et n'hésite un instant avant de la pousser.

— Voilà le cœur des opérations, déclara-t-il. Quatre tonnes d'astuces électroniques. Jetez un coup d'œil, s'il vous plaît, aux merveilles scientifiques de la 101e en plein travail.

Il pointait du doigt une impressionnante série d'instruments coincés dans une grande pièce d'environ quatre-vingts mètres carrés.

— Celui-ci mesure la vitesse du son et la pression, et enregistre les données en fonction du temps, sur bande magnétique et de manière digitale. Voilà un senseur magnétique d'une sensibilité d'un proton, capable de détecter la présence de toute trace de fer dans les fonds marins. Et ça, ce sont les moniteurs des caméras sous-marines.

Boland était en train d'indiquer quatre écrans enchâssés au milieu des autres instruments.

— C'est la raison pour laquelle nous nous mettons en panne. De cette manière, nous pouvons envoyer les détecteurs et les caméras sous le navire, sur un traîneau coulissant, et commencer les recherches.

Pitt examina les écrans. Les caméras venaient juste d'être plongées dans l'eau ; il pouvait voir les vagues gifler les objectifs tandis qu'ils plongeaient sous la surface et entraient dans l'élément liquide, tranquille, vide et miroitant sous l'éclat du soleil. Deux des caméras prenaient des images couleurs, et donnaient l'impression que des ombres bleu-vert s'allongeaient jusqu'à l'infini avant de disparaître.

— L'appareil suivant est un système sonar perfectionné, reprit Boland. Il réalise des tracés « sonores » du fond de l'océan, très détaillés, sans s'occuper de quoi que ce soit d'autre. Nous sommes également équipés d'un système de sonar latéral qui fonctionne sur huit cents mètres de chaque côté de la coque. Ses capteurs peuvent aussi être dirigés vers l'arrière du navire.

— Une ceinture de détection sur seize cents mètres à la ronde, dit Pitt. Ça fait une sacrée entaille dans le secteur de recherches.

Il avait remarqué que Boland n'avait pas fait mine de lui présenter les hommes d'équipage qui manipulaient les instruments. S'il y avait bien une chose dont était fâcheusement dépourvu Boland, c'était de la moindre trace de courtoisie. Pitt commença à se demander comment Boland avait bien pu se débrouiller pour atteindre le grade de commandant.

— Et le petit chéri que voici, dit Boland d'un ton fier, c'est le véritable cerveau de l'affaire. Un ordinateur système Selco-Ramsey 8300.

Il indiqua d'un signe du menton un tableau, étroit et allongé, couvert d'ampoules et de boutons, installé au-dessus d'un large clavier.

— Latitude, longitude, vitesse et direction, et un aperçu de tous les moyens du bord. En bref, il est raccordé au système de contrôle central, et à partir de cet instant, jusqu'à celui où nous retrouverons le *Starbuck*, c'est cette masse inhumaine de transistors qui va diriger le navire.

— Ça doit être hygiénique, murmura Pitt.

— Ce qui signifie ?

— Jamais touchée par la main de l'homme.

Les sourcils de Boland se plissèrent.

— Oui. C'est ce qu'on pourrait dire.

Pitt se pencha par-dessus l'épaule de l'opérateur qui travaillait sur le clavier de l'ordinateur et examina les feuilles sortant de l'imprimante.

— C'est bien organisé. Le Selco-Ramsey 8300 peut en effet être débranché et reprogrammé par un contrôle externe. Dans le cas présent, sans doute le bunker de commande de Pearl Harbor. Ce qui se révélerait très pratique pour l'amiral Hunter, si jamais il nous arrivait les mêmes ennuis que les gars à bord du *Lily Marlène*. Au moindre signe de problème, lui et Denver pourraient débrancher le système et prendre le contrôle des opérations pour faire rentrer le navire au port. Il y perdrait peut-être son équipage, mais la 101e Flotte récupérerait intact son petit bijou. Ce qui est effectivement bien organisé.

— Vous m'avez l'air plutôt calé en électronique, déclara lentement Boland.

Ses traits exprimaient un mélange bizarre de soupçon et de respect.

— Je dirais plutôt que j'ai une certaine connaissance de la plupart des instruments qui se trouvent à bord de ce navire.

— Vous aviez déjà vu des appareils comme ceux-là ?

— Sur au moins trois des navires de recherches océanographiques de la NUMA. Leurs performances sont un peu plus spécialisées, puisque votre objectif principal est la récupération de navires. Mais nos appareils dernier cri sont légèrement plus avancés que les vôtres, en fonction du caractère scientifique de nos missions.

— Je vous présente mes excuses, dit Boland avec un sourire forcé. Je me rends compte que j'avais sous-estimé vos talents.

Il fit volte-face, pour se diriger vers l'officier responsable des détections, et lui adressa quelques mots, avant de revenir auprès de Pitt.

— Venez, je vous offre un verre.

— Est-ce que les règlements de la marine le permettent ? dit Pitt en souriant, quelque peu surpris par cette brusque manifestation de sympathie venant de la part de Boland.

Le sourire que lui adressa en retour le capitaine trahissait une touche d'espièglerie.

— Vous oubliez que techniquement parlant, nous sommes à bord d'un vaisseau civil.

— Plions-nous donc de bonne grâce à la technique.

Ils venaient d'atteindre la porte lorsque l'officier annonça :

— Les caméras et les détecteurs sont en place, capitaine.

Boland hocha la tête.

— Voilà du travail rapide, lieutenant. Nous allons nous remettre en marche immédiatement…

— Une seconde, dit Pitt en l'interrompant. Par pure curiosité, quelle est la profondeur pour le moment ?

Boland lui accorda un regard interrogateur, avant de se tourner vers l'officier.

— Lieutenant ?

L'homme s'était déjà penché sur le tableau du sonar, examinant avec attention le tracé dentelé sortant de l'imprimante.

— Mille sept cents mètres, sir.

— Cela ne vous paraît pas normal ? s'enquit Boland.

— Ce devrait être plus, répondit Pitt. Est-ce qu'on pourrait jeter un coup d'œil à la carte des tracés de profondeurs ?

— La voici, sir.

Le lieutenant se dirigea vers une large table à cartes, surmontée d'une suspension de verre dépoli, et alluma la lumière. Il déroula une vaste carte qu'il attacha au bord de la table.

— Fond Pacifique Nord. Pas très détaillée, j'en ai peur. Très peu de missions de relevés de profondeurs dans cette partie du globe.

Boland se souvint tout à coup qu'il existait des civilités.

— Dirk Pitt, je vous présente le lieutenant Stanley.

Pitt le salua de la tête.

— Eh bien, Stanley, voyons donc un peu ce que nous avons.

Il appuya les coudes sur le bord de la table et examina les étranges lignes noires qui figuraient le relief du fond de l'océan Pacifique.

— Quelle est notre position ?

— Juste ici, major.

Stanley effectua un repérage rapide sur la carte.

— 32° 10' nord, 151° 17' ouest.

— Ce qui nous place au-delà de la fracture de Fullerton, déclara Pitt.

— On dirait que vous parlez de la blessure d'un footballeur, déclara Boland qui se tenait lui aussi penché au-dessus de la table.

— Une fracture est une lézarde dans la croûte terrestre, une espèce de couture qui autorise les mouvements lors des déplacements des océans. Il en existe des centaines entre l'endroit où nous nous trouvons et les côtes californiennes.

— Je vois ce que vous voulez dire au sujet de la profondeur. Selon la carte, le fond devrait se trouver à environ quatre mille cinq cents mètres, dit Stanley en soulignant la mesure de profondeur la plus proche de leur position.

— Il est possible que nous soyons en train de dépasser un mont sous-marin, reprit Pitt.

— Ça grimpe sur notre flanc bâbord, dit Boland d'un ton calme. Une cinquantaine de mètres par kilomètre. Rien de bizarre à cela. Ça correspond à un petit mont sous-marin.

Pitt remua la tête.

— Sauf qu'il n'en existe aucun d'après la carte.

— Sans doute n'a-t-il pas encore été détecté et inscrit sur les tracés.

— Mais, même si la pente continue de grimper, le sommet ne doit pas se trouver très loin d'ici. C'est votre navire, Paul, mais une enquête ne serait pas déplacée, dans ce cas-ci. Le message dans la capsule du *Starbuck* a été envoyé par des inconnus, après la disparition du vaisseau. Il n'y a donc aucune raison qu'il se trouve à des profondeurs impossible à atteindre.

Boland se frotta les yeux, d'un air las.

— Ça me paraît logique. Mais ce n'est sans doute pas la seule colline sous-marine du coin, ignorée par la carte. Il pourrait y en avoir cinquante autres.

— Nous ne pouvons pas nous permettre d'en négliger une seule.

Boland resta pensif. Puis il se redressa et se tourna vers Stanley.

— Lieutenant, programmez le cap en direction du sommet de la colline. Entrez les données recueillies par le sonar dans l'ordinateur et placez la barre sous contrôle centralisé. Tenez-moi informé de toute modification brutale de la profondeur. Je serai dans ma cabine.

Il s'adressa ensuite à Pitt.

— Et alors, ce verre, on le prend, oui ou non ?

Le traîneau supportant les caméras et les détecteurs du sonar remorqués au bout de leurs câbles, le système de contrôle centralisé branché sur l'ordinateur, il ne fallut qu'une dizaine de minutes au *Martha Ann* pour effectuer un large crochet en direction de l'est et d'être à nouveau en mouvement, à vitesse réduite. Le timonier s'appuya négligemment à la porte de la cabine de pilotage, pour griller une cigarette, tandis que la barre allait et venait lentement comme actionnée par une main invisible. Le navire s'engagea dans les remous, tandis que son équipage suivait avec attention les évolutions d'une mer d'écrans lumineux, d'ampoules de couleur et d'oscilloscopes.

Pitt et Boland restèrent dans la cabine du capitaine jusqu'en milieu d'après-midi, le temps s'écoulant à une lenteur mortelle, au rythme des mesures du sonar, qui rapportait une profondeur en diminution constante. Une heure passa, suivie d'une deuxième, et d'une troisième. Pitt s'était plongé dans la lecture des rapports et des documents concernant le *Starbuck*, tandis que Boland se préoccupait des opérations qu'ils auraient à mener si jamais leur mission était couronnée de succès. Il était à présent quatre heures et demi de l'après-midi. Les conversations futiles des hommes, qu'ils se trouvent sur le pont ou bien dans la salle des machines, se portèrent inévitablement sur les femmes ; seuls les hommes dans la salle de détection demeuraient silencieux, concentrés sur leurs moniteurs et leurs instruments. La voix de Stanley, annonçant : « Cela continue de grimper », se faisait entendre à intervalles réguliers par l'intermédiaire de l'interphone, ce qui conférait encore un certain degré de normalité à la marche du navire. Il n'existe pas de routine plus assommante que la quête d'épaves sous-marines.

Soudain, à cinq heures, la voix de Stanley explosa avec force dans le diffuseur.

— Le fond a grimpé de trois cents mètres au cours des huit cents derniers mètres !

Pitt échangea un regard avec Boland. Sans un mot, ils sautèrent au même moment sur leurs pieds et foncèrent en direction de la salle de détection. Stanley se tenait penché au-dessus de la table à cartes, et était occupé à effectuer des notations.

— C'est incroyable, capitaine. Je n'ai jamais rien vu de semblable. Nous nous trouvons pour l'instant à des centaines de kilomètres de tout, et le fond vient de grimper brusquement à moins de trois cent cinquante mètres de la surface. Et ça continue de monter.

— C'est un sacré flanc de colline, dit Pitt.

— Cela pourrait être une partie de la côte des îles Hawaii, proposa Boland.

— Nous sommes trop loin vers le nord. Je ne crois pas qu'il y ait le moindre lien. Ce bébé se tient là tout seul comme un grand.

— Trois cent trente, annonça Stanley d'une voix forte.

— Seigneur ! Cela signifie un degré d'élévation d'un mètre de haut tous les deux mètres de long.

Boland s'exprima d'une voix qui n'était pas beaucoup plus sonore qu'un murmure.

— Si ça ne s'arrête pas très vite, nous allons foncer droit dessus.

Il se tourna pour s'adresser à Stanley.

— Débranchez l'ordinateur. Et repassez sur commandes manuelles.

Stanley ne prit que cinq secondes, avant de répliquer :

— Commandes manuelles, sir.

Boland s'empara du micro de l'interphone.

— Passerelle ? C'est Boland. Que voyez-vous à environ sept cents mètres droit devant ?

Une voix métallique se fit entendre dans le diffuseur.

— Rien, sir. L'horizon est dégagé.

— Aucune signe d'eau blanche ?

— Aucun, capitaine.

Pitt leva les yeux vers Boland.

— Demandez-lui la couleur de la mer.

— Passerelle. Est-ce que la mer a changé de couleur ?

Il y eut une brève hésitation.

— Elle prend une teinte un peu plus verte, sir, à environ cinq cents mètres par bâbord devant.

— Deux cent quarante, et ça continue de grimper, dit Stanley.

— Le mystère s'épaissit, déclara Pitt. Je m'étais attendu à ce que la mer devienne d'un bleu plus clair à mesure que le sommet se rapprochait de la surface. Mais la couleur verte indique la présence de végétations sous-marine. Sacrément bizarre que des plantes poussent dans le coin.

— Pourquoi ? Les algues n'apprécient pas le corail ? demanda Boland.

— Non, pas plus que les températures élevées habituelles dans cette partie de l'océan.

— Je reçois un solide signal sur le magnétomètre.

Ces mots venaient d'être prononcés par un homme aux cheveux blonds et frisés, qui se tenait face à une console.

— Où ? demanda Boland.

— Deux cents mètres, direction deux cent quatre-vingts degrés.

— Peut-être une épave, dit Boland d'un ton exalté.

— Deuxième signal à trois cents mètres, direction trois cent cinquante degrés. Encore deux autres. Bon Dieu, il y en a tout autour.

— Ça ressemble plutôt à un riche filon, déclara Pitt avec un sourire.

— Stoppez les machines, aboya Boland dans l'interphone.

— Le tracé de profondeur a dépassé le bord de la feuille d'imprimante, dit Stanley avec agitation. Cent trente-cinq mètres, et ça n'est pas terminé.

Pitt alla jeter un coup d'œil aux écrans de télé. Rien n'apparaissait encore sur l'image, ce qui était normal, avec une visibilité réduite à cent mètres. Il sortit un mouchoir de sa poche revolver et s'épongea le visage et la nuque. Il se demanda pourquoi il était en train de transpirer de la sorte. La salle de détection était entièrement climatisée. Il glissa négligemment le mouchoir à présent humide dans sa poche et fixa les moniteurs des yeux.

Boland tenait toujours le micro en main. Il le plaça devant ses lèvres et Pitt put entendre sa voix qui rebondissait en écho à travers tout le navire.

— C'est Boland qui vous parle. Nous avons marqué un but au premier essai. Tout indique que nous nous trouvons au-dessus du cimetière du vortex du Pacifique. Je veux que chaque homme se place en état d'alerte maximum. Nous n'avons aucune idée du danger qui nous guette, alors il ne faut en aucun cas que nous soyons pris au dépourvu. À titre d'information, il se pourrait que nous soyons le seul bâtiment ayant jamais atteint ces eaux en un seul morceau.

Les yeux de Pitt ne quittaient pas les écrans. Le fond devint peu à peu visible alors que la vitesse d'inertie du *Martha Ann* lui faisait lentement continuer sa route. L'éclat diffus de la mer était rendu brillant par les rayons du soleil, qui venaient briser la surface et se répandaient en de minces faisceaux de lumière jaune, s'enfonçant dans l'eau et donnant naissance à un véritable tapis de couleurs mélangées. Un poisson, sans doute une baliste, apparut sur un des écrans, suspendu de manière parfaitement immobile au milieu de cette masse liquide, en train d'examiner d'un œil prudent l'ombre énorme de la coque qui se dressait devant lui.

Boland posa une main sur l'épaule de l'homme assis face au magnétomètre.

— Quand nous passerons au-dessus de la première épave, manifestez-vous en pointant la suivante en ligne.

Il se tourna vers Stanley.

— Contactez la salle de machines, et dites au lieutenant Harper de garder les moteurs à la vitesse minimale de manœuvre.

L'atmosphère dans la salle de détection était tendue. Deux minutes passèrent, deux minutes interminables, tandis qu'ils attendaient qu'apparaissent enfin les restes d'un navire ayant sombré depuis longtemps.

La flore marine était à présent parfaitement visible sur les moniteurs. Les plantes étaient étrangement luxuriantes, alors que le spectacle aurait normalement dû être d'une apparence aussi désolée qu'un paysage lunaire. Il n'y avait aucun signe de corail. Ce n'était que feuilles de varech et bouquets d'algues délicatement colorées, poussant sur un lit de rocailles accidenté, qui changeait constamment de teinte et tremblait sous l'effet de la lumière filtrant depuis la surface. Pitt était fasciné. Cela ressemblait à un magnifique jardin japonais plongé d'un coup au fond des mers.

Le jeune homme aux cheveux longs, qui s'occupait du sonar, se mit à parler sans la plus petite trace d'excitation dans la voix.

— Nous arrivons sur une épave, sir.

— Bien, préparez-vous à effectuer un sondage par ordinateur.

— Pour l'enregistrement ? demanda Pitt.

— Pour l'identification, répondit Boland. La mémoire contient toutes les données possibles et imaginables concernant les navires disparus. Nous allons essayer de confronter les éléments recueillis avec ceux de l'ordinateur. Avec un peu de chance, et quelques câlins, on va peut-être arriver à soutirer à la mer quelques-uns de ses secrets.

— Voilà l'épave, dit Stanley.

Trois paires d'yeux se tournèrent dans un même mouvement vers les écrans. Le spectacle était saisissant. Le navire, ou plutôt ce qu'il en restait, était couvert d'un épais manteau de flore marine. Deux mâts, à l'avant et à l'arrière, pointaient de manière grotesque et désespérée vers le ciel. Seule la cheminée était intacte, revêtue d'une couche de rouille brune, alors qu'un peu partout sur le pont, on apercevait des masses de métal tordues impossible à identifier. Tandis qu'ils continuaient d'observer les images prises par les caméras, le long corps verdâtre d'une murène fusa avec furie d'un des hublots, ouvrant et fermant la bouche dans une attitude menaçante.

— Seigneur, cette saleté fait au moins trois mètres de long, s'écria Boland.

— Plus probablement deux mètres quarante, dit Pitt, si l'on tient compte de l'agrandissement de l'image caméra.

— Je viens sans doute d'avoir une hallucination, déclara Stanley, mais je jurerais bien avoir aperçu les restes d'un tracteur de ferme dans la cale.

Leur attention fut détournée par le ronronnement de l'ordinateur, au moment où des feuilles imprimées se dépliaient pour entrer dans l'imprimante. À l'instant même où la machine s'arrêta, Boland se jeta sur le papier et se mit à lire à voix haute.

Les données indiquent la présence probable du cargo libérien Oceanic Star, 5.135 tonnes. Caoutchouc et matériel agricole. Disparition signalée le 14 juin 1949.

Tous les hommes présents dans la salle de détection cessèrent leurs occupations pour se tourner vers le capitaine Boland, et observer dans un silence complet le papier qu'il tenait en main. Nul ne dit mot. Nul n'en avait besoin.

Ils venaient de retrouver la première victime du vortex du Pacifique.

Boland fut le premier à réagir. Il arracha le micro de son réceptacle.

— Salle radio. Boland à l'appareil. Ouvrez sur fréquence maritime. Envoyez message code seize.

— Un peu prématuré concernant le lieu du sinistre, dit Pitt, vous ne trouvez pas ? Nous n'avons pas encore retrouvé le *Starbuck*.

— Exact, admit Boland. Je vais un peu vite en besogne, mais je tiens à ce que l'amiral Hunter sache exactement où nous nous trouvons, au cas où.

— Vous craignez des problèmes ?

— Il ne serait pas raisonnable de tenter le sort.

— Signal le plus proche, à deux cent quatre-vingt-sept degrés, articula l'opérateur de sonar sur le ton de la conversation.

Ils se retournèrent vers les moniteurs, et attendirent un instant, avant qu'apparaisse le pont incliné d'un bâtiment, la poupe pointant vers le haut, tandis que la proue s'enfonçait dans les profondeurs bleu-vert. Le berceau de la caméra passa au-dessus d'une cheminée ronde et massive, ce qui leur permit de jeter un coup d'œil à l'intérieur de cet espace enténébré. Le centre du navire était un entrelacs de valves et de tuyaux et ne supportait aucune superstructure, alors que la partie arrière comportait plusieurs ponts superposés, d'où surgissait un véritable fouillis de tubes d'aération. La végétation avait envahi toutes les parties métalliques, jusqu'aux câbles qui restaient attachés aux mâts. Des poissons exotiques de toutes couleurs et de toutes espèces circulaient entre les éléments du gréement, comme s'ils considéraient cette carcasse de navire comme leur terrain de jeux personnel.

La voix de Boland reprit, lorsque le capitaine se fut une nouvelle fois emparé du papier sorti de l'ordinateur.

Ishiyo Maru, pétrolier japonais, 8.106 tonnes, déclaré perdu corps et biens le 14 septembre 1964.

— Bon Dieu, murmura Stanley, cet endroit est un véritable cimetière. Je commence à me prendre pour un fichu profanateur de sépulture.

La découverte d'une épave sans vie eut lieu à six reprises encore, au cours de l'heure suivante. Quatre navires marchands, une grande goélette et un cargo au long cours furent localisés et identifiés. La tension régnant dans la salle de détection grimpait d'un cran à chaque nouvelle épave retrouvée, examinée et analysée. Et lorsqu'arriva l'instant crucial, l'instant en prévision duquel ils avaient préparé leurs esprits, il les prit curieusement par surprise.

L'opérateur sonar appuya soudain un peu plus fort ses écouteurs sur les oreilles, et se mit à fixer le tableau de son instrument d'un regard incrédule.

— J'ai un contact avec un sous-marin, à cent quatre-vingt-dix degrés, dit-il.

— C'est sûr ? demanda Boland.

— Je parierais la vertu de ma propre mère là-dessus. J'ai déjà capté le signal d'autres sous-marins, capitaine, et je peux affirmer que celui-ci est un gros.

Boland sauta sur le micro.

— Passerelle ? Lorsque je vous en donnerai l'ordre, stoppez les machines et jetez l'ancre. Et vite ! Compris ?

— Affirmatif, sir, répliqua la voix aux intonations coupantes dans le diffuseur.

— Quelle est la profondeur ? demanda Pitt.

— La profondeur ? répéta Boland à l'intention de Stanley.

— Vingt-sept mètres.

Pitt et Boland échangèrent un regard.

— Le mystère s'épaissit, ne dirait-on pas ? demanda Pitt d'un ton tranquille.

— En effet, répondit doucement Boland. Si le message de Dupree était un faux, pourquoi faire mention de la profondeur correcte ?

— Notre cerveau s'est sans doute dit que quelqu'un de sensé n'irait jamais croire que la profondeur s'est réduite jusqu'à vingt-sept mètres. Je suis en train de le voir de mes propres yeux, et je ne le crois toujours pas.

— L'épave entre dans le champ de la caméra, annonça Stanley. Voilà… Voilà le sous-marin.

Ils observèrent l'image de l'énorme masse noire qui gisait sous la quille du *Martha Ann*, filant à vitesse réduite. Pour Pitt, cela ressemblait à un modèle réduit plongé au fond d'une baignoire. La longueur du submersible était presque deux fois plus grande que celle de la plupart des autres sous-marins. Au lieu de présenter l'étrave hémisphérique habituelle, son nez dessinait une forme beaucoup plus pointue. L'ensemble n'avait pas cette allure profilée de cigare. Au contraire, la coque avait l'aspect d'un fuseau régulier qui se terminait par les deux ailes symétriques familières. Manquait également le grand kiosque dorsal ressemblant à la nageoire d'un requin, caractéristique des autres sous-marins. À la place, on apercevait une espèce de bosse arrondie de petite taille. Seuls les volets de direction à la poupe étaient bien les mêmes qu'ailleurs, ainsi que les deux hélices de bronze, fichées avec élégance sous la coque profilée. Le sous-marin donnait une impression de sérénité et d'aisance, tel un géant du Mésozoïque piquant un petit somme de fin d'après-midi. Ce n'était pas cette apparence qu'il aurait dû avoir, et Pitt sentit la chair de poule commencer à lui hérisser la peau.

— Balancez le marqueur, ordonna Boland.

— Le marqueur ? demanda Pitt.

— Un signal électronique à basse fréquence, répondit Boland. Pour le cas où nous serions forcés de quitter la zone, nous disposons d'un émetteur étanche qui se cale dans les fonds marins et qui envoie un signal périodique. Ainsi, à notre retour, nous pouvons déterminer la position sans effectuer de recherches.

— Nous sommes juste au-dessus de l'épave, capitaine, annonça l'opérateur sonar.

Boland s'empara du micro de l'interphone.

— Stoppez toutes les machines. Jetez l'ancre.

Il se retourna vers Pitt.

— Vous avez pu jeter un coup d'œil au numéro sur la coque ?

— Neuf-huit-neuf, dit laconiquement Pitt.

— C'est lui, c'est le *Starbuck*, dit Boland avec respect. Je n'aurais jamais imaginé poser les yeux sur lui.

— Ou plutôt ce qui reste de lui, ajouta Stanley, dont le visage venait soudainement de blêmir. Rien que de penser à ces pauvres vieux qui sont morts là-dedans, ça me rend malade.

— Ça vous donne une sensation bizarre au fond des tripes, reconnut Boland.

— Ce que sentent vos tripes n'est pas la seule chose bizarre, déclara Pitt d'un ton calme. Regardez donc d'un peu plus près.

Le *Martha Ann* était à présent occupé à pivoter autour de sa chaîne d'ancre, si bien que sa poupe, poussée par l'inertie faiblissante, traçait lentement un arc de cercle au-dessus du sous-marin englouti. Boland attendit un moment, avant que les caméras ne pointent à nouveau en direction du *Starbuck*. Lorsqu'il se trouva au milieu de l'écran, les objectifs se bloquèrent dans cette position, et augmentèrent automatiquement la focale pour une inspection plus détaillée.

— Il repose sur le fond de manière aussi réelle et tangible que possible, articula lentement Boland à voix basse, tout en ne quittant pas les moniteurs du regard. L'étrave n'est pas enfoncée, contrairement à ce que prétendait le rapport de Dupree. Mais à part ça, je ne vois rien de particulier.

— Vous auriez fait un fameux Sherlock Holmes, lança Pitt. Rien de particulier, dites-vous ?

— On n'aperçoit aucune avarie à l'avant, reprit lentement Boland. Mais la coque a parfaitement pu être trouée par en dessous, ce que nous ne pourrons pas vérifier avant de la remonter. Il n'y a rien d'étrange à cela.

— Il faut une explosion d'une sacrée ampleur pour causer un trou assez grand pour couler un vaisseau de la taille du *Starbuck*, dans vingt-sept mètres d'eau, dit Pitt. À trois cents mètres de profondeur, une fêlure de l'épaisseur d'un cheveu peut causer des dégâts. Mais à la surface, on peut s'éviter la plupart des problèmes, tant que la déchirure n'est pas trop large. Sans parler du fait qu'une explosion aurait envoyé valser des débris aux alentours ; il n'existe pas d'explosifs propres qui ne flanquent pas la pagaille. Comme vous pouvez vous en rendre compte, on n'aperçoit même pas un boulon traînant sur le sable. Ce qui nous amène directement à la question suivante. Comment diable ce sable a-t-il bien pu échouer ici ? Nous venons de fouiller cette colline sur des kilomètres, et tout ce que nous avons vu, ce sont des rochers escarpés et de la végétation. Et voilà que votre sous-marin se repose au milieu du plus joli petit banc de sable qui soit.

— C'est peut-être une coïncidence, insista imperturbablement Boland.

— Que Dupree ait choisi de coucher son sous-marin sur le seul coin de sable à des kilomètres à la ronde ? Extrêmement improbable. Mais c'est maintenant que nous en arrivons au plus fort. Une observation qui ne peut pas être expliquée de manière aussi facile.

Pitt s'approcha davantage des écrans vidéo.

— Les restes de navires engloutis sont du plus haut intérêt. Pour un biologiste marin, ils constituent le laboratoire idéal. Si la date à laquelle le navire a coulé est connue, un scientifique peut déterminer la vitesse de croissance de différents types de végétaux marins présents sur l'épave. Remarquez, je vous prie, que la surface externe de la coque du *Starbuck* est aussi nette et aussi luisante que le jour de son baptême.

Tous ceux qui se trouvaient dans la salle de détection se détournèrent à nouveau de leurs instruments pour examiner les écrans vidéo. Il n'y eut que Boland et Stanley pour observer Pitt. Ils n'avaient nul besoin de jeter un coup d'œil aux moniteurs pour savoir qu'il avait raison.

— On pourrait presque affirmer, reprit ce dernier, en s'en tenant aux strictes apparences, que le *Starbuck* n'a coulé qu'hier seulement.

Boland s'essuya le front avec la main, d'un geste las.

— Montons sur le pont, dit-il, et allons discuter de tout cela au grand air.

Arrivé sur l'aile bâbord du pont, Boland se tourna vers le large et laissa errer son regard sur les flots. Dans deux heures, le soleil se coucherait, et déjà l'eau devenait d'un bleu plus profond à mesure que les rayons lumineux venaient frapper les vagues selon un angle plus oblique. Le capitaine ressentait une grande fatigue, et ses mots, lorsqu'il parla enfin, étaient d'un ton bas et haché.

— Nous avons reçu l'ordre de retrouver le *Starbuck*. Nous venons de remplir la première partie de notre mission. Reste maintenant la tâche de le ramener à la surface. Je veux que vous alliez avec votre hélicoptère jusqu'à Honolulu, et que vous reveniez avec l'équipe de sauvetage.

— Je ne pense pas que ce serait très malin, dit Pitt calmement. Nous ne sommes pas encore sortis du bois. Il fera sombre dans peu de temps. Et c'est le soir que le *Starbuck* a disparu.

— Il n'y rien à craindre. Le *Martha Ann* possède suffisamment d'instruments de détection pour repérer tout danger, quelles que soient la provenance et l'éloignement.

— Vous nc possédez que des armes de poings, rétorqua Pitt. À quoi peut bien vous servir votre détection si vous n'avez pas les moyens de vous défendre ? Vous avez peut-être retrouvé le cimetière du vortex, mais vous n'avez pas la moindre idée de ce qui a bien pu causer les accidents.

— Si le diable et sa flotte de fantômes n'ont pas encore montré le bout de leur nez, insista Boland, ce n'est pas maintenant qu'ils vont le faire.

— C'est vous qui le dites, Paul. Vous êtes responsable de ce navire et de son équipage. Dès que je me serai envolé, vous pourrez dire adieu à votre dernière chance de vous tirer de cette affaire sans dommage.

— C'est d'accord, je vous écoute, dit Boland d'un ton égal. Qu'avez-vous donc en tête ?

— Vous connaissez déjà la fichue réponse à votre question, déclara Pitt avec impatience. Nous allons plonger en direction du sous-marin. Vos instruments et vos caméras vidéo ne peuvent pas nous apprendre énormément. Il est impératif d'aller jeter un coup d'œil sur les lieux et d'organiser une inspection. Il fera bientôt sombre, et s'il y a bien quelque chose de pourri au royaume du Danemark, il va falloir sacrément se dépêcher pour découvrir ce que c'est.

Boland observa distraitement le soleil qui se couchait à l'horizon.

— Il n'y a plus assez de temps.

— Il ne nous faut que quarante-cinq minutes.

— Nous ?

— Moi et un deuxième homme. Un type ayant déjà servi à bord d'un sous-marin, si vous possédez un animal pareil dans votre équipage.

— Mon officier de navigation, le lieutenant March, a servi quatre ans sur un sous-marin nucléaire, et c'est un expert en plongée.

— Il me paraît bien. Je le prends.

Boland observa Pitt d'un air pensif.

— Ça ne va pas.

— Un problème ?

— Je ne suis pas très chaud pour vous envoyer là en bas. Votre amiral Sandecker va m'arracher les tripes si jamais il vous arrive quelque chose.

Pitt haussa les épaules.

— C'est peu probable.

— Vous m'avez l'air plutôt confiant.

— Pourquoi pas ? Pour assurer mes arrières, je dispose des instruments de détection les plus sensibles que l'homme ait jamais imaginés. Et ils ne captent aucun signal en provenance du *Starbuck*, que ce soit sur la coque ou à l'intérieur. Où est le risque ?

— Je vais vous envoyer le lieutenant March avec le matériel de plongée, dit Boland. Il y a une écoutille de sortie juste sous la ligne de flottaison, au milieu du navire, à tribord. March vous retrouvera là-bas. Mais souvenez-vous bien de ceci, n'effectuez qu'une inspection visuelle. Lorsque vous aurez vu ce qu'il y a à voir, vous remontez aussitôt.

Il se détourna et se dirigea vers la timonerie.

Pitt resta un moment sur le pont, en s'efforçant de garder une expression souriante. Il sentait une pointe de remords qui le chatouillait, mais il parvint à l'ignorer.

— Pauvre vieux Boland, se dit-il à voix basse. Il n'a pas la plus vague idée de ce que j'ai l'intention de faire.

CHAPITRE NEUF

Plonger autour de l'épave d'un navire est une expérience à la fois excitante et effrayante ; pour des âmes plus superstitieuses, cela a été comparé à une nage autour des os du squelette du géant Goliath. Le cœur du plongeur se met à battre à un rythme terrifiant ; son esprit se trouve engourdi par une peur déraisonnée. Sans doute est-ce dû aux évocations romanesques des spectres de vieux capitaine barbus, arpentant le pont ; ou de chauffeurs en sueur, poussant des jurons en enfournant des pelletées de charbon dans la gueule rougeoyante d'antiques chaudières ; ou bien encore de matelots à la poitrine couverte de tatouages retournant en titubant comme des ivrognes vers le gaillard d'avant, après une folle nuit passée dans un port perdu des Tropiques.

Pitt avait déjà éprouvé chacune de ces sensations inquiétantes, en explorant d'autres épaves englouties. Mais cette fois, la situation était différente. Le *Starbuck* donnait une impression de parfait naturel, posé de la sorte sur le fond. Si le monde sous-marin reste étranger aux navires flottant en surface, il s'agit bien évidemment de l'élément naturel d'un submersible. À tout instant, Pitt s'attendait à voir le ballast bouillonner en s'échappant des tuyaux d'évacuation et les énormes hélices de bronze se mettre à tourner au moment où la grande forme noire reprendrait vie.

Lui et March nageaient lentement le long de la coque, à quelques centimètres seulement du fond de sable désolé. March avait emporté un appareil photo étanche Nikonos, et s'était mis à appuyer sur le déclencheur, l'éclat du flash se répandant brusquement dans l'eau comme des éclairs de lumière étincelante dans un ciel d'orage. Seules les bulles d'air qu'ils relâchaient venaient perturber la tranquillité. Des bandes de poissons aux couleurs brillantes glissaient autour des deux créatures qui avaient envahi leur propriété privée.

Un ange de mer, noir et jaune, s'approcha, dévoré par la curiosité. Puis passèrent une quarantaine de poissons perroquets, agitant leurs queues. Un requin brunâtre, d'un mètre quatre-vingts environ, avec les nageoires blanches, fila au-dessus des deux hommes, sans leur accorder la moindre attention. Il y avait dans le coin une telle abondance de morceaux de choix que l'idée de manger un homme n'aurait pas pu être plus étrangère au minuscule cerveau d'un requin.

Pitt se secoua, pour que cesse la fascination qu'il ressentait face à un spectacle d'une telle beauté. Il restait beaucoup à accomplir, et peu de temps pour ce faire. Il resserra son emprise sur la longue flèche d'aluminium qu'il tenait dans sa main droite.

Barf, le dragon magique, c'est ainsi que l'appelait March. Cette hampe cylindrique de près d'un mètre de long, pourvue d'une pointe pareille à une aiguille, rappelait à Pitt l'outil employé par les préposés au nettoyage des parcs, et avec lequel ils piquaient les vieux papiers. Il s'agissait, en vérité, du plus efficace des tueurs de requins jamais conçu par l'homme. Fusil à harpons, liquide répulsif, barres explosives répandant des projectiles, tout cela fonctionnait avec un certain degré de réussite sur le plus grand ennemi de l'homme. Mais aucun n'était aussi sûr et aussi garanti que Barf, le dragon magique. Pitt avait déjà eu l'occasion de voir des versions vendues dans le commerce de ce tueur de requin, elles étaient plus courtes et semblaient avoir moins de puissance que le modèle utilisé par la marine. Au fond, c'était bel et bien une arme, et malgré son apparence anodine et inoffensive, elle pouvait littéralement déchiqueter un requin. Si l'un des ces monstres aux dents aussi coupantes que des rasoirs s'approchait d'un peu trop près, le plongeur n'avait qu'à enfoncer le bout acéré dans la peau rugueuse comme du papier de verre, et appuyer ensuite sur une gâchette, pour envoyer une décharge de dioxyde de carbone dans le corps de l'animal. L'explosion de gaz consécutive ferait alors éclater les organes vitaux du requin, dépourvu de squelette, organes qui jailliraient alors de sa bouche ouverte en se dégonflant comme des baudruches. Mais même cela n'entraînerait pas la mort immédiate de la bête. Cela n'arriverait qu'au moment où le gaz obligerait le requin à remonter à la surface, ce qui précipiterait sa noyade. Les requins ne sont pas pourvus de vessies natatoires ni d'ouïes à l'instar des autres poissons. Ils ne peuvent pas flotter. Ils doivent rester sans cesse en mouvement, pour amener de l'oxygène à leur bouche, et rejeter ensuite le dioxyde de carbone par leur orifice en forme de branchies. Si un requin ne bouge pas, il ne parvient pas à respirer.

March appuya sur le déclencheur de son appareil photo, fit avancer le film, et prit un autre cliché. Puis il rejoignit Pitt. Ils nagèrent lentement au-dessus du pont, dépassèrent l'écoutille par laquelle on envoyait des messages à la surface, puis les tubes à ballast, et les taquets d'amarrages.

Pitt observa le visage de March, derrière son masque de plongée. La peur avait envahi le regard du jeune homme — au sujet de ce qu'ils allaient découvrir de l'autre côté de la coque pressurisée. March leva son appareil et le pointa en direction de la surface ; il était presque à court de pellicule. Pitt remua la tête. Il s'empara d'une petite ardoise rectangulaire qui pendait à sa ceinture lestée, et y écrivit ces mots à l'aide d'un crayon gras : Écoutille de secours.

March lut ce message tracé sur l'ardoise et pointa ensuite un doigt vers la montre étanche attachée à son poignet. Pitt n'avait rien à rétorquer ; il savait déjà qu'il ne leur restait qu'une vingtaine de minutes de réserve d'oxygène. Il replaça l'ardoise à sa ceinture, avant d'empoigner avec vigueur le bras de March, enfonçant ses doigts dans la chair du jeune lieutenant pour lui faire comprendre l'urgence de son injonction. Les yeux de March s'ouvrirent derrière la vitre de son masque. Il jeta un regard vers le haut, en direction de l'ombre de la coque du *Martha Ann*, sachant qu'ils étaient en train de les observer sur les écrans vidéo. Il hésita, gaspillant de précieuses secondes, pour essayer de gagner du temps.

Pitt ne s'y trompait pas. Il accentua davantage encore la pression de ses doigts et resserra son étreinte sur le bras du jeune homme. Et ce stratagème finit par réussir. March hocha la tête en signe d'assentiment, se retourna sur lui-même et se mit à nager rapidement en direction du nez du *Starbuck*. Ce qui était exactement l'attitude que Pitt avait espéré lui voir adopter.

Celui-ci se plaça juste derrière les pieds palmés de March, nageant dans le tourbillon de bulles qui jaillissaient de la valve d'échappement du lieutenant. Il ne fallut que quelques secondes pour que leurs ombres ne viennent à nouveau se dessiner sur la coque et qu'ils ne se retrouvent en train de voltiger au-dessus du pont du *Starbuck*. Un crabe, dont la promenade à travers un passage situé à l'avant du sous-marin venait d'être brutalement dérangée, se sauva à toute allure, en une marche bizarre sur le côté, avant de déraper le long de l'arrondi de la coque, et de terminer sa chute par un atterrissage parfait, de ses huit pattes plantées sur le fond sablonneux. Si le crabe avait été effrayé, on pouvait en dire autant de March. Pitt le vit distinctement frissonner de manière involontaire tandis qu'il observait l'écoutille de secours, en s'imaginant l'horrible scène qu'ils allaient découvrir derrière.

« Ouvrez-la », écrivit Pitt sur son ardoise. March lui jeta un coup d'œil, frissonna à nouveau, puis se pencha en avant, pour débloquer l'écoutille en exerçant une pression sur le volant de fermeture. Pitt frappa légèrement le couvercle de l'écoutille de la pointe de sa hampe, ce qui donna naissance à un bruit métallique amplifié par l'élément liquide. Stimulé par cet encouragement, March s'efforça de faire tourner le volant, jusqu'à faire saillir les veines de son cou. Cela n'avait pas bougé d'un pouce. Il se détendit et leva les yeux vers Pitt, pour lui adresser une question muette, teintée de colère. Pitt leva trois doigts, en indiquant le volant de fermeture, pour l'inviter à une troisième tentative. Il alla ensuite se placer de l'autre côté de l'écoutille, et enfonça le bout de son arme sous le cercle du volant, en guise de levier. Puis, il adressa un signe à March.

Ils combinèrent leurs efforts. En fin de compte, le volant céda, d'abord d'un petit centimètre, mais à présent que la résistance était brisée, le reste vint plus facilement, et chaque centimètre fut plus aisé que le précédent. Ils finirent par dévisser le volant à fond, au bout de son pas-de-vis. March tira le couvercle de l'écoutille, et jeta directement un coup d'œil dans le sas. La pression égale du sas et de l'extérieur était mauvais signe. Pitt voyait son joli plan commencer à se fissurer, mais il lui restait néanmoins une carte à jouer, et une seule minute pour la jeter sur le tapis.

Il effaça l'inscription sur son ardoise, et écrivit à la place : « On peut entrer ? »

March agita la tête, tressaillant de manière involontaire à l'idée de qui se cachait derrière la question de Pitt. Il s'empara de sa propre ardoise, et inscrivit : « Difficile sans jus ».

Pitt griffonna simplement : « On essaye ! ».

March, qui semblait avoir admis que toute contestation était inutile, hésita un moment, profita de ce répit pour rassembler son courage, puis se faufila dans l'obscurité du sas. Pitt attendit un moment à l'extérieur, pour que March ait eu le temps de prendre ses repères, dans le peu de lumière filtrant de la surface. Lorsque ses mains se furent agrippées avec fermeté aux soupapes d'admission d'air, March adressa un signe de tête à Pitt, qui se glissa lui aussi dans le sas, en refermant l'écoutille derrière lui.

Le compartiment de secours était une chambre tubulaire aménagée directement dans la coque du sous-marin. Elle pouvait contenir six hommes et était conçue de telle sorte que l'équipage, s'échappant de son navire endommagé, puisse y pénétrer, sceller l'écoutille de l'intérieur, et puis remplir le sas en laissant s'échapper l'air vers l'extérieur. Lorsque la pression d'eau externe devenait égale à la pression interne et que tout l'air de la chambre avait été chassé au dehors, les rescapés pouvaient alors facilement ouvrir l'écoutille extérieure et filer vers la surface. Dans le cas de Pitt et de March, c'était l'opération inverse qu'ils allaient devoir exécuter, en repoussant l'eau au dehors avant de pouvoir se glisser à l'intérieur du sous-marin, que Pitt avait l'espoir de trouver sec.

Folie, voilà le seul mot qui venait à l'esprit de March, au sein de cette chambre étanche, dans le noir le plus absolu, pure folie. Il aurait été infiniment plus simple d'ouvrir l'écoutille interne, sans s'agiter ainsi pour rien au milieu des ténèbres du sas. Pourquoi perdre son temps en essayant d'y faire revenir de l'air et de le pressuriser, puisque le sous-marin lui-même était plein d'eau ? Tout ce qu'ils allaient découvrir, c'était un intérieur obscur, parsemé de cadavres pourrissants et boursouflés. Ce qu'ils deviendraient d'ailleurs eux-mêmes, s'ils ne se pressaient pas. Il s'attendait à devoir passer sur sa réserve de secours en oxygène d'un instant à l'autre. Folie, pensa-t-il à nouveau, envahi par le désespoir. Cela paraissait impossible, mais il crut bien être en train de transpirer. Puis il actionna la valve.

L'air siffla doucement en se glissant dans le sas, et l'eau commença à s'échapper vers l'extérieur. Ce doit être un rêve, se dit March. Cela ne peut tout simplement pas se passer. Son corps lui faisait percevoir la baisse de pression d'eau, et même s'il ne pouvait rien distinguer, il sut, en levant une main, qu'elle venait de dépasser le niveau du liquide. Puis il put sentir un faible clapotis venir lui lécher le visage. Si l'embout de son respirateur n'avait pas été coincé entre ses mâchoires, il aurait poussé une exclamation ahurie. Encaissant le choc et tentant de reprendre le contrôle de ses sens, il fouilla pour essayer de mettre la main sur l'interrupteur étanche qu'il était certain de trouver aux alentours de la valve. Il s'écorcha les phalanges en tâtonnant à l'aveuglette, avant que ses doigts ne rencontrent enfin le bouton de plastique. Il le souleva aussitôt, et la lumière envahit le compartiment.

March fut éberlué par ce qu'il découvrit. Pitt se tenait devant lui, appuyé à la paroi, dans une attitude détendue et comme indifférente à l'endroit où il se trouvait, son masque déjà repoussé sur ses cheveux noirs d'ébène, et l'embouchure de son respirateur pendant sur sa poitrine musclée. Il retourna le regard de March de ses yeux verts qui semblaient clignoter dans le flot de lumière, alors que ses lèvres, au bas du visage de bronze, se retroussaient pour dessiner un sourire.

March cracha son embout.

— Comment pouviez-vous savoir ? souffla-t-il.

— Une supposition éclairée, répondit Pitt avec désinvolture.

— Les ampoules, la pompe à pression, reprit March d'un air hébété. Le réacteur nucléaire doit toujours se trouver en état de marche.

— On le dirait bien. On va jeter un coup d'œil ?

Pour March, le calme froid de Pitt n'était rien moins que stupéfiant.

— Pourquoi pas ? dit-il.

Il avait essayé de prendre un ton désinvolte lui aussi, mais ses mots ressemblèrent plutôt à un croassement rauque. L'eau avait été complètement chassée à l'extérieur à présent, si bien qu'il se retourna vers l'écoutille qui donnait accès à l'intérieur du Starbuck.

Ils se débarrassèrent de leurs bouteilles à oxygène, de leurs masques et de leurs palmes, certains que si le sas avait été envahi par de l'air respirable, il devait s'en trouver également au sein du sous-marin. March se mit à genoux, dans les quelques centimètres d'eau qui restaient encore au fond du compartiment, et se mit à dévisser le volant. Celui-ci céda rapidement. De minuscules bulles d'air apparurent autour du cadre du couvercle, sous la pression de l'air en provenance de l'intérieur du submersible. March se pencha pour respirer.

— C'est bon.

— Ouvrez-le un peu plus.

March fit tourner le volant, jusqu'à ce qu'un léger souffle d'air vienne agiter la flaque à leurs pieds. À la suite de quoi, les pressions s'équilibrèrent, tandis que l'eau gargouillait en se faufilant sous l'écoutille. March sentit désespérément l'appréhension renaître en lui ; il ne se trompait plus cette fois, au sujet de la sueur glacée qui filtrait des pores de sa peau. Avec précaution, il fit basculer l'écoutille sur ses gonds, et la repoussa ensuite rapidement sur le côté. Rien ne pourrait l'obliger à entrer le premier dans cette sinistre crypte. Mais il n'eut pas à s'en inquiéter plus longtemps. Pitt venait de le dépasser, pour dégringoler à toute vitesse l'échelle, et disparaître aussitôt à sa vue.

Pitt se retrouva dans la chambre des torpilles avant, brillamment éclairée, étroite, et déserte. Tout semblait parfaitement rangé, comme si les propriétaires des lieux venaient temporairement de quitter l'endroit pour s'en aller disputer une partie de carte dans le carré ou bien grignoter un petit en-cas au mess de l'équipage. Les couchettes installées au-dessus des magasins de torpilles étaient proprement faites ; les plaques de cuivre ornant les portes arrière étincelaient ; la grille de la ventilation ronronnait à la vitesse normale. Le seul signe de mouvement était l'ombre de Pitt qui se glissait en se contorsionnant sur la cloison. Il fit demi-tour jusqu'à l'écoutille de secours et leva les yeux.

— Il n'y a personne à la maison. Rejoignez-moi et amenez Barf avec vous.

Il aurait pu s'épargner de la salive. March était déjà occupé à descendre l'échelle, en tenant la hampe et l'appareil photo. Il tendit l'arme à dioxyde carbone à Pitt et jeta un coup d'œil furtif au compartiment à torpilles. Sa crainte se mua en étonnement lorsqu'il se rendit compte que Pitt ne plaisantait pas en affirmant que le compartiment était désert.

— Où sont-ils passés ?

— Essayons de les retrouver, dit tranquillement Pitt.

Il prit Barf des mains de March et indiqua la caméra d'un geste du menton.

— C'est votre jouet fétiche ?

March ne put retenir un mince sourire.

— Il me reste huit photos sur le rouleau. Le capitaine Boland voudra savoir ce que nous avons découvert. Déjà qu'il ne pas être très content, s'il sait que nous avons forcé l'entrée et que nous sommes à l'intérieur.

— Il n'est pire péché que de passer outre aux ordres du capitaine, déclara Pitt. Je prendrai sur moi l'entière responsabilité.

— Ils nous ont certainement vu ouvrir l'écoutille de secours, sur leurs écrans vidéo, ajouta March d'un air embarrassé.

— Une chose après l'autre. D'abord, je compte sur vous pour une visite guidée.

— J'ai servi à bord d'un sous-marin d'assaut. Le *Starbuck* est une merveille de technique comme aucun de nous n'aurait même osé en rêver, il y a cinq ans de cela. Je crois que je ne serais même pas capable de retrouver les chiottes les plus proches.

— Ça n'a pas de sens, répliqua Pitt avec dédain. Quand on a vu un sous-marin, on les a tous vus.

Il indiqua une porte aménagée dans une cloison à l'arrière du compartiment.

— Où est-ce que ça nous mène ?

— Sans doute dans un couloir, qui passe derrière les tubes lance-missiles, jusqu'au mess de l'équipage.

— C'est bon, allons-y.

Pitt ouvrit la porte et franchit le seuil, pour se retrouver dans une salle qui avait à peu près les dimensions des grottes de Carlsbad. Elle était effectivement très vaste, et sur pas moins de quatre étages courait un labyrinthe de tuyaux d'échangeurs de chaleur, de systèmes de transmission, de générateurs, de chaudières, et de deux monstrueuses turbines. Une centrale électrique, se dit Pitt, une de ces centrales de compagnies de gaz et d'électricité pleine à craquer de tubes et des machineries. Tandis qu'il restait étonné face à l'immensité de la pièce, March le frôla en le dépassant, et lentement, d'un mouvement presque hypnotique, montra des deux mains l'ensemble de l'appareillage.

— Seigneur Dieu, s'écria-t-il. Ils ont réussi. Ils ont fini par réussir à combiner la salle des machines avec les réacteurs, et à installer le tout dans la partie avant du sous-marin.

— Je pensais que les réacteurs nucléaires étaient placés dans des compartiments isolés, à cause du danger des radiations.

— Ils ont subi des contrôles stricts, si bien qu'un homme

qui travaille à proximité d'un réacteur, ou même sur l'un d'entre eux, reçoit en un an moins de radiations qu'un technicien d'hôpital chargé des rayons-X en une semaine.

March s'avança vers une grosse pièce de machinerie, ressemblant à une chaudière, qui pendait à six mètres de hauteur, et se mit à l'examiner avec attention. Il suivit du regard les tuyaux des échangeurs de chaleur jusqu'à l'endroit où ils venaient se combiner aux turbines de propulsion principales.

— Le réacteur tribord est coupé, dit-il à voix basse. Mais les tiges sont sorties sur celui à bâbord. Ce qui explique que le système continue de fournir de l'énergie.

— Combien de temps aurait-il pu être ainsi laissé sans surveillance ? demanda Pitt.

— Six mois, un an peut-être. C'est un système flambant neuf, et d'une technologie avancée. Peut-être même qu'il résisterait plus longtemps.

— Est-ce qu'on ne pourrait pas dire que cette salle des machines est d'une propreté exceptionnelle ?

— Quelqu'un a veillé à l'entretien, ça, c'est sûr, répondit March, en jetant un coup d'œil inquiet par-dessus son épaule.

— On ferait mieux de continuer, dit Pitt d'un ton laconique.

Ils escaladèrent une échelle menant à une autre porte et franchirent le seuil, pour se retrouver dans le mess de l'équipage, une grande salle spacieuse brillamment décorée, avec de longues tables recouvertes de vinyle bleu. Cela évoquait plus la salle à petit déjeuner d'un Holiday Inn que la salle à manger d'un sous-marin. Dans la coquerie, les grilles de la cuisinière étaient froides, et là aussi, tout était net et proprement rangé. Pas de piles de casseroles ni de poêles, pas d'assiettes sales. Pitt ne parvint même pas à découvrir la plus petite miette traînant où que ce soit. Il ne put s'empêcher de sourire tandis qu'il dépassait une télévision couleur grand écran et une énorme chaîne stéréo. Dans un recoin de son cerveau, il se disait que quelque chose ne collait pas. En vérité, rien ne collait dans tout ce qui concernait ce vaisseau inhabité. Et c'est alors qu'il compris — la petite pièce manquante venait de s'insérer dans ce puzzle déroutant.

— Aucun papier, dit-il sans s'adresser à quiconque en particulier.

March tourna la tête.

— Aucun quoi ?

— Aucune trace de papier nulle part, reprit Pitt dans un murmure. Nous sommes à l'endroit où l'équipage passait une grande partie de son temps, n'est-ce pas ? Alors, pourquoi est-ce qu'on n'aperçoit aucune carte à jouer, aucun magazine, aucun livre ? Pourquoi ne trouve-t-on ni sel, ni poivre, pas de sucrier sur…

Il s'arrêta net au milieu de sa phrase, et se précipita de l'autre côté de la ligne de service, dans la coquerie. Il ouvrit toutes les portes des armoires à provision et des compartiments de rangement. Tous étaient complètement vides. Seuls s'y trouvaient encore les ustensiles de cuisine et les couverts. Il remarqua, avec un sourire de satisfaction, les traces de corrosion sur la vaisselle.

March l'observait d'un air perplexe, de l'autre côté du comptoir de service.

— Qu'est-ce que vous déduisez de tout ça ?

— Ce compartiment a été inondé, dit lentement Pitt.

— Impossible, répondit simplement March. Les moteurs et la salle du réacteur…

— N'ont jamais été touchés par les eaux, termina Pitt. C'est évident. On ne peut pas assécher un réacteur nucléaire comme un tas de linge humide, mais on peut par contre parfaitement nettoyer une cuisine qui vient d'être inondée.

Ils traversèrent rapidement un long couloir qui longeait le carré des officiers, les cabines, et les appartements du capitaine. Pitt effectua une fouille rapide de la cabine de Dupree mais n'y trouva rien ; tout avait disparu, jusqu'à ses vêtements. Pitt avait le sentiment de se trouver dans une chambre d'hôpital où venait de mourir un malade et que des infirmiers avaient débarrassée de tous les signes de l'existence du disparu.

Prestement, et sans mot dire, Pitt continua son chemin dans

le corridor, et pénétra dans la salle de commandes principale, ainsi qu'il l'avait deviné. La main fermement serrée sur sa lance, il s'avança à pas feutrés, le long des rangées d'instruments électroniques. Ses yeux détaillèrent les panneaux et les indicateurs d'acier inoxydable, les écrans radar, les cartes illuminées, et les films d'observation transparents. Il lui était difficile de croire qu'il se trouvait bien à bord d'un sous-marin, posé au fond des mers, et non pas dans un centre de commandes hautement perfectionné du quartier général de l'aéronautique spatiale. Le *Starbuck* ronronnait doucement, sans aucune surveillance humaine, dans l'attente du jour où un ordre lui serait donné, qui le réveillerait pour l'envoyer à nouveau glisser dans les flots.

Finalement, Pitt trouva ce qu'il cherchait; la porte menant à la cabine radio. Les appareils semblaient attendre d'un air attristé, comme s'ils espéraient le retour de l'opérateur d'une seconde à l'autre. Pitt s'installa sur un siège et, ouvrant le tiroir le plus proche, dénicha un manuel décrivant les opérations à suivre pour transmettre des messages. Cette bonne vieille Navy, songea-t-il; les modes d'emploi ne se trouvent jamais très loin. Il se pencha sur un émetteur, et manipula boutons et interrupteurs pour effectuer les réglages nécessaires. Puis il se tourna vers March.

— Trouvez l'antenne de contrôle et levez-la aussi haut que possible.

Il fallut seize secondes à March pour dénicher l'antenne et pour la brancher. Pitt s'empara alors du micro; absorbé par sa tâche, dans le vide inquiétant du submersible, Pitt avait pour l'heure complètement perdu de vue le voyage de retour en direction de la surface. Il régla la fréquence sur les transmissions maritimes, sachant que son message allait être capté par les hommes installés dans le bunker de Pearl Harbor. Sans doute que pas mal de gens allaient se mettre à croire aux fantômes, songea-t-il malicieusement. Puis il appuya sur le bouton pour émettre.

— Allô, allô, *Martha Ann*. C'est le *Starbuck* qui vous parle. Je répète, le *Starbuck*. Est-ce que vous m'entendez? À vous.

Boland n'était pas resté inactif. Pitt n'avait pas sitôt refermé l'écoutille de secours du *Starbuck* derrière lui, que déjà Boland avait donné l'ordre à deux de ses meilleurs hommes de se préparer à plonger. Il allait leur falloir transporter des bouteilles d'oxygène supplémentaires, pour remplacer celles qu'avaient utilisées March et Pitt, et qui, se disait-il, devaient se trouver proches de la fin. Il frappait distraitement du poing sur la table à cartes. Ils étaient déjà depuis trop longtemps à bord du sous-marin ; sans doute se trouvaient-ils coincés à l'intérieur du sas de secours. Sacré Pitt, songea-t-il, qui avait eu la fichue idée de se lancer dans une manœuvre aussi stupide.

Il saisit le micro de l'interphone.

— Aux hommes sur la plate-forme de plongée. Vous ne disposez que de moins de cinq minutes pour les sortir de là. Alors remuez-vous un peu.

Il se débarrassa du micro, en le jetant sur son réceptacle, et pivota en direction des écrans vidéo. Ses yeux fixaient la scène d'un air froid et impassible.

— Combien de temps ?

Stanley jeta un regard à sa montre, pour la cinquantième fois.

— S'ils ne se sont pas trop fatigués, je leur donne encore trois minutes.

Tandis qu'ils observaient les plongeurs qui s'enfonçaient dans l'eau et qui se mettaient aussitôt à nager furieusement en direction du sous-marin, des bruits de pas retentirent dans le couloir. Le maître d'équipage surgit dans la salle de détection.

— On les a ! s'écria-t-il. On a le *Starbuck* sur la radio !

— De quoi parlez-vous donc ? aboya Boland.

— Nous venons d'établir un contact vocal avec le *Starbuck*, répondit le maître d'équipage sur un débit moins rapide.

L'opérateur radio avait à peine eu le temps de voir le maître d'équipage quitter la pièce en direction de la salle de détection, que déjà Boland se penchait vers lui. Il leva les yeux.

— Croyez-le ou non, sir, mais le major Pitt nous appelle à partir du sous-marin.

— Branchez-moi sur lui, et diffusez-le sur haut-parleur, dit Boland, avec dans la voix une excitation qu'il ne pouvait dissimuler — après tout, il était peut-être exact qu'avec Pitt rien n'était impossible.

— *Starbuck*, déclara Boland, c'est le *Martha Ann* qui vous parle. Répondez.

Boland se tourna pour observer le haut-parleur, comme s'il s'attendait à moitié à voir Pitt en jaillir.

— *Martha Ann*, c'est le *Starbuck*. À vous.

— Pitt, est-ce que c'est vous ? Parlez.

— En chair et en os.

— Quelle est votre situation.

— On est en parfait état. March vous remet ses amitiés.

Pitt s'interrompit pour augmenter le volume.

— Le *Starbuck* n'est pas inondé. Je répète, le *Starbuck* n'est pas inondé. Si on avait dix autres hommes à bord, on pourrait très bien le ramener à la maison.

— Et l'équipage ?

— Aucune trace. On dirait même qu'ils n'ont jamais existé.

Boland ne répondit pas immédiatement. Il tenta de digérer l'énormité des paroles de Pitt, en essayant vainement d'imaginer un navire désert, un vaisseau fantôme abandonné au fond des mers, sans surveillance. Il n'avait plus conscience de rien de ce qui l'entourait, il ne remarqua même pas que la moitié de l'équipage se tenait dans le couloir, arborant des mines ébahies. Il fut d'abord envahi par un vague d'incrédulité muette, qui lentement, laissa la place à la prise de conscience, intolérable et angoissante, que Pitt disait la vérité.

— Répétez, je vous prie !

— Le vaisseau est tout à fait désert. Du moins, depuis la chambre de torpilles à l'avant jusqu'à la salle de commandes au milieu du sous-marin. Nous n'avons pas encore examiné les compartiments qui se trouvent à l'arrière. Quelqu'un s'est montré assez gentil pour payer la note d'électricité. Nous disposons de la puissance du réacteur bâbord.

Les genoux de Boland faillirent lui manquer. Il hésita, s'éclaircit la gorge, et déclara :

— Vous et March avez assez donné pour la cause. Dirigez-vous vers l'écoutille de secours, et revenez vers le *Martha Ann*. Je viens d'envoyer des hommes pourvus de bouteilles supplémentaires, pour vous permettre de remonter. Est-ce que le lieutenant March se trouve à vos côtés ?

— Négatif. Il est allé à l'arrière pour voir s'il y a des compartiments inondés et pour s'assurer que les missiles Hypérion sont toujours bien au chaud dans leurs berceaux.

— Je crois que vous savez que ce que vous êtes en train de dire sur cette fréquence peut être capté par n'importe quel récepteur à quinze cents kilomètres à la ronde ?

— Qui irait croire un message en provenance d'un sous-marin naufragé depuis six mois ?

— Nos amis russes, par exemple.

Boland fit une pause pour s'éponger le front à l'aide de son mouchoir.

— Je suggère que nous en reparlions un autre jour. Dès que March sera revenu, faites en sorte de revenir à la surface. L'amiral voudra sans doute un rapport complet. Et, juste au cas où vous n'auriez pas encore tout à fait compris, c'est un ordre !

Il parvint presque à se figurer le sourire qui venait d'apparaître sur le visage de Pitt.

— D'accord, papa. Préparez le bar. Nous serons là dans…

La voix de Pitt disparut au milieu de sa phrase. Le seul bruit qui continua de sortir du haut-parleur fut le grincement étouffé qui ponctuait d'ordinaire les échanges. Boland porta à nouveau le micro à ses lèvres, les yeux froncés par une crainte grandissante.

— Je ne vous ai pas compris, *Starbuck*. Répétez, s'il vous plaît.

Toujours le même grincement sourd dans le haut-parleur.

— Allez, Pitt. Sacré bon sang ! Pourquoi ne dites-vous plus rien ?

Le silence fut la seule réponse.

CHAPITRE DIX

Pitt restait assis, sans bouger, bouche bée face à l'apparition se tenant sur le seuil de la salle radio, muet de stupeur devant cette créature aux yeux fous et à la barbe hirsute. Il ne fit pas le moindre geste avant d'avoir encaissé le choc, en attendant que cette chose répugnante et nauséabonde se dissipe et retourne dans le monde des hallucinations dont elle faisait partie. Il cligna des paupières, dans l'espoir que ce geste allait effacer le spectacle qu'il avait devant les yeux, mais la créature se contenta de lui adresser en réponse un clignement de paupières.

C'est alors que les lèvres remuèrent et qu'une voix rauque murmura :

— Qui vous êtes ? Vous êtes pas avec eux.

— Qu'est-ce que vous voulez dire ? demanda Pitt, contrôlant sa voix pour lui donner un ton tranquille.

— Ils vont vous tuer si jamais ils apprennent que vous vous êtes servi de la radio.

— Ils ? Qui, ils ?

La main de Pitt avait plongé en direction de Barf, et venait de se refermer sur la hampe. La créature dans le couloir ne parut pas s'en rendre compte.

— Vous êtes pas d'ici, déclara l'apparition d'un ton niais. Vous êtes pas habillé comme les autres.

En ce qui le concernait, l'homme portait de vieilles guenilles qui rappelaient un uniforme de gradé de la marine, bien qu'il n'y ait aucune trace de galons. Son regard était sans éclat et son corps maigre et émacié. Pitt décida de tenter sa chance.

— Êtes-vous le commandant Dupree ?

— Dupree ? répéta l'homme en écho. Non, j'suis Farris, matelot de première classe Farris.

— Où sont passés les autres, Farris ? Le commandant Dupree, les officiers, et tous vos collègues ?

— J'en sais rien. Ils disent qu'ils les tueront si jamais je touche à la radio.

— Y a-t-il d'autres personnes à bord ?

— Ils laissent deux gardes en permanence.

— Où ?

— Ils se baladent partout.

— Oh, mon Dieu ! s'écria Pitt, la tension prenant soudain possession de son corps. March !

Il bondit sur ses pieds et poussa Farris sur le siège de l'opérateur radio.

— Attendez-moi ici. Vous comprenez, Farris ? Ne bougez pas de là.

Farris hocha lourdement la tête.

— Entendu, sir.

En pointant Barf devant lui, Pitt passa rapidement de compartiment en compartiment, en s'arrêtant de temps à autre quelques secondes pour tendre l'oreille. Il n'y avait aucune trace du lieutenant March, et le seul bruit était le ronronnement sortant des tuyaux de la climatisation. Il pénétra dans ce qu'il identifia aussitôt comme l'infirmerie. Il y avait là une table d'opération, des étagères chargées de bouteilles étiquetées avec soin, des instruments chirurgicaux, une machine à rayons X, et même un fauteuil de dentiste. Il aperçut également une forme ramassée, étendue entre les deux lits placés contre la paroi du fond. Pitt alla se pencher pour jeter un coup d'œil, même s'il connaissait déjà l'identité de la silhouette allongée sans vie sur le sol.

March était couché sur le flanc, les bras et les jambes tordues dans des postures grotesques, ses fluides corporels entourant son corps d'une flaque qui coagulait déjà. Deux petits trous ronds sur sa poitrine laissaient s'écouler deux filets de sang jusque dans son dos ; il gisait sur le sol d'acier froid, les yeux ouverts mais qui ne verraient jamais le sang qui venait de quitter ses veines. Poussé par un instinct aussi ancien que l'humanité, Pitt se pencha sur March pour lui fermer les yeux.

Prenant conscience de l'ombre qui venait de s'avancer sur le sol, avant de grimper verticalement le long de la paroi devant lui, Pitt roula sur lui-même en un demi-cercle et enfonça la pointe de sa lance dans l'estomac de l'homme qui venait de s'approcher dans son dos, à la suite de quoi il appuya sur la gâchette. Il remarqua également, dans la main de la silhouette sombre sur fond de peinture blanche, la présence floue d'une arme, revolver ou matraque, avec laquelle, si Pitt avait gaspillé la moindre fraction de seconde, il l'aurait tué comme il l'avait déjà fait pour March. À la vitesse à laquelle il avait réagi, il n'eut qu'à peine le temps de constater que son agresseur était un homme de grande taille, à la chevelure fournie, ne portant qu'un short de couleur verte. Le visage semblait intelligent, presque beau, avec des yeux bleus et une masse de cheveux blonds. Des traits que Pitt oublia aussitôt, face à l'agonie de l'homme, spectacle horrible qu'il emporterait dans sa tombe.

Le dioxyde de carbone se mit à siffler, sous l'effet du relâchement de sa pression dans cette chair humaine malléable. Le corps de l'inconnu se boursoufla instantanément pour prendre l'aspect d'une monstrueuse baudruche, à l'estomac gonflé et protubérant, sous les boules de peau tendues qui se formaient entre chacune des côtes. L'expression horrifiée du visage disparut en une demi-seconde, tandis que des jets de matière grise et verte jaillissaient de ses narines et de ses oreilles, qui s'en allèrent asperger le sol à deux mètres à la ronde, alors que sa bouche, deux fois plus large que sa taille normale, vomissait une énorme masse de tissu conjonctif et de morceaux d'organes qui dégoulinaient en une bouillie de matières rouges et gluantes, dévalant son torse gonflé. Quant aux yeux, ils venaient d'être chassés de leurs orbites et pendaient mollement au-dessus des joues bouffies. Les bras se tendirent sur les côtés, et le corps hideusement déformé tomba en arrière sur le sol, se dégonflant lentement pour retrouver sa taille normale, à mesure que le dioxyde de carbone s'échappait des orifices du cadavre.

Pitt, sentant son estomac remonter le long de sa gorge, se détourna de ce spectacle nauséeux, se pencha vers March, s'empara de son corps sans vie et l'installa avec précaution sur l'un des lits. Il couvrit le jeune lieutenant d'une couverture. Le regard de Pitt était amer et triste. Il s'agenouilla face à la silhouette inanimée, comme pour lui dire : je n'aurais pas dû te laisser mourir. Au nom du ciel, March. Je n'aurais jamais dû t'envoyer à la mort.

Pitt se releva, les jambes en coton. Le jeu venait de changer de manière radicale, à présent. Le vortex venait de frapper un peu trop près de la maison.

Il se tourna à nouveau vers le cadavre difforme allongé sur le sol, et réalisa qu'il se trouvait en présence de sa première preuve tangible. Il n'était plus question d'êtres surnaturels tombés du ciel. Il avait devant lui un être humain, pourvu de deux jambes et de deux bras, et qui saignait comme tout un chacun.

Pitt n'attendit pas d'en voir davantage. Si un autre de ces individus était en train de déambuler dans les environs, Pitt savait qu'il n'aurait plus la possibilité de le tuer en le faisant exploser comme le premier. La bombe de gaz ne tirait qu'un seul coup.

Pitt éprouva un moment d'impuissance, mais de courte durée ; il venait de se souvenir de l'arme qu'il avait aperçue dans la main de l'ombre sur le mur, l'arme qui avait tué March. En deux pas, il l'eut retrouvée, sous la table chirurgicale. Il ne l'avait pas remarquée jusque-là, parce qu'elle ressemblait davantage à un petit gant à l'index pointé, plutôt qu'à un revolver traditionnel. La crosse était dessinée de sorte que chacun des cinq doigts d'une main vienne se placer dans sa propre encoche. La main s'y adaptait comme si l'arme elle-même y avait été coulée. Seul un petit canon, placé sous le pouce et dépassant de cinq centimètres, indiquait qu'il s'agissait bel et bien d'une arme à feu. Il n'y avait pas de gâchette dans le sens habituel, mais bien un bouton disposé sous l'extrémité d'un des doigts, lorsqu'on les refermait sur la crosse, et qui pouvait commander le tir d'une très légère pression.

Pitt ne perdit pas de temps à l'essayer. Il retourna rapidement dans la salle radio, empoigna Farris par le bras, qui émit quelques protestations avant de le suivre au pas de course jusqu'à l'écoutille de secours.

Ils y parvinrent presque. Dix pas de plus, au milieu de la salle des machines et du réacteur, et ils auraient atteint la porte menant à la chambre des torpilles. Pitt freina brusquement des deux pieds, projeté légèrement en avant sous le poids de Farris, qui, emporté par le mouvement, venait heurter son dos. Pitt se retrouva face à face avec un homme aussi massif qu'une montagne, habillé lui aussi d'un short de couleur verte, et porteur du même genre d'arme bizarre que celle que Pitt serrait dans la main.

Pitt eut de la veine — la surprise était de son côté. Il s'était préparé, avec angoisse, à pareille confrontation inopportune. Ce qui n'était visiblement pas le cas de l'autre homme. On n'entendit pas de « Qui êtes-vous ? » ou de « Qu'est-ce que vous faites là ? ». Uniquement la pression du doigt de Pitt sur la gâchette et un sifflement presque inaudible, semblable à celui d'un serpent, au moment où son arme parla la première.

Le projectile tiré par le revolver de Pitt — il n'était pas encore très sûr de ce qui sortait du minuscule canon — alla frapper l'homme au front, à bout portant. L'inconnu fut violemment repoussé en arrière, contre la turbine, sa tête et sa poitrine allant frapper rudement sur le sol. Puis, avant même que l'homme ait lâché son dernier soupir, Pitt l'avait contourné, et poussait Farris pour le forcer à franchir la porte qui donnait dans la chambre des torpilles.

Farris vacilla avant de tomber, s'affalant sur le sol, en emportant Pitt dans sa chute, qui se cogna la jambe au cadre de la porte, juste sous le genou, et laissa échapper son arme. La douleur atroce lui donna l'impression qu'on venait brusquement de lui arracher la jambe. Mais ce ne fut pas la souffrance qui le paralysa, tandis qu'il bataillait pour se remettre debout, mais bien une peur glacée, en comprenant qu'il avait commis une grave erreur en se précipitant de la sorte tête baissée dans la chambre des torpilles. Pris de frénésie, il chercha à récupérer son étrange revolver, tout en sachant qu'il était trop tard, tout en sachant que l'un ou l'autre des deux hommes qui se tenaient dans la pièce pouvait le tuer avec une aisance ridicule.

— Pitt ? demanda le plus petit de ces deux hommes.

Pitt était certain que ses oreilles et son esprit étaient en train de l'abuser. Puis il se rendit compte qu'il contemplait le visage du timonier du *Martha Ann*.

— Vous nous avez suivis ? lança Pitt.

— Le capitaine Boland s'est dit que vous et March alliez certainement vous trouver à court d'oxygène, répondit le timonier. C'est pourquoi il nous a envoyés vers vous, avec des bouteilles supplémentaires. On est entrés par le sas de secours. On ne s'attendait vraiment pas à le trouver à sec.

Les sens engourdis de Pitt commençaient à se ressaisir, à présent.

— Nous n'avons pas beaucoup de temps devant nous. Est-ce que vous pouvez inonder ce compartiment ?

Le timonier lui jeta un coup d'œil. Quant à l'autre homme, que Pitt reconnut comme un des matelots, il se contentait d'observer la scène d'un air distrait.

— Vous voulez inonder...

— Oui, sacré bon sang. Je veux faire en sorte que personne ne puisse entrer dans ce vaisseau avant un mois.

— Je ne peux pas faire une chose pareille..., déclara le timonier d'un air hésitant.

— Il n'y a pas une seconde à perdre, reprit doucement Pitt. March est déjà mort, et nous le serons aussi bientôt si on ne se presse pas.

— Le lieutenant March est mort ? Je ne comprends pas. Pourquoi inonder...

— Aucune importance, rétorqua Pitt, en plongeant son regard droit dans celui du timonier. J'en prends l'entière responsabilité.

Avant même d'avoir prononcé ces mots, il se souvint qu'il avait employé ces mêmes termes gratuits et vides de sens avec March, quelques minutes plus tôt.

L'autre matelot indiqua Farris, assis par terre, regardant dans le vide devant lui.

— Qui est-ce ?

— Un survivant de l'équipage du *Starbuck*, répondit Pitt. Il va falloir qu'on le remonte à la surface. Il a grand besoin de soins médicaux.

Si le marin éprouva une quelconque surprise face à quelqu'un qui aurait dû être mort depuis des mois, il n'en montra rien. Au lieu de cela, il indiqua simplement la blessure sanguinolente sur la jambe de Pitt.

— On dirait que vous en auriez bien besoin, vous aussi.

La jambe de Pitt avait perdu toute sensation. Pitt était néanmoins satisfait de ne pas apercevoir de protubérance, révélatrice d'une fracture.

— Je survivrai, déclara-t-il, avant de se tourner vers le timonier. Inondez ce compartiment !

— Vous avez gagné, répondit machinalement ce dernier. Mais c'est vraiment contre mon gré…

— C'est compris, ajouta impatiemment Pitt. Vous allez y arriver ?

— Quoi qu'on fasse, une bonne équipe de sauvetage pourra toujours s'introduire ici en moins de deux jours. L'écoutille de secours de ce compartiment est la seule manière pour qui se trouverait à l'extérieur de pénétrer ici, si bien que l'accès reste interdit tant qu'on ne peut pas faire appel à l'énergie du réacteur. La meilleure solution serait de bloquer les valves dans le sas, pour empêcher qu'on ne s'en serve, et d'ouvrir les tubes lance-torpilles pour laisser entrer l'eau. Après quoi, on déconnecte les pompes à extraction, pour que personne ne puisse les utiliser, même à l'aide d'une source d'énergie extérieure. Ça leur prendrait probablement un jour et demi pour comprendre ce qu'on a fait, et encore trois ou quatre heures de plus pour remettre tout en ordre, pour pomper l'eau et pour pressuriser le compartiment.

— Dans ce cas, je vous suggère de commencer en fermant la porte qui mène à la salle des machines.

— Il y a encore une autre manière de gagner quelques heures de plus, dit lentement le timonier.

— Laquelle ?

— Éteindre les réacteurs.

— Non, répondit Pitt avec fermeté. Lorsque nous reviendrons le chercher, nous ne pourrons pas nous passer du luxe d'un réacteur en état de marche.

Le timonier lui accorda un regard sans expression.

— Que Dieu nous vienne en aide, si jamais vous avez fait une erreur.

Il se tourna vers l'autre matelot.

— Débranche les pompes, et va ouvrir les portes intérieures des tubes lance-torpilles. Je m'occuperai des tuyères et des portes extérieures, à partir du dehors.

Il s'adressa ensuite à Pitt.

— C'est bon, Pitt, la mauvaise action est en marche. Mais si vous vous êtes trompé, nous serons les plus vieux membres de la marine de l'Oncle Sam avant d'avoir fini de rembourser la bêtise que nous sommes en train de commettre.

Pitt sourit.

— Avec un peu de chance, vous pourriez même recevoir une médaille.

Le timonier prit une expression amère.

— J'en doute, sir. J'en doute vraiment.

Boland savait choisir ses hommes. Les deux membres de l'équipe de sauvetage se mirent à la tâche avec autant de calme et d'efficacité que des mécaniciens dans une fosse, sur le circuit d'Indianapolis, un jour de compétition. Tout se déroula de la manière la plus feutrée. Le timonier quitta le sous-marin par le sas de secours, pour s'en aller ouvrir de l'extérieur les tubes lance-torpilles et pour bloquer les tuyères d'échappement, et il sembla à Pitt qu'il venait à peine d'enrouler sa jambe meurtrie dans un morceau de couverture arrachée à l'une des couchettes, lorsqu'il entendit le signal dont ils avaient convenu, ce tapotement sur l'écoutille indiquant que le timonier avait fini son travail. Pitt emporta alors Farris jusqu'en haut de l'échelle, et le poussa dans le sas de secours, tandis que l'autre matelot commençait à ouvrir les valves pour laisser libre passage à l'eau, qui inonda le compartiment le plus bas. Lorsque le niveau fut arrivé à une cinquantaine de centimètres du plafond, l'homme s'immergea pour aller déverrouiller les tubes lance-torpilles. Il eut la surprise amusée de voir un poisson perroquet bleu se glisser hors du tubes et venir nager dans le compartiment.

Pitt fut obligé de placer lui-même la bouteille d'oxygène et le respirateur sur Farris, avant de faire glisser le masque sur ses yeux empreints d'un sentiment d'incompréhension.

— Je veillerai à ce qu'il y arrive, sir, dit le matelot en se collant contre Farris et en l'empoignant fermement par la taille.

Pitt, reconnaissant d'être débarrassé de cette responsabilité, lui répondit d'un simple merci, et revêtit sa propre combinaison de plongée, en plaçant une bouteille d'air frais à la place de celle qu'il avait vidée lors de la descente. À la suite de quoi, le matelot frappa quelques coups sur l'écoutille, avec le manche de son couteau, pour laisser au timonier l'honneur de dévisser le couvercle de l'extérieur.

En théorie, chacun d'eux aurait dû rejoindre la surface en compagnie des bulles d'air qui venaient de s'échapper du sous-marin, mais la théorie ne prend pas toujours en compte tous les aléas, tel celui du tuyau du respirateur de Pitt s'accrochant au bord de l'écoutille de secours, et l'empêchant de suivre les autres. Il fut immobilisé une minute, au cours de laquelle, totalement impuissant, il observa ses compagnons qui filaient vers l'air libre, sans qu'aucun d'eux ne remarque qu'il avait manqué leur ascenseur de bulles bouillonnantes.

Reporter son poids en arrière pour réussir à libérer le tuyau lui fut relativement facile, mais lorsqu'il se remit à nager en parfaite liberté, une autre menace inattendue se présenta sur sa route : un spécimen de *Sphyrna Levini*, cinq mètres cinquante de requin marteau. Pendant un moment, Pitt espéra que l'imposante masse grise de près de neuf cents kilos, une des quelques rares espèces de requins connues pour apprécier la chair humaine, allait l'ignorer et passer son chemin. Mais c'est alors qu'en un instant qu'il n'oublierait jamais, il vit la large tête plate se tourner pour s'avancer vers lui, en lui présentant sa bouche aux dents acérées comme des rasoirs, retroussée en une grimace vicieuse.

Pitt avait abandonné sa lance, devenue inutile, à l'intérieur du sous-marin ; la seule arme dont il disposait, plutôt inadéquate dans le cas présent, était le petit revolver en forme de gant qui avait tué March. Alors que le requin se dirigeait vers le sang qui rougissait l'eau autour de sa jambe blessée, Pitt l'observait avec fascination s'approcher en nageant apparemment sans produire aucun effort, virant avec souplesse pour dessiner des cercles autour de lui, sans le quitter du regard, à l'aide de son œil placé au bout de sa tête en forme de marteau.

Il traça un arc de plus en plus réduit, s'approchant jusqu'à ne plus se trouver qu'à quelques centimètres de Pitt. Celui-ci lança alors sa main gauche en avant, et enfonça son poing dans les ouïes du monstre. Quel geste inutile, et même presque comique, songea Pitt, et pourtant ce contact inattendu surprit le requin. Pitt sentit le mouvement de l'eau autour de lui, tandis que le squale se retournait pour s'écarter. Mais il n'alla pas très loin. Il effectua un demi-tour, et revint à la charge. Pitt se plaça face à la bête, en lui présentant ses poings serrés. Il lança un regard vers la surface, à moins de neuf mètres au-dessus de lui, mais qu'il n'aurait jamais le temps de rejoindre. Le mangeur d'homme était en train de passer pour la seconde fois, et Pitt allait devoir jouer son dernier atout.

Il leva son petit revolver et visa avec soin. Le requin n'avait plus qu'à ouvrir sa gueule, et la main de Pitt se retrouverait coincée entre les dents du monstre. Alors que le requin s'avançait, Pitt appuya sur la détente et tira au beau milieu de son œil gauche, froid et tranquille.

Le requin bascula sur le flanc, et s'agita avec frénésie, provoquant des mouvements dans l'eau qui vinrent frapper Pitt avec une telle force, qu'il fit la culbute en arrière, comme s'il venait d'être emporté par un rouleau de vagues. Il parvint à retrouver son équilibre, en luttant de toute son énergie, et fonça en direction de la surface, tout en gardant un œil prudent sur le requin, et en contrôlant ce qui se trouvait au-dessus de lui, pour ne pas venir cogner de la tête la quille du *Martha Ann*. Une ombre passa à proximité ; il leva rapidement les yeux, pour apercevoir le timonier, cinq ou six mètres plus haut, lui adressant des signes. Pitt n'avait nul besoin d'une invitation en bonne et due forme. Il franchit la distance en dix secondes. Puis il se retourna et guetta l'attaque suivante. La grande machine à tuer, à tête de marteau, avait cessé de s'agiter et, de son œil valide, l'observait d'un air menaçant, ses nageoires puissantes propulsant doucement sa silhouette massive dans l'eau. Le requin fit alors brusquement volte-face, et de manière tout à fait imprévue, s'éloigna en nageant à une vitesse folle, avant de disparaître dans les profondeurs de l'eau bleutée.

Exténué et en état de choc, Pitt se laissa hisser avec gratitude sur la plate-forme du navire, où des mains compatissantes le débarrassèrent de son équipement de plongée. Il leva ensuite les yeux et découvrit Boland, penché sur lui, et qui l'observait d'un air sombre.

— Où est March ? demanda-t-il d'une voix qui semblait taillée dans la glace.

— Mort, répliqua simplement Pitt.

— Ce sont des choses qui arrivent, dit le capitaine, avant de s'éloigner.

Le regard de Pitt flottait sur le verre qu'il tenait en main. Son visage était vide de toute expression, mais ses yeux étaient rouges et fatigués. Un magnifique coucher de soleil tropical glissait les derniers rayons du jour par un hublot qui faisaient scintiller les cubes de glace flottant dans le bourbon. Pitt se passa le verre sur le front, mêlant la condensation à sa sueur. Il venait de confier toute l'histoire à Boland. À présent, alors qu'il aurait dû éprouver une certaine détente, il sentait, d'une manière ou d'une autre, que les terribles événements des heures précédentes n'étaient que le début de quelque chose de bien plus sinistre encore.

— Vous ne devez pas vous en vouloir, pour le meurtre de March, déclara Boland avec conviction. Si vous vous étiez retrouvés coincés dans le sas de secours, et s'il s'était noyé, alors dans ce cas, vous auriez pu vous sentir responsable. Mais Dieu sait que vous n'aviez aucun moyen de prévoir que deux brutes sanguinaires circulaient à bord du *Starbuck* !

— Ne vous fatiguez pas, Paul, dit Pitt d'un air las. J'ai obligé ce garçon à pénétrer dans le sous-marin. Si je n'avais pas été aussi pressé de prouver un certain point de détail, il serait toujours en vie à l'heure qu'il est.

— C'est entendu. Nous avons perdu une vie, mais la formidable importance de ce que vous avez découvert dépasse, et de loin, la vie d'un seul individu. Si en échange de la vie de chacun des hommes de mon équipe, je parvenais à ramener le *Starbuck* intact dans un port de Pearl Harbor, je n'hésiterais pas un instant devant ce sacrifice, et ce que je dis là vous inclut vous et moi.

— J'apprécie ce que vous êtes en train de faire, Paul, déclara Pitt.

Boland sourit.

— Je suis gentil uniquement parce que je connais votre influence sur les amiraux. À part ça, je considère que vous êtes un type plutôt astucieux. Je suis certain que la folie que vous avez commise, en inondant la chambre des torpilles du *Starbuck*, fait partie d'un plan machiavélique. Vous pourriez peut-être m'expliquer de quoi il retourne ?

— C'est simple, dit laconiquement Pitt. J'ai saboté le sous-marin pour le garder au fond pendant quelques jours.

— Mais encore ? ajouta Boland, sans sourire cette fois.

— Pour commencer, il y avait ces deux hommes armés là en bas, à l'intérieur du sous-marin, en plus du matelot Farris, qui mourait de faim et était terrorisé. Le *Starbuck* était sa prison. Il ne pouvait s'en échapper parce qu'il ne pouvait aller nulle part ailleurs. Les gardiens eux-mêmes se relayaient. D'où ils sortaient, je n'en sais rien, mais il est certain qu'ils ne vivaient pas à bord du submersible.

— Comment pouvez-vous en être si sûr ?

— C'est l'épicurien qui parle en moi. J'ai examiné les cuisines, dans le carré de l'équipage et dans celui des officiers. Il n'y avait pas la moindre trace de nourriture. Il fallait bien qu'ils mangent, ces gardiens. Farris lui-même ne pouvait pas tenir six mois sans manger. Alors soit on vient d'ouvrir un McDonald dans le coin sans nous prévenir, soit ces gars rentraient à la maison pour déjeuner. Je penche plutôt en faveur de la deuxième hypothèse. Qui que soient ces types et quel que soit l'endroit d'où ils sortent, ils sont en train de tourner là en bas, à l'instant même, en guettant le moment le plus propice pour s'emparer du *Martha Ann*. Si nous disparaissons comme les autres, le département de la marine peut faire une croix sur le *Starbuck* une fois pour toutes. C'est pourquoi j'ai tenu à inonder la chambre des torpilles. Si nos mystérieux inconnus sont avisés des réelles intentions du *Martha Ann*, il y a de fortes chances pour qu'ils quittent la zone et se tirent au diable avec le *Starbuck* avant que la Navy ne se pointe à l'horizon.

— On pourrait parfaitement nous envoyer une équipe par hélico, en moins de trois heures.

— Ce serait trop tard. Le temps nous est compté depuis le moment où nous avons jeté l'ancre. Il nous arrivera sans doute la même mésaventure qu'aux autres navires.

Boland eut l'air sceptique.

— Tout cela me paraît de la plus haute fantaisie. Selon les radars, il ne se trouve pas un seul vaisseau à huit cents kilomètres à la ronde, et nos sonars indiquent qu'il n'y a aucun submersible dans cette zone. Au nom du ciel, d'où pourraient-ils donc venir ?

— Si je connaissais la réponse à cette question, dit Pitt d'un ton irrité, je demanderai une augmentation de salaire, et je l'obtiendrais.

— Tant que vous n'apportez pas d'arguments plus solides que ceux-là, rétorqua Boland, nous resterons à l'ancre ici-même, et ce jusqu'à demain matin. Et dès l'aube, nous commencerons les opérations de repêchage.

— Vœu pieu, dit Pitt. À l'aube le *Martha Ann* se trouvera au fond de la mer, échoué à côté du *Starbuck*.

— Vous oubliez sûrement, insista tranquillement Boland, que je peux contacter Pearl Harbor par radio à tout moment, et leur demander de nous envoyer du renfort, avant la tombée de la nuit ?

— Vous le pouvez ? demanda Pitt.

Boland se dit que le regard d'un vert pénétrant était empreint d'une assurance aussi ferme qu'inutile, mais avec Pitt, il était toujours difficile d'être sûr de quoi que ce soit. Son expression était celle que Dirk Pitt voulait arborer, ni plus ni moins.

— Est-ce que l'amiral Hunter a accusé réception de vos messages ?

— Nous n'avons émis que sur fréquence maritime, ainsi que vous l'avez d'ailleurs fait à partir du sous-marin.

— Et vous ne trouvez pas bizarre que Hunter n'ai pas réagi en apprenant que le *Starbuck* venait d'être découvert ? Vous l'avez dit vous-même. Mon message radio a pu être capté par n'importe quel récepteur à quinze cents kilomètres à la ronde. Comment se fait-il que personne ne soit alors intervenu pour déclarer : « Va te faire foutre ! » ou bien « Ça va ? Il fait beau chez vous ? » Pour quelle raison ni Hunter ni Gunn n'ont-ils pas réclamé de détails supplémentaires ? Il y a des chances pour que qu'aucun de vos messages ne soit passés, même pas cette histoire de palier de transmission cramé qui devait servir de code.

Pitt avait finit par toucher juste cette fois. Boland dressa un sourcil, puis actionna l'un des nombreux commutateurs de l'interphone, avant de déclarer :

— C'est le capitaine Boland qui parle. Envoyez un message à Pearl Harbor sous le code Overland Six. Dès qu'ils auront accusé réception, faites-le-moi savoir.

— Code Overland Six, entendu, répliqua une voix métallique sortant du haut-parleur.

— Qu'est-ce qui vous fait penser que nos messages ne sont pas passés ? demanda ensuite Boland.

— À l'exception du *Lily Marlène*, personne n'a jamais pu

rien envoyer, ne fût-ce qu'un appel au secours. Pas même le *Starbuck*. Il est raisonnable d'imaginer que nos chers amis inconnus ne seront pas tout à fait d'accord pour nous laisser apprendre au monde ce que nous avons découvert.

— Si vous dites vrai, cela signifierait qu'ils sont en train de brouiller nos émissions.

— Vous pouvez parier votre carrière là-dessus, dit Pitt avec sérieux. Cela explique pourquoi aucun signal de détresse n'a été capté en provenance des navires disparus. Ils les ont effectivement envoyés, mais rien n'a été reçu à la station maritime de Oahu. Cela explique aussi les fausses coordonnées de position fournies par Dupree, juste avant la prétendue disparition du *Starbuck*. Nos chers inconnus ont planqué un émetteur radio de très haute puissance quelque part dans le coin. Probablement sur l'une des îles de l'archipel des Hawaii. Il leur faut bien une base terrestre pour planter une antenne assez élevée pour brouiller tous les messages émis par les navires circulant dans la région.

— Capitaine Boland ? demanda la voix dans le haut-parleur.

— Lui-même. Qu'est-ce que nous avons ?

— Rien, tout simplement rien, sir. Ils ont bien accusé réception, mais pas sur code Overland Six. J'ai répété quatre fois l'appel. Et tout ce qu'ils ont fait, c'est me demander d'envoyer mon message. C'est incroyable, sir. Les appels sur fréquence maritime nous parviennent de façon parfaite. Quelqu'un est en train d'essayer de nous bluffer.

Boland coupa l'interphone. Nul ne dit mot. Il n'était pas très important de savoir qu'ils avaient établi un contact radio. Tout ce qui comptait, c'est que ce contact concernait les mauvaises personnes.

— Tout ça ne me paraît pas très bon, dit Boland, avec une grimace.

— Voilà qui répond au moins à une des questions. Mais qu'est-il vraiment arrivé à l'équipage du *Starbuck* il y a six mois de cela ? Et, puisqu'il est couché là en bas, dans un état impeccable, pourquoi n'a-t-il pas été remis en fonction ?

— On peut éliminer les Russes, et tout autre puissance

étrangère du même coup, dit Boland. Ils n'auraient jamais réussi à garder le secret aussi longtemps.

— Cela vous paraîtra sans doute insensé, ajouta Pitt, mais je ne pense pas que la capture du *Starbuck* faisait partie d'un complot, ni même n'était un acte prémédité.

— Vous avez raison. Cela me paraît insensé, répliqua Boland d'un ton égal. On ne peut vraiment pas dire que mettre ainsi le grappin sur un sous-marin nucléaire, au beau milieu de l'océan, et de manière non intentionnelle en plus, soit ce qu'il existe de plus facile au monde.

— Quelqu'un y est pourtant arrivé, rétorqua Pitt. March et moi n'avons pas découvert la moindre trace d'avaries, sur la coque, ou à l'intérieur du sous-marin.

— Ça ne marche pas. Aucune armée n'aurait jamais pu pénétrer à l'intérieur du submersible. La batterie d'appareils de détection sophistiqués aurait donné l'alerte. Le *Starbuck* possède des alarmes automatiques qui se déclenchent à vous réveiller les morts, dès l'instant qu'on touche aux ventilateurs ou aux écoutilles. Il n'y a que des poissons qui auraient pu s'en approcher d'assez près.

— Et pourtant, même les sous-marins les plus modernes ne sont pas préparés à repousser un assaut.

Avant que Boland ait pu répliquer, il fut interrompu par le haut-parleur de l'interphone.

— Capitaine ?

— Parlez, je vous écoute.

— Auriez-vous l'obligeance de monter sur le pont, sir. Il y a quelque chose que vous devriez voir, je crois bien.

— Donnez-moi une petite idée de ce dont il s'agit.

— Eh bien… sir… C'est une sorte de…

— Allez-y, mon vieux, s'écria Boland, videz un peu votre sac !

La voix en provenance du pont hésita.

— C'est du brouillard, capitaine. Il y a du brouillard en train de sortir de la mer, et qui a commencé à recouvrir la surface, comme si Frankenstein s'amenait dans le coin. Je n'ai jamais vu un truc pareil. C'est incroyable.

— Je viens immédiatement, dit Boland, avant de se tourner vers Pitt, un air mécontent sur le visage.

— Que pensez-vous de ça ?

— Je dirais, murmura Pitt d'une voix douce, que nous y voilà enfin.

CHAPITRE ONZE

Le brouillard était un voile épais de brume blanchâtre qui se formait à la surface des eaux, et s'enroulait en anneaux dans la brise légère, opaque et d'une moiteur lourde et angoissante. Les hommes se trouvant sur le pont plissaient les yeux pour tenter de deviner ce qui se cachait dans ce nuage ondulant, mais en vain ; ils redoutaient d'y découvrir une chose invisible, impossible à toucher ou même à comprendre. Déjà, un linceul de buée avait commencé de s'étendre sur le navire, et la lumière se transforma en un mélange étrange d'orange et de gris, dans l'éclat des rayons réfractés du soleil couchant.

Boland essuya les gouttes de transpiration qui perlaient à son front, lança un nouveau regard rassurant au travers des vitres de la timonerie, et déclara :

— Cela me paraît assez normal. La densité est un peu élevée.

— Il n'y a rien de normal dans ce banc de brume, répliqua Pitt, à part la couleur. La température, l'heure, et la brise de trois nœuds, toutes ces conditions peuvent difficilement expliquer la formation de brouillard, en temps normal.

Il dépassa Boland pour aller examiner le radar, le scrutant avec attention pendant une bonne minute, jetant des regards à sa montre de poignet, tout en effectuant mentalement une série de calculs.

— Il n'indique aucun signe de déplacement ni de dissipation ; le vent n'a pas réussi à faire bouger sa masse. Je me demande ce que Mère Nature pourrait bien faire d'un phénomène pareil.

Ils sortirent sur le pont extérieur bâbord, deux ombres en silhouettes dans la luminosité si particulière provoquée par la brume. Le navire roulait doucement, d'un ou deux degrés, dans la légère houle du Pacifique. On aurait dit que le temps avait cessé d'exister. Pitt se mit à humer l'air. Tout d'abord, il ne parvint pas à mettre un nom sur ce qu'il sentait, puis il finit par saisir la relation qu'il essayait d'établir, avec les odeurs emmagasinées dans ses souvenirs. Un lointain souvenir.

— Eucalyptus !

— Que dites-vous ? demanda Boland.

— C'est de l'eucalyptus, répéta Pitt. Vous ne sentez pas ?

Les sourcils de Boland se froncèrent, en manière d'interrogation.

— Je sens quelque chose, mais je n'arrive pas à reconnaître quoi.

— D'où venez-vous, et dans quel endroit avez-vous grandi ? demanda Pitt.

Boland lui adressa un regard, abasourdi par le ton d'urgence de Pitt.

— Dans le Minnesota. Pourquoi ?

— Bon Dieu, je n'avais pas respiré cette odeur depuis des années, reprit Pitt. Les eucalyptus sont des arbres très communs dans le sud de la Californie. Ils possèdent une odeur très particulière, et on en tire une essence que l'on utilise pour des inhalations.

— Cela n'a pas de sens.

— Je suis bien d'accord. Le fait est que ce banc de brouillard embaume l'eucalyptus.

Boland plia les doigts, et se mit à parler sans regarder Pitt.

— Que suggérez-vous ?

— Pour faire simple et direct, je suggère qu'on se tire d'ici le vite possible.

— C'est exactement ce que je pensais, dit Boland en retournant précipitamment dans la timonerie, pour aller se pencher sur l'interphone.

— Salle des machines ? Dans combien de temps pouvons-nous repartir ?

— Dites-moi quand vous voulez, répondit la voix métallique sortie des entrailles du navire.

— Tout de suite ! s'écria Boland.

Il se tourna ensuite vers un jeune officier qui se tenait aux aguets.

— Levez l'ancre, lieutenant.

— Levez l'ancre, répéta le jeune officier à l'aspect juvénile.

— Salle des détections ? C'est le capitaine Boland qui vous parle. Vous captez quelque chose ?

— Ici Stanley, répondit une voix. Tout est calme. Rien, à part un banc de poissons à une centaine de mètres à tribord.

— Demandez-lui leur nombre et leur taille, dit Pitt, les traits figés.

Boland acquiesça en silence, puis transmit cette requête à la salle de détection.

— En comptant rapidement, je dirais qu'il y en a plus de deux cents qui nagent à cinq ou six mètres de profondeur.

— Leur taille, aboya Boland. Leur taille !

— Quelque part entre un mètre cinquante et un mètre quatre-vingts.

Les yeux de Pitt quittèrent le haut-parleur, pour se fixer sur Boland.

— Ce ne sont pas des poissons. Ce sont des hommes.

Il fallut plusieurs secondes pour que les mots de Pitt se frayent leur chemin.

— Des hommes ? répéta lentement Boland, comme s'il tentait de se souvenir de quoi il pouvait bien s'agir. Comment comptent-ils attaquer en partant de la surface ? Le *Martha Ann* possède vingt mètres de franc-bord.

— Ils y arriveront. Je peux vous en assurer.

— Que je sois maudit s'ils y arrivent, déclara rudement Boland, en tapant du poing sur la paroi de l'habitacle.

Il attrapa le micro, et Pitt put distinguer sa voix qui rebondissait en écho dans les profondeurs du navire.

— Lieutenant Riley, distribuez les armes à tout l'équipage. Nous avons des visiteurs inattendus.

— Il va vous falloir plus que quelques armes pour repousser une horde de cette taille, déclara Pitt. S'ils réussissent à monter à bord, on va être un peu juste, à quinze contre deux cents.

— Nous les arrêterons, dit Boland d'un ton résolu.

— Vous feriez mieux de vous préparer à abandonner le navire si les choses tournent mal.

— Non, rétorqua calmement Boland. Ce vieux rafiot décrépit n'a sans doute l'air de rien, mais il appartient toujours à la marine des États-Unis. Je ne compte pas l'abandonner ainsi, sans que quelqu'un en paye le prix. Allez dire à l'amiral Hunter ce qui est en train de se passer ici. Dites-lui…

— Vous le lui direz vous-même. Je ne vais pas faire décoller l'hélicoptère de ce navire sans vous et votre équipage.

Les lèvres de Boland se retroussèrent en un sourire amer.

— Bonne chance !

— Retrouvons-nous sur la piste d'envol, fut tout ce que répondit Pitt.

Il fit ensuite volte-face et franchit le seuil de la pièce.

Le siège du pilote était humide et poisseux, alors que Pitt s'installait sur le revêtement de vinyle. Il passa en revue sa check-list d'avant décollage, tandis que la brume se rapprochait jusqu'à envelopper le navire. L'atmosphère était pesante, et toute la luminosité était voilée. On ne pouvait plus rien discerner de ce qui entourait le *Martha Ann* ; la mer avait disparu, le ciel avait disparu, et seul un petit espace de vingt-cinq mètres carrés existait encore aux alentours du cockpit.

Il brancha le système de puissance auxiliaire, et appuya sur la commande d'allumage. Le système trembla et se répandit en protestations, alors que sa puissance électrique faisait tourner la turbine de l'hélico en rotations de plus en plus rapides, jusqu'à ce que la jauge de température de l'échappement et la plainte fusant du tuyau lui indiquent que le moteur tournait en douceur. À la suite de quoi, il mit le rotor en prise, et les pales géantes commencèrent lentement à tourner et battirent l'air brumeux, en émettant leur sifflement caractéristique.

Lorsque les aiguilles de toutes les jauges du tableau de bord eurent acquis leurs positions de fonctionnement normales, Pitt alla fouiller derrière le siège du co-pilote, et en tira le Mauser, toujours enveloppé de sa serviette. Il posa l'arme sur ses genoux, la sortit prestement de son emballage, et s'assura que la crosse d'épaule était bien attachée. Puis il inséra le chargeur à cinquante coups dans le magasin, sortit du cockpit, et scruta la brume spectrale qui l'environnait. Il s'accroupit derrière les patins d'atterrissage, qui lui assuraient une certaine protection, et braqua son arme dans la pénombre.

Il ne lui fallut patienter que quatre-vingt-dix secondes avant d'apercevoir deux silhouettes fantomatiques se matérialisant au-dessus de la rambarde, à proximité de la poupe, et qui s'avançaient sans attendre, d'un air menaçant, en direction de l'hélicoptère vrombissant. Pitt attendit d'être certain qu'il ne s'agissait pas de membres de l'équipage du *Martha Ann*. Puis il fit parler le Mauser.

Les deux personnages à demi nus s'écroulèrent silencieusement, en lâchant les étranges revolvers que Pitt connaissait à présent bien, et qui heurtèrent le pont en faisant retentir les plaques d'acier. Pitt se retourna pour examiner les environs, en un tour complet sur lui-même, avant d'aller jeter un bref coup d'œil aux hommes qui venaient de tomber. Ils gisaient, recroquevillés et avachis, à côté l'un de l'autre, leur vie les quittant peu à peu par leurs poitrines déchirées. Le short de couleur verte, si court qu'il en était presque inexistant, ainsi que les armes dont ils étaient pourvus, tout ces détails étaient semblables à ceux qu'il avait découverts sur les hommes qu'il avait tués à bord du *Starbuck*. La seule différence que son œil pu distinguer, et qu'il n'avait pas encore eu l'occasion d'apercevoir, consistait en une petite boîte de plastique qui semblait adhérer à la peau de chacun des deux individus, juste sous leur aisselle.

Avant qu'il ait pu examiner les cadavres plus attentivement, son regard fut attiré par une autre silhouette qui passait lentement par-dessus la balustrade. Pitt braqua son revolver et appuya sur la détente d'une simple caresse de son index. Pour la seconde fois, une brève explosion retentit au milieu du bruit des pales tournoyantes de l'hélicoptère, et la forme indistincte disparut brusquement en s'enfonçant dans la brume. Avec prudence, Pitt alla se pencher au-dessus du bastingage. Il se trouvait quasiment sur ce qu'il était en train de chercher lorsque sa main s'y cogna. C'était un grappin, pourvu de six crochets recourbés et couverts d'une épaisse gaine de caoutchouc mousse, et dont le filin disparaissait en direction de la mer invisible. Il était facile à présent de comprendre comment ces étranges individus sortis des flots avaient procédé, sous le couvert du banc de brouillard, pour prendre possession, dans le plus parfait silence, d'une centaine de navires et de milliers d'hommes d'équipage et les envoyer par le fond, dans ce coin perdu de l'océan Pacifique.

Les réflexions de Pitt furent interrompues par les fortes détonations d'armes automatiques de calibre .45, entrecoupées du crépitement plus aigu de carabines de calibre .30. Des cris d'hommes atteints par balles retentirent dans la brume. Pitt se sentait loin et comme bizarrement détaché de l'affrontement qui ne cessait de croître en intensité.

Une balle perdue siffla en frôlant l'hélicoptère et poursuivit sa trajectoire en direction de la mer.

— Sacré bon sang ! s'écria Pitt.

Un seul projectile touchant une partie vitale de l'hélico pouvait rendre l'appareil inutilisable.

Trois formes qui prirent apparence humaine trébuchèrent sur la piste d'envol, les yeux vitreux et le visage inondé de sueur.

— Allez, il ne faut plus traîner, mugit Pitt. Remuez-vous un peu.

Il ne se tourna pas en parlant, et garda les yeux braqués en direction des ténèbres de brume. Il se passa alors presque une minute entière avant qu'une autre silhouette ne se montre, et ne se précipite sur la piste d'envol. La ruée en avant paniquée du jeune marin était si précipitée qu'il dérapa sur le pont mouillé. Il serait allé glissé entre les barreaux du bastingage et aurait valsé par-dessus bord si Pitt n'avait, d'une ferme poigne, saisi son bras qui battait l'air.

— Vas-y doucement, lui déclara Pitt sur le ton de la réprimande. La route est longue si tu veux rentrer à la nage.

— Je m'excuse, sir, lâcha le marin. On n'arrive pas à repérer ces salauds. Ils sont sur vous avant qu'on ait eu une chance de les voir.

Pitt poussa le jeune marin à l'abri de l'hélicoptère, tandis que quatre autres individus sortaient du voile de brouillard. L'un d'eux était le timonier, qui remorquait Farris. L'unique survivant du *Starbuck* semblait mentalement déconnecté de la bagarre qui grondait autour de lui. Il fixa son regard sur Pitt, les yeux vides et sans éclat, comme face à un spectacle abstrait qui ne le concernait nullement.

— Installez-le sur le siège du copilote, et attachez-le bien serré, ordonna Pitt au timonier.

Puis il reporta son attention vers la partie avant du navire. Il mit sa main en coupe derrière son oreille et se mit à écouter, distinguant un bruit de pas à quelques mètres dans la purée de pois.

— Pitt, vous êtes là ? cria une voix.

— Continuez d'avancer, répondit Pitt. Pas de mouvements brusques.

— Ça ne risque pas, déclara la voix. Je transporte un blessé.

De la brume sortit le lieutenant Harper, l'officier machine qui pesait dans les cent quinze kilos. Il portait sur l'épaule un jeune garçon qui ne devait pas avoir plus de dix-neuf ans. Son visage était blême, et un mince filet de sang s'écoulait le long de sa jambe droite, pour aller s'écraser sur le pont en gouttes sombres couleur marron. Pitt se pencha en avant et empoigna un énorme biceps, pour tirer le corps dont il faisait partie sur la piste d'envol.

— Combien en reste-t-il après vous ?

— Nous sommes les derniers.

— Et le capitaine Boland ?

— Une énorme bande de ces fichus salopards à poil leur a

sauté dessus, à lui et au lieutenant Stanley, juste à l'arrière du pont, répondit Harper d'un ton d'excuse.

— J'ai bien peur qu'ils ne les aient eus tous les deux.

— Installez ce jeune gars dans l'hélico et voyez ce qu'on peut faire pour stopper l'hémorragie, ordonna Pitt. Et constituez une ligne de feu, avec tous les hommes et toutes les armes dont vous disposez. Je vais faire une dernière inspection pour m'assurer qu'il ne reste plus de blessés.

— Faites gaffe, sir. Vous êtes notre seul pilote.

Pitt ne perdit pas de temps à répondre. Il sauta de la piste d'envol et se lança à l'aveuglette sur le pont, ses pieds dérapant sur les plaques métalliques humides, et sa respiration se muant en un bref et profond halètement. Des ombres humaines se dessinèrent dans le brouillard, Pitt ouvrit alors le feu avec son Mauser, pour les mettre en pièces. Trois hommes sortis des flots furent fauchés comme du blé par une faux. Pitt garda le doigt pressé sur la détente, envoyant une grêle de balles devant lui. Il accrocha une corde du pied, si bien qu'il s'étala sur le pont, les têtes des boulons en saillie venant imprimer une parfaite ligne de meurtrissures sur sa poitrine. Il resta allongé un instant, sa jambe blessée martelée d'élancements douloureux. Il faisait calme, beaucoup trop calme. Aucun éclat de voix, ni de coups de feu ne sortaient de la brume.

Il rampa le long du pont, en demeurant sur le plat-bord, et se servant des chaloupes de secours en guise d'abri de protection. Le Mauser, il en était persuadé, n'était pas loin d'avoir tiré toutes les balles de son chargeur. Sa main se frotta à quelque chose de gluant et d'humide. Sans même regarder, il sut de quoi il s'agissait. Il suivit la traînée qui s'enfonçait dans le brouillard. La tâche se transformait en filet, rejoint par d'autres traînées pour s'élargir en une flaque. Au bout se trouvait le corps immobile et sans vie du lieutenant Stanley, l'officier de la salle de détection.

Pitt n'éprouva rien, qu'une pure colère, lui laissant l'esprit éveillé et résolu. Ses traits se raidirent en un masque de frustration, de n'avoir rien pu faire pour venir en aide à Stanley. Il s'obligea à se ressaisir, poussé par une sorte d'idée irrationnelle qui lui disait que Boland n'était pas encore mort. Il s'arrêta pour tendre l'oreille. Un gémissement étouffé lui parvint, d'un endroit situé juste devant lui.

Pitt se trouvait déjà presque sur lui lorsqu'il réussit enfin à l'apercevoir. Boland se traînait sur le ventre, pour traverser la longueur du pont, un harpon de fusil sous-marin d'une longueur d'un mètre vingt lui sortant d'une épaule. Il repliait la tête, et serrait les poings ; le t-shirt qui couvrait sa poitrine et ses épaules était trempé de sang. Il leva les yeux vers Pitt, d'un air éberlué, les traits tordus par la souffrance.

— Vous avez fait demi-tour ?

— J'ai perdu la tête, dit Pitt avec un petit sourire forcé. Il va vous falloir un peu de courage. Ce harpon doit sortir de là.

Il glissa le Mauser dans sa ceinture et disposa ensuite Boland en douceur dans une position plus confortable, appuyé à une paroi, tout en surveillant les environs d'un œil, pour parer à toute attaque des tueurs. Il empoigna la hampe du harpon des deux mains.

— Prêt ? Je compte jusqu'à trois.

— Faites vite, espèce de sadique, dit Boland, le regard envahi par la douleur.

Pitt raffermit sa prise, et annonça ;

— Un.

Il posa le pied sur la poitrine de Boland.

— Deux.

Pitt fit jouer ses muscles et tira d'un coup sec. Le harpon ensanglanté s'extirpa de l'épaule de Boland.

Boland bondit en avant, tout en poussant un grognement. Puis il retomba en arrière contre la paroi, et observa Pitt au travers de ses yeux brillants.

— Espèce de fils de pute, marmonna-t-il. Vous n'avez pas été jusqu'à trois.

C'est alors que ses yeux roulèrent et qu'il sombra dans l'inconscience.

Pitt lança la flèche trempée de sang par-dessus bord et saisit le corps flasque de Boland, pour le déposer sur son épaule. Il se ramassa sur lui-même et se mit à courir aussi vite que le lui permettaient le poids de son fardeau et ses jambes raidies par la fatigue, se servant des écoutilles de chargement et des mâts de charge pour se mettre à l'abri. Il se figea par deux fois, en entendant des bruits indistincts jaillis de la brume. À bout de forces et pris de vertiges, il s'obligea à continuer, avec l'idée que onze hommes allaient mourir si l'hélicoptère ne quittait pas le pont du *Martha Ann.* Finalement, la respiration pantelante, il chancela en parvenant au bord de la piste d'envol.

— C'est moi, Pitt, souffla-t-il aussi fort que le lui autorisaient ses poumons torturés.

Les bras vigoureux du lieutenant Harper débarrassèrent les épaules de Pitt du corps de Boland, et installèrent dans l'hélicoptère le capitaine toujours sans connaissance. Pitt tira le Mauser de sa ceinture et pointa le museau de l'arme en direction de l'avant du navire, tirant jusqu'à ce que la dernière douille soit éjectée et s'en aille valser sur le pont. Ce n'est qu'alors qu'il grimpa dans le cockpit, pour s'installer sur le siège du pilote, certain d'avoir fait tout ce qui était en son pouvoir.

Il ne s'inquiéta pas de boucler sa ceinture de sécurité ; il mit les gaz, et manœuvra avec précautions pour faire décoller l'hélico, tandis qu'enflait le vrombissement des pales du rotor. Le traîneau d'atterrissage quitta lentement la piste d'envol. L'appareil s'éleva de quelques mètres dans la brume, avant que Pitt ne lui fasse piquer du nez, pour s'éloigner du *Martha Ann*.

Lorsque le navire ne fut plus en vue, Pitt se mit à fixer des yeux l'indicateur d'assiette jusqu'à ce que la petite bille se maintienne en équilibre au centre du cadran. Où se trouve donc le ciel ? s'écria-t-il en lui-même. Où ? Mais où ?

Brusquement, il l'aperçut. L'hélicoptère jaillit dans le clair de lune. Les pales du rotor s'élevèrent davantage, à mesure que Pitt gagnait de l'altitude. Paresseusement, tel un albatros en balade, le lourd appareil redressa son bec d'aluminium et fila en direction des palmeraies vertes de l'île Hawaii, précédée de son ombre lunaire glissant sur les eaux.

CHAPITRE DOUZE

Henry Fujima était le dernier membre d'une dynastie finissante, celle de quatre générations de Japonais hawaiiens, qui tous, son père, ainsi que le père de son père, et le père de ce dernier avant lui, avaient été pêcheurs. Cela faisait quarante ans que, par beau temps, Henry poursuivait de son obstination le thon fuyard, à bord du sampan qu'il avait construit de ses propres mains. La flottille de sampans qui avait fleuri à Hawaii depuis tant d'années avait à présent pratiquement disparu. La compétition de plus en plus forte entre compagnies de pêches internationales et les prises de plus en plus irrégulières avaient provoqué la lente disparition de cette flotte, jusqu'à ce qu'Henry se retrouve quasiment seul à lancer sa canne de bambou à la surface du grand Pacifique.

Il se tenait sur la plate-forme arrière de son solide petit bateau, ses pieds nus fermement plantés sur le plancher de bois, qui au fil des années s'était taché de l'huile de milliers de poissons morts. En ce petit matin, il lançait sa ligne dans les vagues, l'esprit envahi par le souvenir de ces années bien lointaines où il pêchait en compagnie de son père. Il se souvint avec nostalgie de l'odeur de charbon de bois des hibachis et des rires qui fusaient sur les eaux, à mesure que les bouteilles de saké circulaient de l'un à l'autre des sampans, au moment où la flottille se rassemblait et s'encordait pour la nuit. Il ferma les yeux, revoyant les visages d'hommes morts depuis longtemps, percevant des voix qui ne parleraient jamais plus. Lorsqu'il ouvrit à nouveau les paupières, son regard fut attiré par un point sombre à l'horizon.

Il l'observa qui grandissait, et qui prenait peu à peu l'aspect d'un navire, un vieux rafiot rouillé surgi des flots. Henry n'avait jamais vu aucun navire marchand d'une taille pareille foncer à travers les vagues à une telle vitesse. À en juger à l'écume blanche qui se formait à proximité des écubiers, l'allure du navire devait être proche des vingt-cinq nœuds. C'est alors que le vieux pêcheur fronça les sourcils.

Le navire poursuivait sa route en ligne droite, et Henry se trouvait juste au beau milieu. Il attacha sa chemise à sa canne et se mit à agiter le tout avec frénésie. Pris de terreur, il vit la proue se dresser devant lui, comme un monstre qui va avaler une mouche. Il poussa un cri, mais nul ne se montra au-dessus du bastingage ; le pont était désert. Il resta ahuri, sans plus faire un geste, tandis que le grand navire rouillé venait réduire en pièces son sampan, envoyant valser de toutes parts des éclats de bois.

Henry se retrouva au fond des eaux, et se mit à batailler pour revenir à la surface, en s'entaillant les bras sur les coquilles des bernaches. Les hélices du navire battaient violemment les eaux, et il ne dut qu'à ses mouvements désespérés de n'être pas aspiré par la rotation de leurs lames assassines. Retrouvant l'air libre, il lui fallut encore batailler pour reprendre sa respiration au milieu des vagues tourbillonnantes que le navire abandonnait dans son sillage. Il réussit néanmoins à maintenir la tête hors de l'eau, en nageant comme un chien, et s'essuya les yeux pour les débarrasser de la morsure du sel, le sang s'écoulant de ses bras tailladés.

Ce ne fut que peu après dix heures du matin que Pitt retrouva enfin sa chambre d'hôtel. Il était exténué, et ses yeux le piquaient lorsqu'il fermait les paupières. Il boitait quelque peu, le bandage de sa jambe avait été refait, et à part une légère sensation de raideur, il ne sentait rien. Ce qu'il désirait le plus au monde, c'était s'affaler sur un lit pour oublier les événements des précédentes vingt-quatre heures.

Il n'avait tenu aucun compte des ordres qui lui avaient été

donnés d'amener l'équipage du *Martha Ann* jusqu'à Pearl Harbor, ou bien sur l'héliport de Hickam Field. Au lieu de cela, il était allé sagement poser l'hélicoptère sur une pelouse, à six cents mètres de l'entrée des urgences du Tripler Military Hospital, le grand édifice de béton perché au sommet d'une colline en surplomb de la côte sud de Oahu. Il n'avait pas quitté les lieux avant que Boland et le jeune marin blessé n'aient rapidement été emmenés en direction des salles d'opération, après quoi il avait autorisé un aimable médecin de l'armée à lui recoudre l'entaille qu'il portait à la jambe. Il sortit ensuite du bâtiment, sans autre formalité, par une porte de service, héla un taxi, et s'endormit paisiblement au cours du trajet vers Waikiki Beach.

Il n'était pas allongé sur son lit, endormi au fond des draps accueillants, depuis une demi-heure, quand quelqu'un se mit à tambouriner à la porte de sa chambre. Tout d'abord, il prit cela pour une sorte d'écho résonnant dans son crâne, si bien qu'il essaya de l'enfouir au plus profond et de l'oublier. Puis il quitta avec peine son lit, tangua à travers la pièce et s'en alla ouvrir la porte.

Il existe une espèce d'étrange beauté dans le spectacle d'une femme en proie à la peur, comme si un instinct animal lové en elle depuis des temps immémoriaux lui donnait soudain l'air terriblement vivant. Elle portait un petit muumuu décoré de fleurs rouges et jaunes, qui lui couvrait à peine les hanches. Ses yeux marrons se levèrent vers lui, écarquillés, sombres, et terrifiés.

Pitt resta un moment sans réaction, avant de se reculer et de l'inviter à entrer. Adrienne Hunter se faufila dans l'appartement, fit volte-face, et se jeta dans les bras de Pitt. Elle frissonnait et sa respiration était étranglée par des sanglots.

Pitt la serra contre lui.

— Adrienne, pour l'amour de Dieu.

— Ils l'ont tué, dit-elle en sanglotant.

Pitt la repoussa, en tendant les bras, et plongea son regard dans ses yeux humides et gonflés.

— Mais de quoi parles-tu ?

Les mots tombèrent en désordre de ses lèvres.

— J'étais au lit avec… avec un ami. Ils sont entrés par la terrasse, ils étaient trois, sans faire aucun bruit, on ne s'est pas rendu compte qu'ils étaient dans la chambre avant qu'il soit trop tard. Il a bien essayé de se battre, mais ils avaient des drôles de petits pistolets qui ne faisaient aucun bruit. Ils lui ont tiré dessus. Mon Dieu ! Ils lui ont tiré dessus une bonne douzaine de fois. Il y a du sang partout. C'est horrible.

Elle tremblait. Pitt l'emmena en direction du lit, en la serrant étroitement.

— J'ai crié, et j'ai couru m'enfermer dans les toilettes. J'ai tourné la clé, poursuivit-elle. Ils ont rigolé. Ils étaient là, de l'autre côté de la porte, et ils riaient. Ils ont dû se dire que j'allais rester coincée dans les toilettes, mais heureusement, il y a deux entrées. L'autre donne dans la chambre d'ami. J'ai arraché une robe d'un cintre et je me suis enfuie par la fenêtre de la chambre d'ami. J'étais morte de peur. J'ai essayé d'appeler Papa, mais à son bureau, on m'a dit qu'on ne pouvait pas le joindre. C'est à ce moment-là que j'ai vraiment été prise de panique. Je ne savais plus où aller, je n'avais plus personne vers qui me tourner, alors je suis venue ici.

Elle s'essuya les yeux du plat de la main. Elle se tenait devant la fenêtre, et par transparence, Pitt pouvait se rendre compte qu'elle ne portait rien sous son muumuu.

— C'est un cauchemar, murmura-t-elle. Un horrible cauchemar, affreux. Pourquoi est-ce qu'ils ont fait une chose pareille ? Pourquoi ?

— Chaque chose en son temps, dit Pitt d'une voix douce. Passe d'abord dans la salle de bains pour te refaire une beauté. Il y a ton maquillage qui te coule jusque sur le menton. Après ça, tu me raconteras la suite, et en premier le nom de la personne qu'ils ont tuée.

Elle se raidit.

— Je ne peux pas.

— Fais un peu marcher ton cerveau, lança-t-il. Tu prétends qu'il y a un homme mort dans ton appartement. Combien de temps crois-tu pouvoir garder ce secret ?

— Je… Je n'en sais rien.

— Je ne donne pas plus de vingt minutes à la police d'Honolulu pour mettre un nom sur lui, de toute manière. Alors ton sacrifice est vraiment inutile. C'est une célébrité locale, avec une femme et dix enfants, ou quoi ?

— Pire. C'est un ami de mon père.

Ces yeux étaient implorants.

— Son nom, exigea-t-il.

— Capitaine Orl Cinana, murmura-t-elle lentement. C'est le chef de flotte de Papa.

Pitt était assez raisonnable pour ne trahir aucun sentiment. La situation était plus grave qu'il ne l'avais cru. Il indiqua la salle de bains, et déclara simplement :

— Allez, ouste !

Avec obéissance, elle passa dans la salle de bains, se retourna, et lui adressa un gentil sourire avant de refermer la porte. Dès qu'il perçut le bruit de l'eau qui coulait dans l'évier, Pitt se précipita sur le téléphone. Il eut plus de chance qu'Adrienne. Cinq secondes après que Pitt ait décliné son identité au standardiste de la 101e Flotte, la voix de l'amiral Hunter explosait dans son oreille.

— Qu'est-ce que c'est que cette idée débile de ne pas venir me présenter votre rapport ? attaqua Hunter.

— Je n'étais pas en état, amiral, répondit Pitt. Je n'aurais pu vous être d'aucune utilité avant de m'être récuré à fond et d'avoir dormi quelques heures. Ce qui m'a d'ailleurs été refusé, à cause de votre fille.

Lorsque Hunter se remit à parler, ce fut d'une voix différente.

— Ma fille ? Adrienne ? Elle est avec vous ?

— Il y a un homme mort dans son appartement. Elle n'a pas réussi à vous contacter, alors elle a décidé de venir ici.

Hunter resta silencieux pendant deux bonnes secondes. Puis il reprit, d'un ton plus ferme que jamais.

— Donnez-moi les détails.

— Du peu que j'ai pu tirer d'elle, je dirais qu'il doit s'agir de nos petits amis du vortex. Ils se sont introduits chez elle, en passant par la terrasse, et ils ont déchargé leurs revolvers sur le type. Adrienne s'est échappée, grâce aux deux portes qui donnent dans les toilettes.

— Est-elle blessée ?

— Non.

— Je suppose que la police est déjà au courant ?

— Par bonheur, elle ne les a pas appelés. Pour autant que je sache, la victime est toujours en train de saigner sur la carpette de l'appartement.

— Grâce au ciel. Je vais envoyer une de nos équipe de sécurité jeter un coup d'œil à tout ça.

À l'autre bout de la ligne, Pitt entendit la voix étouffée de Hunter donner rapidement des ordres. Il parvenait littéralement à s'imaginer chacune des personnes présentes se trouvant à portée de voix, et qui toutes venaient assurément de sursauter comme des lapins effrayés. L'amiral revint à l'appareil.

— Est-ce qu'elle a identifié la victime ?

Pitt prit une longue respiration, avant de répondre.

— Il s'agit du capitaine Orl Cinana.

Hunter possédait une classe certaine, Pitt était bien forcé de l'admettre. Le silence accablé ne dura pas plus d'une fraction de seconde.

— Combien de temps vous faudrait-il, à vous et à Adrienne, pour vous rendre sur place ?

— Au moins une demi-heure. Ma voiture se trouve toujours au parking des quais d'Honolulu. Nous allons devoir faire appel à un taxi.

— Mieux vaut que vous restiez où vous êtes. On dirait que ces tueurs sont partout. Je vais vous envoyer immédiatement un détachement de gardes.

— C'est entendu. On va rester cloîtrés.

— Une chose encore. Cela fait longtemps que vous avez fait connaissance avec ma fille ?

— C'est un pur hasard. Nous nous sommes retrouvés tous deux à la même soirée, quelques heures seulement avant que je ne tombe sur la capsule du *Starbuck*.

Pitt faisait de sérieux efforts pour garder un ton parfaitement dégagé.

— Elle m'a entendu prononcer votre nom, et elle s'est alors présentée d'elle-même.

Pitt comprit à l'instant même ce qu'était en train de penser Hunter, si bien qu'il le prit de vitesse.

— Je suppose qu'au cours de notre conversation, j'ai dû mentionner que je logeais aux Moana Towers. Et de son côté, prise de panique, elle s'est sans doute souvenue de ce détail, et a foncé jusqu'ici.

— Je ne comprendrai jamais ce qu'Adrienne fait de sa vie, dit l'amiral. C'est une très chic fille.

Pitt ne répondit rien à cela. Quelles paroles employer pour apprendre à un père que sa fille est une obsédée sexuelle, ivre ou camée dix-huit heures sur vingt-quatre ?

— Nous partirons pour Pearl Harbor dès que les gardes seront ici, fut tout ce que Pitt parvint à dire.

À la suite de quoi il raccrocha et alla se servir une rasade de bourbon. L'alcool avait le goût d'un produit pour déboucher les tuyaux.

Ils arrivèrent dix minutes plus tard, non pas pour les escorter jusqu'au quartier général de l'amiral Hunter à Pearl Harbor, mais pour kidnapper Adrienne et assassiner Pitt. Il avait partagé son attention entre la porte d'entrée et le corps d'Adrienne, pelotonnée sur le lit et qui dormait calmement d'un sommeil de bébé. Pitt sentit la peau de sa nuque se raidir si fort qu'on aurait pu croire qu'elle allait se détacher du reste de son corps. Il n'eut aucune chance d'attraper le téléphone.

Ils étaient entrés silencieusement dans la chambre, en se glissant du toit au bout d'une corde, et s'étaient faufilés pardessus le petit balcon. Ils étaient cinq et braquaient leurs armes compactes et familières, non sur la poitrine de Pitt, mais sur la tête d'Adrienne, inconsciente et tranquille.

— Tu bouges, elle meurt, déclara l'homme placé au centre, dont les yeux étaient couleur d'or.

Pitt, en ces quelques instants de stupeur, ne prit conscience que de sa totale absence d'émotion, comme si le fait de n'avoir rien prévu de la sorte le privait également de toute facilité de jugement. Ce n'est qu'ensuite que naquit lentement en lui la pensée amère que l'individu massif se tenant devant lui était responsable de tout ce qui lui était arrivé depuis une semaine. Il s'agissait de l'homme aux yeux d'un jaune intense qui avait hanté ses rêves et ses cauchemars, l'homme qui avait percé le secret de Kanoli grâce aux archives du Bishop Museum, il y avait de cela tant d'années.

Le colosse fit quelques pas en avant. Il semblait trop jeune pour quelqu'un qui devait approcher les soixante-dix ans. L'âge n'avait pas ridé sa peau ni ratatiné ses muscles. Il était habillé sans façon, comme s'il se trouvait à la plage, d'un maillot de bain et d'une serviette d'hôtel négligemment jetée sur une épaule, alors que ceux qui l'accompagnaient portaient des vêtements de ville. Son visage long et émacié était entouré de mèches ébouriffées de cheveux argentés.

Le géant s'approcha davantage et, jetant un regard de ses hypnotiques yeux jaunes, du haut de ses deux mètres, il sourit avec l'amabilité d'un barracuda.

— Dirk Pitt de l'Agence Nationale de Recherches Océanographiques, dit-il d'une voix calme et profonde, sans rien de menaçant ni de mauvais. C'est un honneur pour moi. Voilà des années que je suis vos exploits, avec un intérêt certain, et un certain amusement.

— Je suis flatté que vous m'ayez trouvé distrayant.

— Ce sont des paroles de brave. Je n'en attendais pas moins de vous.

Le colosse adressa un signe à ses hommes. Ils clouèrent Pitt sur une chaise avant qu'il ait pu réaliser ce qui se passait.

— Je vous présente mes excuses pour le dérangement, monsieur Pitt. Un vilain jeu, désagréable comme tous les vilains jeux, mais nécessaire. Il est malencontreux que je sois forcé de vous inclure dans mes plans. J'avais eu l'intention de ne vous utiliser qu'en tant que messager. Je n'aurais jamais pu prévoir le rôle que vous alliez vous attribuer.

— Un coup proprement monté, dit lentement Pitt. Depuis combien de temps me tourniez-vous autour, en guettant la meilleure occasion de me berner en me laissant croire que je tombais par hasard sur la capsule de communications du *Starbuck* ? Mais pourquoi moi ? Un gamin de dix ans aurait parfaitement pu trouver cette capsule, au beau milieu de la plage, et l'amener à l'amiral Hunter.

— Question d'impact, major. Impact et crédibilité. Vous possédez des parents et des amis influents à Washington, et vos états de service à la NUMA sont plutôt élogieux. Je savais qu'il fallait s'attendre à des doutes concernant l'authenticité du message, si bien que j'ai compté sur votre réputation pour conférer à cette découverte impact et crédibilité.

Il eut un sourire suffisant, et se passa les doigts dans son buisson de cheveux gris.

— Mais ce choix s'est révélé plutôt regrettable. Puisque vous êtes le seul à tenter de convaincre l'amiral Hunter que le message du capitaine Dupree était une contrefaçon.

— Quel dommage, déclara Pitt d'un ton sarcastique, qui décida de lancer une sonde à l'aveugle. Votre informateur était assez bien renseigné.

— Oui, il se montrait plutôt assidu à la tâche.

Il y eut alors un long moment de silence. Pitt se tourna pour regarder Adrienne. Elle se tenait toujours lovée sur le lit, en toute sérénité. C'est une chance pour elle, songea Pitt, elle aura dormi tout au long de l'horrible scène. Il reporta son attention sur le géant.

— Je ne crois pas que vous ayez eu la courtoisie de vous présenter.

— Quelle importance ? Mon nom ne pourra jamais plus vous être utile.

— Si vous comptez me tuer, je trouve avoir le droit d'au moins connaître le responsable.

Le colosse hésita un moment, puis il haussa les épaules d'un geste lourd.

— Delphi, déclara-t-il simplement.

— C'est tout ?

— Delphi suffira.

— Vous n'avez pas l'air grec.

Les mains de Pitt étaient solidement attachées derrière le dossier de sa chaise à présent; deux des hommes se tenaient toujours sur leurs gardes, en pointant leurs armes sur Adrienne. Les deux autres en terminèrent avec Pitt et se reculèrent. À l'exception de Delphi, ils étaient d'apparence commune; de taille et de poids moyens, la peau bronzée, habillés de pantalons ordinaires et de chemises hawaiiennes. Leurs visages n'exprimaient rien, ils acceptaient l'autorité muette de Delphi, sans rechigner et sans poser de questions. Il ne faisait aucun doute dans l'esprit de Pitt qu'ils pouvaient tuer si on le leur demandait.

— Vous avez bâti une organisation efficace et sans pitié. Vous avez mis au point l'une des plus grandes énigmes de ce temps. Des milliers de marins sont morts par votre volonté. Et tout cela pour quoi ?

— Je suis désolé, monsieur Pitt. Nous ne sommes pas en train de jouer une pièce dans laquelle le grand méchant raconte tout, avant de liquider le héros. Rien de théâtral ici, pas de point culminant, aucun suspense concernant la divulgation de secrets. Ce serait perte de temps que d'expliquer mes motifs à qui que ce soit qui n'aurait pas la profondeur de compréhension d'un Lavella ou d'un Roblemann.

— Comment avez-vous l'intention de procéder pour m'éliminer ?

— Par accident. Puisque vous aimez l'eau, vous périrez par l'eau, en vous noyant dans votre propre baignoire.

— Est-ce que ça ne va pas avoir l'air ridicule ?

— Pas vraiment. J'ai bien l'intention de rendre tout cela convaincant. La police en conclura simplement que vous étiez occupé à vous raser, tout en prenant un bain. Ce qui, admettons-le, est un comportement plutôt stupide. Le rasoir électrique vous aura glissé des mains, et sera tombé dans l'eau. Le survoltage résultant aura été suffisant pour vous faire perdre connaissance, votre tête aura alors plongé sous l'eau, et vous vous serez noyé. Les enquêteurs en déduiront qu'il s'agit d'une mort accidentelle, et pourquoi pas ? Votre nom se verra imprimé dans les avis de décès de quelques journaux, et au fil du temps, Dirk Pitt ne sera plus qu'un souvenir de moins en moins vivace, dans la mémoire de ses parents et de ses proches.

— Franchement, je suis étonné de vous causer tant d'efforts.

— Une fin appropriée pour l'homme qui s'est trouvé incroyablement près de mettre à mal une entreprise brillamment pensée et mise à exécution depuis plus de trente ans.

— Épargnez mon ego, grogna Pitt. Que comptez-vous faire d'Adrienne ? Ce serait drôle si l'on nous retrouvait tous les deux au bain, en train de nous raser.

— Tranquillisez-vous. Il n'est pas prévu de causer du tort à mademoiselle Hunter. Je vais l'emmener en qualité d'otage. L'amiral Hunter y réfléchira à deux fois avant de poursuivre ses recherches dans le vortex du Pacifique.

— Cela n'arrêtera pas Hunter pendant plus de deux minutes. Selon lui, le devoir a priorité sur la famille. Vous perdez votre temps. Laissez-la partir.

— Je suis aussi un homme de discipline, rétorqua Delphi. Je n'ai pas l'habitude de m'écarter des plans que je me suis tracés. Mes buts sont clairs et évidents. Je tiens simplement à me libérer des projets de destruction élaborés par les pays communistes et des pulsions impérialistes des États-Unis. Les uns s'ajoutant aux autres, cela ne peut mener qu'à l'anéantissement de la civilisation. Et je tiens à survivre.

Du temps, songea Pitt. Il fallait qu'il parvienne à faire parler le colosse aussi longtemps que possible. Encore quelques minutes, et les hommes de Hunter frapperaient à la porte. La conversation était la seule arme qu'il lui restait.

— Vous êtes fou, déclara froidement Pitt. Vous avez perpétré des crimes en masse, pendant des décennies, et cela au nom de la survie. Épargnez-moi le vieux couplet concernant le communisme et l'impérialisme. Vous n'êtes rien de plus qu'un anachronisme, Delphi. Votre style est passé de mode, depuis la disparition de Karl Marx, des cheveux brillantinés et des cabriolets à chevaux. Vous êtes enterré depuis un demi-siècle et vous ne le savez pas.

Le calme étudié de Delphi se mit à craquer légèrement aux coutures. Une roseur envahit ses larges pommettes, mais il réussit aussitôt à reprendre le contrôle de lui-même.

— Le détachement philosophique est réservé aux ignorants, major. Dans quelques minutes, je serai débarrassé de votre harcèlement plutôt agaçant.

Il fit un signe. L'un des gardes se rendit dans la salle de bains pour ouvrir les robinets et emplir la baignoire. Pitt essaya de remuer les mains. Même si ses liens lui entouraient plusieurs fois les poignets, ils restaient assez lâches pour ne pas laisser de meurtrissures sur sa peau, qui auraient pu mettre la puce à l'oreille des enquêteurs.

C'est alors que, soudain, Pitt songea que ses sens étaient en train de l'abuser ; un délicat parfum de frangipane venait de se répandre dans la pièce et l'enveloppait. Cela paraissait impossible, et pourtant c'était bien elle. Summer se trouvait dans la pièce.

Sans mot dire, Delphi indiqua Adrienne, et l'homme qui avait attaché Pitt sortit un petit étui de sa poche, inséra une aiguille au bout d'une seringue, puis releva le bord du court muumuu d'Adrienne, pour enfoncer ensuite sans plus de cérémonie son aiguille dans l'une de ses fesses rebondies. Elle remua doucement, soupira, fronça les sourcils, et en l'espace de quelques secondes glissa dans un sommeil à la limite du coma. Rapidement, l'homme de main de Delphi replaça la seringue dans son étui, qu'il glissa dans sa poche, avant de prendre Adrienne dans les bras, et de se tenir prêt à exécuter tout nouvel ordre fusant de la bouche de son maître.

— J'ai bien peur qu'il faille nous dire au revoir, déclara Delphi.

— Vous nous quittez avant l'événement principal ?

— Il ne va plus se passer grand-chose qui puisse m'intéresser.

— Vous n'arriverez jamais à la faire sortir de ce bâtiment.

— Il y a une voiture qui nous attend, dans le garage en sous-sol, déclara Delphi avec suffisance.

Il s'avança vers la porte, l'entrebâilla et jeta un coup d'œil dans le couloir. Alors qu'il s'était déjà à moitié engagé sur le seuil, Pitt s'écria :

— Une dernière question, Delphi.

Le géant hésita, avant de tourner son regard vers Pitt.

— La fille qui a déclaré s'appeler Summer, qui est-elle donc ?

Delphi se fendit d'un sourire féroce.

— Summer est ma fille.

Il adressa un salut de la main.

— Au revoir, major.

Pitt fit un dernier essai désespéré.

— Remettez mes salutations à la bande de Kanoli.

Les yeux de Delphi se figèrent. Pendant un moment, une sorte de vague doute sembla assombrir son esprit, mais qui se dispersa bien vite, alors qu'il jetait un dernier regard sur Pitt.

— Au revoir, répéta-t-il, avant de passer dans le couloir comme une ombre.

Pitt avait échoué dans sa tentative de retenir Delphi et d'empêcher l'enlèvement d'Adrienne. Il se rongeait toujours les sangs lorsque l'homme sortit de la salle de bains, pour adresser un signe à son collègue, avant de retourner dans la pièce. Le deuxième gardien déposa son arme sur une chaise et s'approcha de Pitt, les traits de son visage, réguliers et communs, ne trahissant pas le moindre signe de cruauté.

Pitt vit le coup arriver, mais il était déjà trop tard pour l'esquiver. Tout ce qu'il put faire, c'est incliner la tête. Le poing du garde cogna avec force sur le sommet du crâne de Pitt, l'envoyant valser de sa chaise, et trébucher sur le sol, au bas du rideau donnant sur le balcon.

Les ténèbres faillirent prendre possession de l'esprit de Pitt, mais celui-ci parvint à se secouer, et se força à se remettre sur pied, en titubant. Il distingua à moitié le garde agenouillé sur le tapis, et qui se tenait le poing dans l'autre main. Il l'entendit gémir comme un animal blessé. Ce salaud vient de se casser les doigts, en conclut Pitt. Un sourire amer naquit sur ses lèvres lorsqu'il réalisa que la douleur causée par le nœud qui s'était formé dans son crâne n'était rien comparée à celle de phalanges fracturées.

Pitt demeura sans bouger. C'est alors qu'une main sortie du rideau lui toucha le bras. Il sentit un mouvement de va-et-vient tandis que la corde qui emprisonnait ses poignets était coupée. L'odeur de frangipane l'encerclait comme une vague chaleureuse et relaxante. En un instant, ses liens disparurent et un petit couteau à double tranchant glissait avec précaution dans la paume de sa main droite. Il réussit à ne pas se retourner vers elle, et à ne pas écarter les rideaux derrière lesquels elle se cachait. Au lieu de cela, il serra plus fermement le couteau et remua les doigts pour s'assurer qu'il allait pouvoir compter sur eux, sans risque d'engourdissement ni de raideur handicapante.

Le gardien s'arrêta de gémir et se mit à ramper sur le tapis en direction de Pitt. Son partenaire continuait à s'occuper de son travail dans la salle de bains, sans se rendre compte de quoi que soit, à cause du bruit que faisaient les robinets ouverts. C'est à ce moment que le garde posa son poing blessé sur ses genoux, tendit l'autre main vers la chaise, attrapa son arme, et effectua un mouvement rapide en forme d'arc pour la braquer sur la poitrine de Pitt, sa douleur et sa haine lui faisant perdre de vue toute idée de mort accidentelle, malgré les ordres donnés par Delphi.

Pitt sentit la sueur lui perler par tous les pores de la peau. Le garde se trouvait trop loin pour lui donner le temps de tenter quelque geste que ce soit ; le projectile tiré par le petit revolver viendrait oxygéner le thorax de Pitt avant qu'il ait pu franchir la moitié de la distance qui les séparait. Le garde resta assis pendant quelques interminables secondes, se contentant de fixer Pitt. Puis il se mit en mouvement, s'approchant peu à peu, en avançant un genou devant l'autre, réduisant d'une quinzaine de centimètres à chaque fois l'espace entre eux. Mais il était toujours trop loin.

Pitt ressentait la torture des damnés. Quatre-vingt-dix centimètres. Voilà ce dont il avait besoin avant de l'atteindre avec l'espoir de répandre en premier le sang de son adversairc. La longueur d'un bras. Il ne faudra pas plus que la longueur d'un bras, se dit-il en lui-même, en essayant d'apprécier la distance requise.

Le gardien continuait d'approcher, son arme toujours pointée sur la poitrine de Pitt, ne la laissant vagabonder que de temps à autre en direction de son front. À un moment, un petit sourire narquois lui traversa le visage, alors qu'il dirigeait l'arme vers l'entre-jambes de Pitt.

Patience, se répétait Pitt encore et encore. Patience. Les deux mots les plus importants du vocabulaire, songea-t-il, sont « patience » et « espoir ». D'ici peu, il aurait la possibilité de tenter son coup; le garde s'était approché quasiment à sa portée. Crispé, Pitt attendit encore quelques secondes pour plus de sûreté. S'il se lançait trop tôt, il se pourrait qu'il ne parvienne pas à repousser l'arme assez loin de son corps, avant qu'elle ne fasse feu. Car il ne faisait aucun doute que les réflexes du gardien allaient lui faire pousser sur le petit bouton déclencheur, au premier contact entre eux. Sa seule chance de succès tenait à l'effet de surprise. Il maintenait ses mains libres derrière le dos, pour abuser le garde et lui faire croire qu'il allait le tuer facilement. Il le fallait absolument. Il laissa pendre sa mâchoire, aussi bas que possible, et força ses yeux à s'ouvrir largement, pour simuler la terreur.

Et c'est alors qu'il plongea. Il envoya valser l'arme dans les airs de son bras gauche, sans se soucier du sifflement du projectile qui passait à quelques centimètres de son épaule, tandis que dans le même mouvement, il balançait sa main droite en un crochet court, la lame effilée de son couteau s'en allant trancher la gorge du gardien à hauteur de la trachée. Un râle atroce fusa de l'entaille au cou du garde, en même temps qu'un flot de sang lui jaillissait sur la poitrine, sur le tapis, et sur les bras de Pitt. Les yeux du gardien se tournèrent vers Pitt, rendus brillants par la stupeur, avant de rouler sous ses paupières, à la suite de quoi son corps fut agité d'un frisson convulsif. L'homme s'écroula ensuite lentement.

Pitt resta cloué sur place un bon moment, face au cadavre du gardien. Puis il ramassa l'arme tombée sur le sol et prit à pas feutrés la direction de la salle de bains. Il parvenait à distinguer le bourdonnement du rasoir électrique, que l'autre garde tenait prêt pour le meurtre de Pitt. La baignoire était pleine, et l'attendait. Pitt garda les yeux fixés sur la porte de la salle de bains, tout en continuant d'avancer dans le couloir.

Soudain, la sonnette retentit dans l'appartement. À ce bruit inattendu, Pitt ne put s'empêcher de sursauter, puis se figea alors que le gardien bondissait hors de la salle de bains, et s'arrêtait sur place, l'air éberlué, à la vue horrible de son collègue mort, allongé sur le tapis. Puis il se tourna et lança à Pitt un regard interdit.

— Jette ton arme et ne fais plus un geste, dit sèchement Pitt.

L'homme de main de Delphi n'eut pas de réaction, et se contenta de loucher sur le petit automatique dans la main de Pitt. Le carillon retentit une nouvelle fois. Le garde fit un saut de côté et leva son arme dans l'intention de faire feu. Pitt tira, et atteignit son adversaire en plein cœur.

L'homme resta debout, observant Pitt bouche bée, le regard stupéfait. Ses mains se firent molles ; son arme tomba délicatement sur le tapis, tandis qu'il s'affalait lentement sur ses genoux, avant de basculer sur le flanc, et de terminer sa chute allongé sur le sol dans une position fœtale.

Pitt demeura immobile, en écoutant les coups administrés furieusement à la porte de son appartement, les yeux errant sur les traces de mort à ses pieds. Les quatre murs de la pièce parurent se resserrer autour de lui. Il manquait un élément. Son esprit refusait de coopérer ; les minutes qui venaient de passer l'avaient laissé en pleine confusion. Quelqu'un aurait dû se trouver là, quelqu'un…

Summer !

Il repoussa rapidement les rideaux qui séparaient la chambre du balcon, ne trouvant rien derrière que la bordure des murs. Il fouilla la chambre avec frénésie, en prononçant son nom. Elle ne répondit pas. Le balcon, songea-t-il. Elle devait avoir suivi Delphi et ses hommes, sur le toit. Le balcon était désert, mais une corde était attachée à la balustrade de la terrasse, et filait vers celle de l'appartement du bas. Elle s'était enfuie de la même manière que la première fois.

C'est alors que son regard fut attiré par une petite fleur jetée sur l'une des chaises longues. C'était un fragile rameau de frangipanier ; les magnifiques pétales blancs explosaient de couleur jaune en se resserrant vers l'intérieur. Il amena la fleur devant ses yeux, l'examinant comme on pourrait le faire d'un spécimen rare de papillon. La fille de Delphi, songea-t-il. Comment cela était-il possible ?

Il se tenait toujours au même endroit, sur le balcon, la fleur dans une main et l'arme dans l'autre, le regard perdu en direction des étincelantes ondulations bleues de l'océan, lorsque les hommes de l'équipe de sécurité de Hunter enfoncèrent la porte pour pénétrer dans l'appartement.

CHAPITRE TREIZE

— Monsieur Pitt…

L'attirante jeune secrétaire s'exprimait avec hésitation.

— L'amiral vous attend. Oh, à propos, ajouta-t-elle, en baissant les yeux, je tenais à vous dire que nous sommes tous fiers, à la 101e Flotte, de ce que vous avez fait à bord du *Martha Ann*.

— Comment l'amiral a-t-il accueilli la nouvelle de l'enlèvement de sa fille ? répliqua Pitt d'une voix qu'il ne s'était pas attendu à trouver si brusque.

— C'est un vieux singe, il est solide, répondit-elle simplement.

— Il se trouve dans son bureau ?

— Non, sir. Ils vous attendent tous dans la salle de conférence.

Elle se leva et fit le tour de son bureau.

— Suivez-moi, je vous prie.

Il lui emboîta le pas pour traverser le couloir. Elle s'arrêta devant une porte sur la droite, frappa, ouvrit, annonça Pitt, et referma ensuite la porte en douceur lorsqu'il l'eut franchie.

Quatre hommes se tenaient dans la pièce. Deux qu'il connaissait déjà, et deux qui lui étaient encore inconnus. L'amiral Hunter s'avança pour lui serrer la main. Il paraissait plus âgé, beaucoup plus âgé et beaucoup plus las que lorsque Pitt l'avait vu pour la dernière fois, il n'y avait de cela que quatre jours.

— Grâce à Dieu, vous êtes sain et sauf, déclara chaleureusement Hunter, d'un ton de sincérité qui surprit Pitt. Comment va votre jambe ?

— Cela peut aller, dit laconiquement Pitt.

Il croisa le regard du vieil amiral.

— Je suis désolé pour ce qui est arrivé au capitaine Cinana… et à Adrienne. Tout est de ma faute. Si seulement je m'étais montré plus prudent.

— Foutaises ! s'écria l'amiral avec un sourire figé. Vous avez eu deux de ces salauds. Ça a dû être une sacrée bagarre.

Avant que Pitt ait pu répondre, Denver se leva et vint lui donner une petite tape sur l'épaule.

— Cela fait plaisir de vous revoir. Vous m'avez l'air plus mal en point que jamais.

— Un peu claqué, je dirais. Trente minutes de sommeil par vingt-quatre heures, cela a suffi à démolir mon tempérament délicat.

— Je m'en excuse, dit Hunter. Mais nous sommes pris par le temps. Si nous n'arrivons pas à repêcher le *Starbuck* le plus rapidement possible, nous pouvons faire une croix dessus.

On distinguait sans peine la rude tension qui raidissait le réseau de lignes entourant les yeux de Hunter.

— En ce qui concerne le peu de temps qui nous est encore accordé, je crois que c'est à vous que nous en sommes redevables. Inonder la chambre des torpilles était une acte de génie.

Pitt sourit.

— Le timonier du *Martha Ann* était tout à fait persuadé que nos soldes allaient y passer en dédommagement.

Hunter permit à un soupçon de sourire de venir retrouver la commissure de ses lèvres.

— Venez vous asseoir. Mais laissez-moi d'abord vous présenter le docteur Elmer Chrysler, chef de recherches au Tripler Hospital.

Pitt serra la main d'un petit individu courtaud, dont la poigne rappelait celle d'une paire de tenailles. Son crâne était parfaitement chauve, et ses oreilles retenaient une gigantesque paire de lunettes d'écaille. Les yeux derrière les lentilles étaient ceux d'une fouine, mais le sourire était large et franc.

— Et voici le docteur Raymond York, chef du département de géologie marine de l'École Océanographique d'Eton.

York n'avait rien de l'apparence d'un géologue. Il faisait plutôt penser à un camionneur solidement charpenté, ou bien à un docker. Il était grand, un peu plus d'un mètre quatre-vingts, et large d'épaules. Son sourire dégageait un rangée de dents parfaites et espacées. Tandis que l'amiral les présentait l'un à l'autre, la main de Pitt se trouva écrasée dans les cinq doigts les plus épais et les plus charnus qu'il avait jamais vus.

Hunter indiqua une chaise à Pitt, et déclara ensuite :

— Nous sommes impatients d'écouter votre version des faits, concernant la perte du *Martha Ann*, et la bagarre dans votre chambre d'hôtel.

Pitt s'accorda une légère pause, pour obliger son esprit fatigué à replacer chaque événement en perspective. Il savait que toutes les personnes présentes l'observaient avec attention, et allaient écouter chacun des détails qu'il allait déterrer de sa mémoire.

Denver hocha la tête.

— Prenez votre temps, et pardonnez-nous s'il nous arrive de vous interrompre de temps à autre avec des questions.

Pitt commença calmement.

— Je suppose que tout a commencé lorsque nous avons découvert que le fond était en train de s'élever, pour former une colline qui n'était pas prévue sur les cartes de relevés topographiques.

À la suite de quoi, Pitt leur raconta la totalité de ce qui était arrivé. Les deux scientifiques prirent des notes, tandis que Denver s'occupa d'enregistrer le tout sur bande magnétique. De temps en temps, l'un des hommes installés autour de la table de conférence interrompait Pitt pour lui poser une question à laquelle il essayait de répondre de son mieux. Sa seule omission concerna Summer; il mentit, et prétendit qu'il avait saisi un couteau et l'avait dissimulé dans sa paume, avant que les hommes de Delphi ne lui entravent les poignets.

Hunter déballa un paquet de cigarettes de son étui de cellophane, qu'il chiffonna avant de le déposer dans un cendrier.

— Que pensez-vous de ce personnage, ce Delphi ? Jusqu'à cette heure, le contact verbal établi par le major Pitt avec cet individu est l'unique communication que nous ayons eue avec quelqu'un ayant de près ou de loin un rapport avec le vortex, si c'est effectivement le cas pour cet homme.

Le docteur Chrysler se pencha par-dessus la table.

— Pourriez-vous le décrire en détail ?

— Taille approximative de deux mètres, répondit Pitt. Très bien proportionné pour sa grandeur. Je ne sais pas combien peut peser quelqu'un d'aussi grand. Solide, traits marqués, cheveux gris, et, bien entendu, caractéristique la plus frappante, les yeux jaunes.

Chrysler plissa les sourcils.

— Jaunes ?

— Oui. Presque pareils à de l'or.

— Ce n'est pas possible, dit Chrysler. Un albinos peut posséder des yeux roses, avec une légère teinte orangée pour certains d'entre eux. Et il existe plusieurs types de maladies qui peuvent entraîner une décoloration de l'œil, jusqu'à le rendre très pâle, et d'une couleur gris-jaune. Mais il est sûr que l'iris ne contient aucun des pigments nécessaires à une nuance comme celle dont vous parlez.

Le docteur York sortit une pipe de sa poche, et se mit à la remuer distraitement entre les mains.

— Il est assez étrange que vous décriviez cette personne comme un colosse aux yeux d'or. Parce que pareil personnage a bel et bien existé.

— L'oracle de l'antenne psychologique, ajouta doucement Chrysler. Bien sûr, le docteur Frederick Moran.

— Je ne me souviens pas de lui, déclara Hunter.

— Frederick Moran était l'un des plus brillants anthropologues de ce siècle. Il soutenait la thèse que l'esprit humain allait jouer un rôle primordial lors d'une éventuelle extinction de l'espèce.

York acquiesça de la tête.

— Un homme brillant, mais égocentrique. Il a disparu en mer il y a de cela près d'une trentaine d'années.

— L'oracle de Delphe, dit Pitt, sans s'adresser à quiconque en particulier.

Denver saisit immédiatement la relation.

— Évidemment. Le nom de Delphi provient de cet oracle de la Grèce antique.

— Ce n'est pas possible, reprit Chrysler. Cet homme est mort.

— L'est-il vraiment ? demanda Pitt. Peut-être a-t-il découvert son île de Kanoli.

— Voilà un nom qui me fait penser à une espèce de paradis hawaiien, déclara Hunter.

— Sans doute s'agit-il de cela, dit Pitt, avant de leur résumer la conversation qu'il avait eue avec George Papaaloa au Bishop Museum.

— Je continue à trouver difficile à croire qu'un homme de la stature du docteur Moran, reprit York, puisse de la sorte disparaître pendant trois décennies, pour réapparaître brusquement sous la forme d'un assassin et d'un kidnappeur.

— Est-ce que ce Delphi a dit quoi que ce soit qui puisse faire penser à un lien avec le docteur Moran ? demanda Chrysler.

Pitt sourit.

— Il s'est contenté d'affirmer que mon intelligence était loin de valoir celle de Lavella et de Roblemann, qui que ces gens puissent être.

Chrysler et York échangèrent un coup d'œil.

— Très étrange, reprit York. Lavella était un physicien spécialisé en hydrologie.

— Quant à Roblemann, c'était un célèbre chirurgien, ajouta Chrysler, les yeux soudain écarquillés et braqués sur Pitt. Avant sa mort, Roblemann était occupé à mettre au point un système d'ouïe mécanique, grâce auquel l'homme parviendrait à aspirer l'oxygène de l'eau.

Chrysler s'interrompit et se dirigea vers une fontaine d'eau fraîche, placée dans un angle de la pièce. Il emplit une tasse de carton, donnant naissance à un profond gargouillis sorti des entrailles de l'appareil, puis revint s'asseoir à la table, avalant d'un coup le contenu de la tasse avant de se remettre à parler.

— Comme vous le savez certainement déjà, la fonction

principale de tout système respiratoire est de fournir de l'oxygène à l'organisme et de rejeter le dioxyde de carbone. Chez les animaux et chez l'homme, les poumons pendent librement au milieu du thorax et doivent être gonflés et dégonflés au moyen du diaphragme et de la pression atmosphérique. Lorsque l'air se trouve à l'intérieur des poumons, il est absorbé par les parois pulmonaires et, de là, il passe dans la circulation sanguine. En ce qui concerne les poissons, ils obtiennent leur oxygène et expulsent le dioxyde de carbone au travers de fins tissus vasculaires constitués d'un très grand nombre de minuscules filaments. L'appareil que Roblemann essayait de construire était fondé sur un mélange de deux systèmes, ouïes et poumons, qui aurait été fixé de manière chirurgicale sur la poitrine, et pourvu de tuyaux destinés à l'acheminement de l'oxygène.

— Cela paraît incroyable, dit Hunter.

— Incroyable peut-être, répliqua Pitt, mais ça explique pourquoi aucun des hommes qui sont montés à bord du *Martha Ann* ne portait d'équipement de plongée.

— Un pareil dispositif, continua Chrysler, n'aurait pas permis à un homme de rester sous eau pendant plus d'une demi-heure.

Denver remua la tête avec étonnement.

— Peut-être que ça ne vous paraît pas très long, une demi-heure, mais ça reste pourtant sacrément plus qu'avec l'équipement encombrant utilisé de nos jours.

— Avez-vous une idée, messieurs, de ce que sont devenus Lavella et Roblemann ?

Chrysler haussa les épaules.

— Ils sont morts tous les deux, il y a plusieurs années.

Hunter s'empara du téléphone.

— Département des informations ? Amiral Hunter à l'appareil. Je veux des détails concernant la mort de deux scientifiques répondant aux noms de Lavella et Roblemann. Envoyez-moi ça à la minute même où vous les obtiendrez.

Il raccrocha.

— Eh bien, voilà un début de piste. Docteur York, que

pensez-vous de la géologie marine, dans la zone du vortex ?

York ouvrit une mallette, et déploya plusieurs cartes devant lui sur la table.

— Après avoir interrogé les survivants qui travaillaient dans la salle de détection du *Martha Ann*, ainsi que le commandant Boland sur son lit d'hôpital, et après avoir écouté les remarques de Pitt, je me vois contraint d'en arriver à une seule et unique conclusion. Le vortex n'est rien de plus qu'une colline sous-marine dont personne ne connaissait jusque-là l'existence.

— Comment est-il possible qu'elle n'ait pas été découverte avant aujourd'hui ? demanda Denver.

— Ce n'est pas aussi inhabituel qu'on pourrait le croire, reprit York, si vous considérez que les pics montagneux, sur la terre ferme, ne nous sont connus en totalité que depuis la fin des années quarante, et que d'autre part, il nous reste encore à effectuer le relevé géographique précis de quatre-vingt-dix huit pour-cent des fond marins.

— Est-ce que la plupart des monts engloutis ne sont pas les vestiges de volcans sous-marins ? s'enquit Pitt.

York emplit le fourneau de sa pipe, en sortant du tabac d'une blague.

— Un mont englouti peut être défini comme une éminence isolée qui s'élève à partir du fond marin, de forme circulaire, pourvu de flancs passablement escarpés et d'un sommet plutôt étroit. Mais pour répondre à votre question, il est exact que de nombreux monts marins sont d'origine volcanique. Et cependant, jusqu'à ce qu'une enquête scientifique vienne affirmer le contraire, je me permettrais de suggérer une approche différente concernant le problème qui nous occupe.

Il fit une pause, pour tasser son tabac et pour allumer sa pipe.

— Si nous accordons un semblant de vérité au mythe de Kanoli, et si nous estimons qu'en effet l'île et ses habitants ont sombré dans la mer, au cours d'un cataclysme d'une importance considérable, alors il est permis de croire que la raison de sa naissance initiale et de son naufrage final tient à des questions de failles plutôt que de volcans.

— En d'autres termes, vous pensez à un tremblement de terre, dit Denver.

— Plus ou moins, répliqua York. Une faille est une fracture dans la croûte terrestre. Ainsi que vous pouvez vous en rendre compte sur les cartes, cette colline se trouve précisément dans la zone de fracture de Fullerton. Il est très possible qu'une activité intense ait produit cette élévation de plusieurs centaines de mètres sous la surface de la mer, en un laps de temps se comptant en milliers d'années, pour ensuite avaler brusquement le tout, en l'espace de quelques jours seulement.

Il parlait les yeux tournés vers la fenêtre, le regard vague, en se figurant en esprit chacune des étapes du processus qu'il était en train de décrire.

— Le rapport de monsieur Pitt, concernant la montée du fond sous-marin et la température moins élevée des eaux à cet endroit, tend lui aussi à confirmer l'hypothèse d'une faille. Les eaux très froides et très basses remontent souvent à des milliers de mètres vers la surface, à partir des larges fractures déchirant le sol marin, ce qui explique en outre l'absence de corail. Les formations coralliennes ne prospèrent pas dans des eaux de moins de vingt degrés.

Hunter examina pensivement les cartes un long moment, avant de déclarer :

— Puisqu'il faut bien que les gens qui ont grimpé à bord du *Martha Ann* soient sortis de quelque part, est-ce qu'ils auraient pu provenir des collines sous-marines elles-mêmes ?

— Je ne saisis pas, répliqua York.

— Aucun signal n'a été capté sur les radars du *Martha Ann*. Ce qui élimine toute présence possible d'un autre navire dans les environs. À l'exception des épaves, pas un seul autre vaisseau n'a été détecté par les sonars, ce qui enlève en outre toute idée de sous-marin. Il nous reste donc ces deux solutions : soit ils sont sortis d'une espèce de chambre sous-marine artificielle, soit ils se trouvaient dans les collines elles-mêmes.

— Nous pouvons immédiatement rayer l'idée d'une chambre sous-marine, dit Pitt. Nous avons été attaqué par une bande de près de deux cents hommes. Il leur aurait fallu des bâtiments immenses pour abriter sous les eaux un nombre pareil d'individus.

— Il ne nous reste alors que les collines, reprit Hunter.

Chrysler posa le menton sur les mains, et lança un regard à Pitt de l'autre côté de la table.

— Je crois me souvenir que vous avez mentionné, major, une odeur d'eucalyptus au moment où le banc de brume s'approchait du navire.

— Oui, sir, c'est exact.

— C'est étrange, très étrange, murmura Chrysler, avant de se tourner vers Hunter. Aussi étonnant que cela puisse paraître, amiral, votre idée de colline n'est pas aussi saugrenue qu'elle en a l'air.

— Que voulez-vous dire ?

— L'essence d'eucalyptus a été utilisée pendant des années en Australie, dans le but de purifier l'air des mines. Elle est également réputée pour diminuer l'humidité des endroits confinés.

Le téléphone bourdonna. Hunter décrocha, et se mit à écouter, sans mot dire. Lorsqu'il replaça le combiné sur son berceau, son visage arborait une expression satisfaite.

— Les docteurs Lavella et Roblemann ont été portés disparus en mer, à bord d'un navire de recherche appelé l'*Explorer*. Il avait été affrété par une compagnie, la Pisces Metal, pour mener une expédition d'études des fonds marins, dans le but de mettre sur pieds une exploitation minière. L'*Explorer* a été vu pour la dernière fois voguant au nord de l'île Hawaii, il y a de cela…

— Une trentaine d'années, termina Denver.

Il releva les yeux au-dessus des feuilles de papier qu'il tenait en main.

— L'*Explorer* fut le premier navire à disparaître dans la zone du vortex.

— Je parie à cent contre un que Frederick Moran se trouvait lui aussi à bord de ce navire, dit Pitt.

— Il est même plus que probable qu'il en était le chef d'expédition, déclara catégoriquement Chrysler.

— Le puzzle est en train de prendre forme, murmura York. Oui, bon Dieu, ça colle.

Il se recula au fond de son siège et leva les yeux, comme s'il s'absorbait dans la contemplation du plafond.

— La plupart des îles où s'étaient installés les indigènes du Pacifique étaient criblées de cavernes. Ils en avaient fait un usage principalement religieux. Tombeaux funéraires, temples, chambres de repos éternel pour leurs idoles, et ainsi de suite. Si l'on s'en tient à l'idée d'une explosion volcanique ayant ravagé les collines du vortex et provoqué leur disparition, il est évident que rien n'a survécu de ce qu'avait créé cette antique civilisation. Mais au contraire, si les îles ont sombré à cause des mouvements de la faille de Fullerton, il existe de fortes chances pour que la plupart des cavernes ait subsisté.

— Où voulez-vous en venir ? demanda Hunter avec impatience.

— Le domaine de prédilection du docteur Lavella était l'hydrologie. Et l'hydrologie, messieurs, est la science qui s'intéresse au comportement de l'eau en circulation sur terre, dans l'air, et en sous-sol. En bref, le docteur Lavella aurait été l'une des deux ou trois personnes du monde occidental à choisir si vous aviez eu l'intention de fabriquer un système d'assèchement, au sein d'un réseau de cavernes sous-marines.

Les yeux fatigués de Hunter restaient fixés sur York, mais le docteur ne fit pas d'autres commentaires. Hunter frotta ses phalanges sur la table, avant de se lever.

— Docteur York, docteur Chrysler, vous nous avez apporté une aide considérable. La Navy possède une dette envers vous… Mais à présent, si vous voulez bien nous excuser…

Les deux civils serrèrent les mains, firent leurs adieux, et s'en allèrent. Pitt se leva et s'avança lentement en direction de la grande carte qui occupait le mur du fond de la grande pièce.

Denver s'affala sur son siège.

— Eh bien, finalement, nous savons maintenant contre qui nous nous battons.

— Je me le demande, dit Pitt d'une voix tranquille, les

yeux posés sur les cercles rouges dessinés au centre de la carte. Je me demande si nous le saurons jamais avec certitude.

Ce n'est que quatre heures plus tard que Pitt daigna sortir d'un sommeil réparateur, pour s'éveiller lentement. Il attendit un moment, puis tourna les yeux vers deux bandes brunes qui se dressaient juste devant lui, à proximité de son visage. Son esprit embrumé s'éclaircit en une fraction de secondes, et il identifia ce qu'il observait : il s'agissait d'une paire de jambes de femme, bronzées et fuselées. Il allongea le bras et fit glisser un doigt sur l'un des mollets gainés de nylon.

— Voulez-vous cesser ! s'écria la fille.

Elle était mignonne, et son visage exprimait une surprise amusée. Elle était plutôt gironde, et moulée dans un pimpant uniforme d'officier de la marine.

— Désolé, je croyais que j'étais en train de rêver, dit Pitt en souriant.

Le visage de la fille devint rose de confusion, tandis qu'elle lissait sa jupe d'un geste inconscient. Elle baissa les yeux vers le plancher.

— Je ne voulais pas vous éveiller. Je pensais que vous étiez déjà debout, et je voulais vous offrir un café.

Ses yeux pétillaient joyeusement.

— Mais je peux voir à présent que vous n'en avez pas besoin.

Pitt suivit son déhanchement étudié, alors qu'elle quittait la pièce. Puis il s'assit sur le canapé de cuir, et s'étira, tout en jetant un coup d'œil d'ensemble au bureau de l'amiral.

Il était clair que Hunter était un homme occupé. La table et le sol étaient couverts de cartes et de papiers en tout genre, et un énorme cendrier contourné était plein à ras bord de mégots. Pitt fouilla ses poches, en quête de son paquet de cigarettes, mais ne put mettre la main dessus. Il se consola de cette perte, en se rabattant sur le café. Il était chaud, et son arôme acide réveilla presque complètement ses sens engourdis. C'est à ce moment que Hunter entra d'un pas rapide dans la pièce.

— Excusez-moi de ne pas vous avoir laissé dormir plus longtemps, mais nous venons de faire quelques découvertes capitales.

— J'en déduis que vous avez retrouvé l'émetteur de Delphi.

Les sourcils de Hunter grimpèrent d'un cran.

— Vous me semblez joliment perspicace pour quelqu'un qui sort à peine d'un profond sommeil.

Pitt haussa les épaules.

— Simple raisonnement logique.

— Il n'a fallu que deux heures à un appareil de reconnaissance pour le repérer, reprit Hunter. Un mât d'antenne de quatre-vingt-dix mètres n'est pas exactement ce qu'on pourrait appeler un engin discret.

— Où se trouve-t-il ?

— Sur un coin perdu de l'île de Maui, au milieu de vieux bâtiments de l'armée construits au cours de la deuxième Guerre mondiale pour l'artillerie de défense côtière, et abandonnés depuis. Nous avons fouillé dans les documents. La propriété a été vendue il y a des années de cela à une entreprise appelée…

— La compagnie Pisces Metal, le coupa Pitt.

Hunter fit une grimace débonnaire.

— Un autre raisonnement logique.

Pitt acquiesça d'un signe de tête, tandis que Hunter arborait un sourire carnassier.

— Est-ce que vous savez aussi que le *Martha Ann* va venir s'amarrer aux quais d'Honolulu dans moins de vingt-quatre heures, dans la journée de demain ?

Cette fois, Pitt ne put que trahir sa surprise.

— Comment est-ce possible ?

— Quelques minutes après votre décollage de la piste d'envol, répondit Hunter, nous avons programmé les ordinateurs pour qu'ils ramènent le navire en direction de Hawaii.

— Il leur suffisait de briser quelques machines, et de couper quelques fils, répliqua Pitt. Les hommes de Delphi n'auraient dû rencontrer aucun problème pour stopper les moteurs ou pour démolir les instruments de pilotage.

— C'est ce qu'on pourrait penser, dit Hunter. Mais le système de contrôle télécommandé du *Martha Ann* a été conçu en fonction de pareilles éventualités. Nous avons travaillé en gardant continuellement à l'esprit la menace d'une capture et d'une confiscation par un gouvernement étranger en désaccord, pourrait-on dire, avec les opérations clandestines de récupération de la 101e Flotte. La salle des machines et les instruments de navigation se retrouvent automatiquement mis sous scellés par un système électronique, derrière des portes d'acier dont on ne peut venir à bout après dix heures d'efforts considérables. En ce moment-même, le navire vogue en toute sécurité dans les eaux internationales, et sera prêt à chasser d'autres épaves très bientôt.

— Il fonctionne en l'absence de tout équipage ?

— Non. Nous avons envoyé par hélicoptère une équipe, dès les premières lueurs du jour, dit Hunter. Ce qui nous a été sacrément utile, entre parenthèses. L'hélico est arrivé sur les lieux juste à temps pour voir le *Martha Ann* foncer sur un petit bateau de pêche. Mes hommes ont réussi à tirer le pêcheur du jus quelques minutes seulement avant que les requins ne lui foncent dessus. Il était vraiment moins une.

— À présent que le *Martha Ann* est sur le chemin du retour, que va-t-il se passer pour le *Starbuck* ?

— On fait une croix dessus, répondit Hunter d'une voix sans timbre. Ordre du Pentagone. Le chef d'état major a pris une décision ferme. Il vaut mieux flanquer en l'air le *Starbuck* aussi tôt que possible pour empêcher l'utilisation de ses missiles, et s'occuper du sauvetage plus tard.

— Le « flanquer en l'air » ? Qu'est-ce que vous voulez dire ?

— À cinq heures très précises, demain matin, la frégate *Monitor* lancera un missile Hypérion sur la position correspondant à l'endroit où vous avez localisé le *Starbuck*. La secousse consécutive à l'explosion de l'ogive, combinée à la pression de l'eau, va entraîner un effondrement et une inondation de toutes les poches d'air à l'intérieur de la colline, en même temps qu'elle détruira le sous-marin.

— Ce sera un massacre, dit Pitt dans un murmure.

— Je suis bien de votre avis. J'ai émis l'hypothèse de retourner sur les lieux en compagnie d'une fine équipe de la marine, et de reprendre possession du submersible, mais mon idée a été repoussée à la quasi-unanimité. On n'est jamais trop prudents, ainsi parlèrent les huiles sur le Potomac. Ils ont eu peur que Delphi n'ait réussi à programmer la mise à feu des missiles, ce qui lui permettrait de raser sans problème une trentaine de villes de par le monde.

— Mais il s'agit d'une procédure extrêmement compliquée. Il lui faudrait reprogrammer l'ensemble des systèmes de guidage, pour éviter que les missiles ne foncent en direction de leurs cibles en Russie.

— Il n'est pas très important de savoir où il pourrait bien envoyer les ogives. Les chefs d'état-major craignent seulement qu'il ait appris la manière de s'en servir.

— Je ne suis pas d'accord. Puisque Delphi s'est retrouvé assis sur trente missiles nucléaires depuis ces six derniers mois, sans permettre à qui que ce soit de l'apprendre, et sans menacer personne d'en faire usage, il est évident qu'il n'a pas percé le secret de leur mise à feu.

— Vous avez sans doute raison, mais cela ne change rien. J'ai reçu des ordres, et j'entends bien m'y conformer.

Pitt accorda à l'amiral un long regard.

— Vos supérieurs sont-ils au courant de l'enlèvement d'Adrienne ?

Hunter remua la tête.

— J'ai tenu à ne pas ajouter à la confusion avec mes problèmes personnels.

— Si Delphi et elle se trouvent toujours sur l'île, et pouvaient être localisés et capturés avant demain matin…

— Je vous entends bien. Delphi capturé, la crise est terminée. C'est un joli scénario, mais il ne sera jamais mis en scène. Par malheur, ils se trouvent tous deux au milieu de la colline sous-marine.

— Rien ne vous permet de l'affirmer avec certitude.

— Mes hommes ont passé au crible chacun des appareils à

licence privée sur les îles. Ils ont découvert un petit hydravion appartenant à nos chers amis de la compagnie Pisces Metal. Une équipe de gars de la sécurité a couru jusqu'au quai où il se trouvait, mais ils sont arrivés trop tard. Des témoins ont déclaré que, deux heures auparavant, un géant et une femme aux cheveux noirs étaient montés à bord, après quoi l'appareil avait pris les airs. Nous avons alors essayé de le repérer grâce à un satellite de reconnaissance et nous l'avons suivi à la trace, jusqu'à l'endroit correspondant à la position du *Starbuck*.

— Ce qui nous porte à croire qu'Adrienne est avec lui, dans les profondeurs de la colline.

Hunter acquiesça sans apporter d'autres commentaires.

Pitt tira une chaise face au bureau de Hunter.

— Effacer le *Starbuck* et tout le paysage marin aux alentours est une grave erreur. Nous ne savons rien de Delphi et de son organisation. Il peut parfaitement disposer d'autres bases, éparpillées aux quatre coins de la planète. Constitue-t-il une façade pour un gouvernement étranger ? Que va-t-il se passer pour l'équipage du sous-marin, s'il est encore en vie et s'il se trouve à proximité ? Il y a beaucoup trop de questions sans réponse pour qu'on se contente de tout faire sauter. Donnez-moi une seule raison valable de rester assis les bras croisés comme des zombies, pendant qu'une bande de stratèges en chambre, à onze mille kilomètres d'ici, nous dictent nos actes en nous envoyant quelques gribouillis sur une feuille crachée par un ordinateur. Je dis que nous devons...

— Faire ce que nous devons faire ! l'interrompit Hunter d'un ton autoritaire. Je vais agir comme on me l'a demandé, et vous aussi.

— Non, je ne le ferai pas ! déclara Pitt d'une voix tranquille. Je refuse de rester inactif alors qu'une terrible erreur est en train d'être commise.

Un subordonné n'avait jamais contrevenu aux ordres donnés par Hunter, tout au long des trente ans qu'il avait passés dans la marine. Il ne savait quelle attitude adopter.

— Je pourrais vous mettre au cachot, jusqu'à ce que vous vous soyez calmé, fut tout ce qu'il parvint à répliquer.

— Essayez donc, pour voir, dit froidement Pitt. J'ai raison, et vous n'avez aucun argument à m'opposer. Si, avec cette explosion, nous éliminons Moran, ou Delphi, quel que soit le nom qu'il se donne, et s'il arrive que d'autres navires disparaissent, nous ne serons pas plus avancés. Et s'il en disparaît encore au fil des ans, il faudra qu'on reprenne tout à partir de zéro. Nous n'aurons rien gagné, à part le doute horrible et tenace d'avoir échoué.

Hunter observa Pitt. Vingt années plus tôt, c'est lui qui se serait trouvé de l'autre côté de la table, prêt à risquer sa vie sur une conviction, à jouer sa carrière pour une chose à laquelle il croyait fermement. Lui confier un navire, dans ce cas précis, le *Starbuck*, allait à l'encontre des traditions qu'il avait servies depuis son premier jour sous les drapeaux, à l'académie de la marine. Jusqu'à ce jour, il n'avait jamais encore désobéi aux ordres, même s'il y avait des moments où il souhaitait l'avoir fait. Il existait une chance infime de réussite, presque inespérée, une chance impossible. Les mots de l'amiral Sandecker au sujet de Pitt lui revinrent en mémoire. « Avec cet homme, presque rien n'est impossible. »

Il prit sa décision.

— C'est d'accord, dit-il. Vous avez gagné. Cela va être une sacrée pilule à faire avaler aux gars de Washington, mais on s'inquiétera de ça en temps utile. Quel que soit le plan que vous allez imaginer, il a intérêt à être bon.

Pitt se détendit.

— Le coup est facile. On envoie un équipage de sous-marin entraîné à bord du *Starbuck*, et on ordonne à un escadron de marines de couper l'émetteur de Delphi avant cinq heures demain matin.

— Plus facile à dire qu'à faire, répondit Hunter dans un murmure. Il ne nous reste même pas quinze heures.

Pitt demeura silencieux un long moment. Lorsqu'il reprit la parole, ce fut d'un ton froid et lugubre.

— Il y a bien une autre solution. Cela va coûter quelques billets aux contribuables. Mais elle a plus d'une chance sur deux de réussir.

Hunter ne cessa de remuer d'embarras à l'écoute du plan de Pitt. Ce ne fut qu'à contre-cœur qu'il lui accorda sa permission, en songeant que ce plan était dément, ou bien que Pitt ne lui avait pas tout dit. Il penchait avec espoir vers la deuxième solution.

CHAPITRE QUATORZE

Le vieux Douglas C-54 se préparait à foncer sur la piste, pointant son nez vers la bande d'asphalte noire bordée par les deux rangées d'ampoules colorées. Les ailes et le fuselage vibraient en sympathie avec les trépidations des quatre moteurs, tandis que la rotation des hélices soufflait poussières et débris sous le stabilisateur horizontal, et plus loin encore dans la nuit. Puis l'avion se mit en branle, prenant de la vitesse avec une lenteur exaspérante, les lampes de la piste venant se refléter sur la coque d'aluminium brillante et sur les vitres des hublots. Il quitta finalement le sol de béton et s'élança avec élégance pour survoler les lumières d'Honolulu, avant d'effectuer un large virage sur la gauche au-dessus de Diamond Head, et de mettre cap au nord, dans les alizés. Très vite, la main de Pitt relâcha sa pression sur le manche, alors qu'il tendait l'oreille en direction du ronflement des moteurs pour vérifier qu'ils avaient atteint le bon régime, avec la satisfaction de constater que le vieux coucou ronflant et bringuebalant allait l'emmener là où il désirait se rendre.

— Je voulais te poser une question, as des as. Est-ce qu'il t'est déjà arrivé de flanquer ton appareil à la flotte ?

Ces mots venaient d'être prononcés par un individu courtaud, à la carrure énorme, qui se tenait sur le siège du copilote.

— Pas ces derniers temps, rétorqua Pitt.

Le petit homme à la chevelure sombre et bouclée leva les mains au ciel et feignit une expression attristée.

— Oh, Seigneur, pourquoi me suis-je donc laissé embarquer dans cette comédie insensée ?

Il se tourna et offrit à Pitt un sourire torve.

— Je crois que je possède une nature si accommodante que n'importe qui peut profiter de moi.

— Ne viens pas me raconter des salades, lança Pitt. Je te connais depuis le jardin d'enfants — jamais personne n'a réussi à profiter de toi.

Al Giordino se recula au fond de son siège, et écarta une longue mèche rebelle de cheveux noirs qui couvrait l'un de ses yeux.

— Ah oui ? Et qu'est-ce que tu dis de l'époque où j'ai passé des mois à vendre des bouquets de violettes au coin des rues pour pouvoir emmener cette petite blonde au bal des étudiants à l'université ?

— Oui, et alors ?

— Bon Dieu, quel culot !... Oui, et alors ? singea-t-il. Espèce de salaud. Lorsqu'est arrivé le moment de danser, tu lui as raconté que j'avais la chaude-pisse... Elle n'a plus voulu entendre parler de moi pendant le reste de la soirée.

— Ah, oui, je me souviens à présent, reprit Pitt en gloussant. Elle a même insisté pour que ce soit moi qui la raccompagne chez elle.

Il pencha la tête en arrière, les yeux clos, sous le coup du souvenir.

— Quelle douce et câline petite créature. C'est vraiment dommage que ça n'ait pas pu coller entre elle et toi.

Les traits de Giordino trahirent sa profonde stupéfaction.

— Parlez-moi de manières cavalières.

Pitt et Giordino étaient de vieux amis ; ils avaient été condisciples, aussi bien au collège qu'à l'université. Giordino tendit les mains au ciel et s'étira. Il était courtaud, sa taille ne dépassait pas le mètre soixante, sa peau était basanée, et on décelait sans problème son ascendance italienne dans ses cheveux noirs et frisés. D'apparence parfaitement opposée, Pitt et Giordino se complétaient idéalement, et c'était d'ailleurs la raison principale qui avait poussé Pitt à demander à ce que Giordino travaille avec lui, en tant qu'assistant au directeur des projets spéciaux. Leurs frasques, au grand dam de l'amiral Sandecker, étaient devenues légendaires dans toute l'agence océanographique.

— Est-ce que le commandant de la base d'Hickam Field ne va pas éprouver une certaine irritation quand il saura que nous lui avons bousillé son avion privé ? demanda Giordino.

— Il ne lui manquera pas très longtemps. À l'instant même où ce spécimen de musée se sera posé sur les eaux, le bon général rentrera une requête pour obtenir un jet de transport flambant neuf.

Giordino poussa un soupir d'envie.

— Ah, posséder son propre avion. Ce qui me ferait plaisir, c'est une antique forteresse volante, B-17, avec un lit géant à l'intérieur, et un bar bourré à craquer de gnôle.

— Tu pourrais par la même occasion repeindre les insignes de l'armée de l'air sur les ailes, et les remplacer par une paire de filles aux seins nus.

— Je ne dis pas non, déclara Giordino. Juste pour te remercier d'avoir eu cette idée, j'accepterais même de te le prêter de temps en temps, en échange d'une petite somme, bien entendu.

Pitt n'ajouta rien. Il jeta un coup d'œil à la mer tout en bas, à travers la vitre latérale, et aperçut les lumières d'un navire marchand qui voguait en direction de San Francisco, cap au nord-est. Il n'arrivait pas à distinguer les moutons des vagues ; l'océan noir semblait lisse et uni. Une mer calme est préférable, songea-t-il, parce qu'elle atténue l'impact, mais d'un autre côté, il est plus difficile d'apprécier les distances.

— On est loin de ton petit terrain de jeu mystérieux ? demanda Giordino.

— Il nous reste huit cents kilomètres, répondit Pitt.

— À l'allure où tu pousses cette vieille baleine, on pourrait être sur place dans moins de deux heures.

Il posa les pieds sur le tableau de bord.

— On a déjà grimpé à trois mille six cents mètres. Quand comptes-tu amorcer la descente ?

— Dans une heure quarante environ, dit Pitt. Je tiens à rester le plus possible très haut dans le ciel. Je ne veux pas courir le risque de nous faire repérer avant d'avoir emmené ce bébé juste en face du porche d'entrée.

Giordino émit un long sifflement.

— On dirait qu'il va falloir qu'on tire le bon numéro du premier coup.

— Il n'y aura pas de deuxième essai.

Giordino se pencha en avant et tapota un large écran au centre du tableau de bord.

— On peut certainement y arriver tant que l'émetteur sous-marin de position continue à clignoter.

Pitt jeta un coup d'œil à la tête chercheuse, et ajusta son cap jusqu'à ce que l'aiguille pivotant derrière la paroi vitrée aille se placer entre les repères adéquats.

— Le signal va s'amplifier à mesure que nous nous approcherons de l'endroit.

— Contente-toi de nous amener à cinq cents mètres, déclara Giordino d'un air optimiste. Et Selma Snoop se chargera de terminer le travail.

Il indiqua d'un geste du menton un petite caisse étanche de couleur bleue, qui était en réalité un indicateur de direction radio, alimenté par batterie, solidement arrimé au bras de son siège.

— Tu es certain que Selma est en état de marche ? s'enquit Pitt.

— Elle fonctionne, répliqua Giordino d'un ton patient. Comme je viens de te le dire, emmène-nous à cinq cents mètres de l'émetteur, et je m'occuperai de nous faire plonger droit sur le *Starbuck.*

Pitt sourit. En dépit de son apparence nonchalante, Giordino était un perfectionniste faisant preuve en toute occasion d'un style qui à chaque fois ne manquait pas d'étonner Pitt. Il adressa un signe muet à Giordino et relâcha sa prise sur le manche à balai. Giordino acquiesça, et prit les commandes de l'appareil, tandis que Pitt abandonnait son siège inconfortable, quittait le cockpit, et se dirigeait vers l'arrière du fuselage, en direction de la partie passager.

Au sein du somptueux confort du moyen de transport particulier du général, se trouvait installée une vingtaine d'hommes — sans doute, pensa Pitt, les vingt hommes aux visages les plus résignés du monde. Ils s'étaient résignés à mourir ; il n'existait pas d'autres manières de décrire leur expression. Ils étaient tous volontaires, c'est exact, mais la perspective de vivre des aventures l'avait emporté sur leur désir d'une existence longue et fructueuse. Chacun de ces hommes était engoncé dans une combinaison de plongée de caoutchouc noir, dont ils avaient laissé la fermeture éclair ouverte, pour permettre à l'air frais de venir rafraîchir leur peau moite de sueur. Derrière eux, arrimée à des crochets de chargement sur le sol, se trouvait une panoplie d'appareils et de paquets de formes variées. Plus loin encore vers le fond du fuselage, on apercevait une rangée de bouteilles à oxygène, attachées avec soin et placées derrière une protection, pour les empêcher de dégringoler à travers l'habitacle au moment de l'amerrissage.

Le plongeur le plus proche, un homme à la chevelure blonde et à l'allure d'un Scandinave, leva les yeux vers Pitt qui s'approchait.

— Folie, pure folie.

Le capitaine de corvette Samuel Crowhaven était une fois pour toutes un homme malheureux.

— Abandonner une carrière prometteuse à bord de sous-marins, pour aller se jeter dans l'océan, au beau milieu de la nuit.

— Il n'y a pas grand danger. C'est comme si on allait rentrer une voiture au garage, déclara Pitt d'un ton apaisant. À votre place, je ne m'inquiéterais pas trop…

Crowhaven fit montre d'un réel étonnement.

— Comme rentrer une voiture au… Vous voulez rire ?

— Poser cet oiseau sur les flots est sous mon entière responsabilité, capitaine. À votre place, je me préoccuperais plutôt de ce qui arrivera ensuite.

— Je suis un officier machine à bord d'un sous-marin, déclara Crowhaven d'un ton morose. Je ne suis pas de taille à jouer les commandos.

— Je vous promets de ne pas vous tuer, vous et vos

hommes, pendant l'amerrissage, reprit tranquillement Pitt. Et c'est Giordino qui va se charger de vous conduire jusqu'au *Starbuck*. Après quoi, ce sera à vous de jouer.

— Vous êtes sûr qu'il n'est pas inondé ?

— À l'exception de la chambre des torpilles, le sous-marin était à sec quand je l'ai quitté.

— Si rien n'a été endommagé depuis, je peux vous nettoyer le compartiment à torpilles et vous remettre le vaisseau en marche en moins de quatre heures.

— Le plan vous autorise à aller jusqu'à quatre heures et demie. Ce qui vous laisse une marge de sécurité d'une trentaine de minutes.

— Ce n'est pas beaucoup.

— C'est tout ce que vous aurez.

Crowhaven remua la tête d'un air chagrin.

— Du suicide, voilà ce que c'est.

— Vous êtes bien conscient du fait que vous aurez peut-être à vous battre pour vous déplacer dans le sous-marin.

— Comme je viens de le dire, je ne dirige pas un commando. C'est la raison pour laquelle j'ai invité ces tueurs au regard d'acier. Ce sont des hommes du SEAL.

Pitt jeta un coup d'œil aux cinq hommes que Crowhaven venait d'indiquer d'un geste du pouce. Il s'agissait de membres des forces de sécurité de la Navy, triés sur le volet. Il était indéniable que leur apparence était rien moins qu'impressionnante. Ils s'étaient installés à l'écart, et ne cessaient de contrôler et de vérifier leur équipement et leurs armes — des individus costauds, silencieux, déterminés, ayant subi un entraînement au combat de haut niveau, que ce soit sur terre, ou dans la mer. Pitt revint à Crowhaven.

— Et les autres ?

— Des sous-mariniers, déclara fièrement Crowhaven. Pas très nombreux pour un bâtiment de la taille du *Starbuck*, mais s'il existe des gens capables de le ramener à Pearl Harbor, c'est bien eux. En espérant que l'un des deux réacteurs est toujours en fonctionnement. Si nous sommes obligés de démarrer les opérations à froid, nous n'arriverons jamais à respecter les délais.

— Vous aurez votre réacteur en état de marche, dit Pitt d'un ton confiant.

En vérité, il n'avait aucune manière d'être certain que le sous-marin se trouvait toujours à l'endroit où il l'avait laissé, ni que le réacteur bâbord était encore occupé à concasser ses atomes. Il ne restait qu'à attendre et à espérer ; la phrase lui traversa l'esprit une fois de plus. Il n'y avait pas grand-chose à faire, excepté d'affronter les problèmes en temps voulu.

— Si jamais vous avez des ennuis, reprit Pitt, faites sortir vos hommes de là, à quatre heures trente.

— Je ne suis pas un héros, répliqua Crowhaven d'un ton lugubre.

Pitt lui adressa une petite tape sur l'épaule, se détourna, et reprit le chemin du cockpit.

L'amiral Hunter jeta un coup d'œil à sa montre pour la vingtième fois au cours de l'heure qui venait de passer. Il écrasa la cigarette qu'il avait fumée par petites bouffées nerveuses, quitta son siège, et traversa la salle d'opérations affairées pour aller examiner l'énorme carte couvrant tout un pan de mur. Derrière lui, Denver était affalé sur une chaise inconfortable, les pieds posés sur le dossier d'une deuxième chaise. Denver ne réussit pas à abuser Hunter plus d'un court instant, avec son attitude d'indolence étudiée. Lorsque le message survint, avec des détails sur l'avancée de l'appareil, il bondit sur ses pieds de manière presque instantanée.

— Grand-Papa, c'est le Fiston. Vous me recevez ? À vous.

La voix de Pitt venait de crépiter dans le haut-parleur installé au sommet de l'installation radio.

Hunter et Denver se retrouvèrent au même instant penchés sur l'opérateur, avant même qu'il ait pu accuser réception.

— Grand-Papa à l'appareil, Fiston. Nous vous écoutons. À vous.

— Tenez l'équipe prête pour l'arrêt au stand. J'aperçois le drapeau à damier. À vous.

Il s'agissait du message dont ils avaient convenu pour

avertir que Pitt descendait jusqu'au niveau des vagues et entamait le sprint final avant de poser l'appareil sur les flots, à proximité de la colline sous-marine.

L'opérateur lança sa réponse dans le micro.

— Le trophée attend le vainqueur. À vous.

— Rendez-vous dans la caravane du vainqueur, Grand-Pap…

La voix sortie du haut-parleur s'interrompit au milieu de ce dernier mot.

Hunter s'empara du micro.

— Allez, Fiston. C'est Grand-Papa à l'appareil. À vous. Parlez.

Il y eut un instant de silence. Puis la voix réapparut, sur un ton plus élevé, et légèrement modifiée.

— Désolé, Grand-Papa, pour ce petit contre-temps. Quelles sont les instructions ? À vous.

— Les instructions ? répéta lentement Hunter. Vous demandez des instructions ?

— Oui, répondez-moi, s'il vous plaît.

Comme pris de frénésie, Hunter reposa le micro et actionna l'interrupteur pour couper brutalement la transmission.

— Bon sang, dit-il machinalement, ils sont sur eux.

Denver ne parvint pas à dissimuler son émoi.

— Ce n'était plus la voix de Pitt, déclara-t-il de manière incrédule. L'émetteur de Delphi a dû brouiller leur fréquence.

Hunter s'écroula lourdement sur une chaise.

— Je n'aurais jamais dû les laisser se lancer dans ce projet insensé. Maintenant, Crowhaven ne pourra plus communiquer avec nous, lorsqu'il aura pénétré à l'intérieur du *Starbuck*.

— Il pourra toujours émettre en code sur les ordinateurs de communications de bord, déclara Denver.

— On dirait que vous avez oublié, lança Hunter avec impatience. Les ordinateurs de communication n'ont pas été installé à temps pour les essais en mer du *Starbuck*. La radio ne peut être utilisée que sur les fréquences standard. Jusqu'à ce que les gars de la Navy aient pris le contrôle de l'émetteur de Delphi, il aura la possibilité de contrôler chacune des fréquences libres. Même si pour le moment, Delphi n'est pas au courant des détails concernant nos plans, il sait qu'il les obtiendra à l'instant même où Crowhaven commencera à émettre…

— Et pourra s'attaquer au *Starbuck*, ou même le faire voler en éclats, termina Denver.

La voix de Hunter faiblit jusqu'à n'être plus qu'un murmure à la limite du compréhensible.

— Dieu leur vienne en aide, marmonna-t-il. Il est le seul qui puisse encore le faire à présent.

Pitt se débarrassa de ses écouteurs et les jeta sur le plancher du cockpit.

— Ce salaud nous a interrompus, s'écria-t-il. Si Delphi apprend ce que nous sommes en train de faire, il est plus que certain qu'il va nous tendre un piège.

— C'est un sentiment ineffable de savoir que l'on possède des amis tels que toi, déclara Giordino, le visage barré d'un sourire sarcastique.

— Tu es sacrément veinard, répondit Pitt, sans lui retourner ce sourire. Il y a de fortes chances pour que l'amiral soit en ce moment-même en train de prier pour que nous abandonnions la mission.

— Rien à faire, répliqua Giordino avec sérieux. J'ai dans l'idée que vous avez tous surestimé ce grand clown aux yeux jaunes. Je te parie une caisse de bonne gnôle qu'on va entrer là-dedans et en sortir avant même qu'il se soit rendu compte qu'il vient d'être attaqué par les deux plus grands voleurs de sous-marins de tout le Pacifique.

— Si tu le dis.

— Écoute, ajouta Giordino avec condescendance. Quelqu'un qui aurait toute sa tête n'aurait jamais l'idée de flanquer volontairement un appareil à la flotte, au beau milieu de la nuit — à part toi, bien sûr. Ce type Delphi va sans doute penser qu'on effectue un simple vol de reconnaissance. Il ne soupçonnera rien de plus avant le lever du soleil.

— J'adore ton optimisme.

— Maman disait toujours que j'avais un don pour la parole.

— Et en ce qui concerne nos passagers ?

— Personne ne les a priés de venir. Ils sont certainement en train de rédiger leur testament, de toute manière. Alors pourquoi les décevoir ?

— C'est bon, on y va.

Pitt tendit une main pour saisir le manche à balai, et de l'autre tapota le cadran de l'altimètre. La petite aiguille blanche reposait paresseusement sur la petite cale du fond. Il brancha les lampes d'atterrissage, et observa les flots qui filaient en trombe sous le fuselage, alors que l'indicateur de vitesse atteignait les deux cent soixante-dix nœuds. Puis il se posa une deuxième paire d'écouteurs sur les oreilles, et se mit à écouter très attentivement pendant un long moment.

— Le signal du marqueur sous-marin est quasiment au maximum, dit-il. On a juste le temps de passer en revue la check-list d'atterrissage.

Giordino poussa un soupir fatigué, déboucla sa ceinture de siège, se recula jusqu'au panneau technique, et passa la feuille de check-list à Pitt.

— Lis-moi ce qu'il y a là-dessus.

Pitt se mit à annoncer chacune des lignes chiffrées imprimées sur la feuille.

— Commande de sélecteur de l'avance à l'allumage ?

— Vingt pour-cent, normal, répondit Giordino.

— Niveaux de mélange ?

— Vérifié.

Pitt continua à débiter d'une voix monotone la liste ennuyeuse mais nécessaire, tout en jetant de temps à autre un coup d'œil distrait en direction de la mer, qu'ils survolaient à moins de cinq mètres. Finalement, il parvint à la dernière mention sur la feuille.

— Vanne en ligne du réservoir d'aileron central et commande de booster.

— Fermées.

— Voilà une bonne chose de faite, dit Pitt, en balançant la

feuille par-dessus son épaule, en direction du plancher de la cabine. Personne n'en aura plus jamais besoin.

Giordino revint se pencher au-dessus du tableau de bord, et pointa un doigt en avant.

— Les étoiles à proximité de l'horizon, droit devant… Elles sont en train de disparaître.

Pitt acquiesça d'un signe de tête.

— Le banc de brouillard.

Une traîne de mauvais augure apparut très bientôt devant la ligne sombre de l'horizon. Pitt diminua graduellement le rythme des moteurs, jusqu'à ce que l'indicateur de vitesse atteigne les cent vingt nœuds.

— Voilà l'instant magique, déclara tranquillement Pitt.

Il croisa un bref instant le regard sombre de Giordino — le visage de son ami, même s'il ne souriait pas, était calme et sans inquiétude.

— Mets-moi les flaps à cent degrés, reprit Pitt. Et puis rends-toi dans l'habitacle principal avec les autres et conduis-toi comme un chauffeur de car qui s'ennuie.

— Je vais leur servir une série de mes meilleurs bâillements, dit Giordino en se penchant par-dessus le siège du copilote pour actionner la commande de flaps jusqu'à ce que le cadran de contrôle indique cent degrés.

— À bientôt, mon gars. On se revoit après la surboum.

Il prit le bras de Pitt, pour le serrer gentiment, puis se détourna et quitta la cabine de pilotage.

Il y avait un vent de travers. Pitt fit légèrement virer le C-54, pour compenser la dérive. Alors que l'avion perdait encore un peu d'altitude, Pitt parvint à discerner clairement la hauteur des vagues dans la lumière des lampes d'atterrissage. Il se dit qu'il aurait mieux valu poser l'appareil en surface sans l'aide de ces rayons lumineux, mais la chose aurait été parfaitement impossible. Pas encore, pas encore, se répéta-t-il sans cesse en esprit. Quatre kilomètres de plus. Cela allait être une question de secondes pour parvenir à poser sans dommage l'avion à proximité de l'émetteur sous-marin et du banc de brouillard, tout en conservant une vitesse suffisante pour s'approcher au maximum du lieu de l'épave. L'indicateur de vitesse atteignait à présent les cent cinq nœuds.

— Doucement, bébé. Ne viens pas caler juste maintenant.

Pitt se concentra pour maintenir l'équilibre des ailes — si l'un des bouts accrochait jamais la crête d'une vague, l'avion allait faire la roue. Il poussa doucement l'appareil vers le bas, se laissant descendre derrière une rangée de vagues, se préparant à toucher les flots sur le flanc arrière de l'une d'entre elles, en comptant sur sa pente pour amortir l'impact. Les hélices envoyaient valser des tourbillons de gouttelettes au-delà des nacelles des moteurs, et la brume s'était mise à envelopper de son linceul la vitre du cockpit, lorsque survint le premier choc.

Cela rappelait le fracas d'un coup de tonnerre, mais en plus puissant. Le cylindre rouge d'un extincteur de secours se décrocha de son support et vint voler par-dessus l'épaule de Pitt, avant d'aller s'écraser sur le tableau de bord. Pitt était juste occupé à se remettre de la secousse qu'il venait d'encaisser, lorsque l'appareil vint frapper une vague comme une pierre, tandis que son ventre d'aluminium claquait à la surface des eaux pour la seconde fois. Puis le nez de l'avion s'enfonça dans la masse d'un rouleau d'écume et le C-54 s'immobilisa au milieu d'une gerbe énorme.

Pitt jeta un coup d'œil hébété à la brume, au travers de la vitre dégoulinante du pare-brise. Il avait réussi. Il était parvenu à poser l'appareil en une seule pièce. L'avion était occupé à voguer de-ci, de-là, au gré des vagues. Il allait continuer à flotter, pendant quelques minutes encore, ou bien pendant des jours, selon la gravité des dommages causés à son ventre. Pitt poussa un profond soupir de soulagement et se détendit, remarquant avec satisfaction que les batteries avaient survécu au choc et continuaient de fournir de l'énergie aux lampes qui baignaient la cabine d'une douce luminosité. Il mis hors service les interrupteurs d'allumage, ainsi que les lampes d'atterrissage, déboucla sa ceinture de siège, et se précipita hors du cockpit en direction de la cabine principale.

Il y trouva cette fois un groupe d'hommes bien plus rassurés. Crowhaven fut le premier à venir lui taper dans le dos. Tous les autres se mirent à siffler et à applaudir. Tous, à l'exception des cinq hommes du SEAL. Ils s'étaient déjà attelés à la tâche, avec efficacité, libérant les écoutilles de secours et vérifiant une dernière fois l'équipement de chacun d'eux.

— Bon travail, Dirk, déclara Giordino, le visage fendu d'un sourire éclatant. Je crois que je n'aurais pas fait mieux.

— Venant de toi, je prends ça comme un sacré compliment.

Pitt enfila rapidement sa combinaison de plongée, en se posant sur le dos une bouteille à oxygène, et en ajustant son masque sur son visage.

— Combien de temps va-t-il flotter ? demanda Crowhaven.

— Je viens de vérifier le pont inférieur, dit Giordino en plaçant au mieux la bouteille d'oxygène sur le dos de Pitt. Il n'y a que des dégâts mineurs, et les fuites ne sont pas très importantes.

— Est-ce qu'on ne devrait pas faire des trous dans le fuselage pour qu'il coule plus vite ? s'enquit encore Crowhaven.

— Ce ne serait pas très malin, répondit Pitt. Lorsque Delphi découvrira un avion abandonné, flottant dans les environs, sans personne à l'intérieur, il pensera que nous avons utilisé les canots de sauvetage. C'est la raison pour laquelle j'ai laissé tout l'équipement de secours à la base de Hickam. Il ne fallait pas qu'il tombe sur les canots de sauvetage inutilisés et en parfait état. Avec un peu de chance, il va se lancer à nos trousses à la surface, pendant que nous serons au fond de la mer.

— Je suis persuadé qu'il existe d'autres manières de devenir amiral, déclara Crowhaven d'un ton amer.

— Lorsque vous aurez réussi à faire repartir le sous-marin, reprit Pitt, prenez contact avec l'amiral Hunter, sur deux cent cinquante kilohertz.

Crowhaven fronça les sourcils.

— Vous me faites marcher. C'est une fréquence commerciale. Je me ferais joliment taper sur les doigts par la Commission fédérale des communications si j'émettais sur deux cent cinquante.

— Très probablement, admit Pitt d'un ton las. Mais Delphi

possède un système d'écoute qui ne va pas nous lâcher d'une semelle. Il a déjà réussi à capter les fréquences dont nous avions convenu. La bande de deux cent cinquante est notre seule chance de passer à travers. Nous nous inquiéterons des conséquences si jamais nous avons la chance d'assister au prochain lever de soleil.

Pitt enfila ses palmes et contrôla son respirateur. Puis il se pencha dans l'ouverture de l'écoutille et plongea son regard dans les ténèbres. Les vagues venaient battre contre le bord d'attaque des ailes, du fait que l'avion piquait légèrement du nez dans l'eau. Il se tourna vers Giordino.

— Paré à te servir de ta boîte magique ?

Giordino souleva le détecteur de signal.

— On est partis ?

— Oui, allons-y, dit Pitt en indiquant l'écoutille. Va nous trouver un sous-marin.

Giordino s'installa le dos à la mer, le temps d'ajuster l'embout de son respirateur. Puis il adressa un salut désinvolte à Pitt, avant de se laisser tomber en arrière et de disparaître dans la mer.

En silence, les uns après les autres, les cinq membres du SEAL, suivis par Crowhaven et ses hommes, plongèrent dans l'obscurité qui entourait l'avion. Chacun de ces hommes arborait un visage lugubre en franchissant l'écoutille. Pitt observa la scène en dessous, et vit briller l'éclat des lampes de plongée, qui s'agitaient avant de se fixer, lorsque chacun des hommes avait trouvé celui qui le précédait et se mettait en chemin pour filer en direction du fond.

Pitt fut le dernier à quitter l'appareil. Il jeta un dernier coup d'œil à l'intérieur de l'avion, et, avec l'air de quelqu'un qui abandonne sa maison pour les vacances, il souleva consciencieusement le couvercle de la boîte de circuit de la cabine, et éteignit les lumières.

CHAPITRE QUINZE

Les eaux sombres et tièdes du Pacifique se refermèrent au-dessus de la tête de Pitt. Il autorisa momentanément son corps à flotter au sein de l'immensité de la mer. Le rayon cylindrique de sa lampe sous-marine attrapait la silhouette du plongeur situé six mètres plus bas, et qui regardait par-dessus l'épaule pour vérifier que Pitt se trouvait bien derrière lui. Il apparut soudainement à l'esprit de Pitt que d'être placé ainsi en bout de ligne pouvait présenter quelque danger. Les ténèbres épaisses lui causèrent une intense sensation d'angoisse ; il était persuadé que toutes les espèces de prédateurs imaginables se tenaient tapis dans l'ombre, prêts à se jeter sur lui pour lui mordre les jambes. À chaque instant, il se détournait pour envoyer un rai de lumière dans toutes les directions, mais sans jamais apercevoir de monstres de la nuit. La seule créature d'apparence étrange dans son champ de vision était l'être humain qui nageait tranquillement quelques mètres au-dessous de lui.

L'appréhension de Pitt se calma un peu lorsqu'il aperçut le fond se profiler à travers son masque — pour autant qu'il sache, il aurait parfaitement pu avoir nagé depuis le début couché sur le dos. Les rochers prenaient des formes inquiétantes, comme s'il s'agissait de spectres, mais il finit par leur trouver l'aspect de vieilles connaissances, lorsqu'il s'en approcha et vint toucher leurs flancs rudes et solides. Un calmar fébrile, premier signe de vie marine, fila au bord de son champ de vision et disparut instantanément. C'est alors que les formations rocheuses s'effilochèrent ; le fond se mua en tapis de sable. L'adrénaline se déversa dans le sang de Pitt à la vue de l'énorme silhouette noire qui se dressait dans les rayons conjugués de toutes les torches sous-marines.

Le *Starbuck* se trouvait à l'endroit exact où il l'avait laissé, avec son air de grand monstre fantôme plongé dans les ténèbres. Agitant ses palmes, Pitt dépassa un à un les hommes de la Navy jusqu'à la tête de la colonne, pour aller agripper le bras de Giordino, et lui jeter un regard de l'autre côté de son masque. Le visage derrière la petite vitre était légèrement déformé dans la lumière des lampes, mais les yeux de Giordino était brillants et, malgré l'embout qu'il serrait entre les dents, son sourire ne faisait aucun doute. Il leva le pouce en l'air, en signe de satisfaction.

Pitt griffonna quelques mots sur son ardoise, et s'approcha de Crowhaven pour la lui présenter.

C'EST ICI QU'ON VOUS LAISSE. IL EST À VOUS.

Crowhaven acquiesça de la tête, ses longues mèches de cheveux blonds remuant en liberté autour de sa tête. Il distribua rapidement les tâches parmi ses hommes : quatre sous-mariniers et un membre du SEAL allaient pénétrer dans la chambre des torpilles inondée, pour fermer les tubes et les valves que les plongeurs du *Martha Ann* avaient ouvertes. Le reste de l'équipe utiliserait l'écoutille de secours arrière pour se glisser dans la section sèche du sous-marin, et prendre alors le chemin de la salle de commande.

La peur qu'avaient ressentie les sous-mariniers s'en était allée à présent. Le temps était venu pour eux de se fier à leur savoir-faire et à leur expérience. Les hommes qui passaient par l'avant purent se glisser ensemble dans le sas, mais ceux qui entraient par l'arrière furent obligés de se partager en trois groupes, à cause de l'exiguïté du compartiment. Pitt referma l'écoutille lorsque les cinq derniers hommes eurent pénétré dans le sous-marin, et attendit d'apercevoir le mouvement du liquide qui jaillissait des tuyères d'échappement, sous la pression de l'eau chassée de l'intérieur du sas de secours. Il frappa alors trois coups sur la coque, du bout de son couteau. Presque aussitôt, trois coups atténués lui parvinrent en réponse de l'autre côté, pour indiquer qu'il n'y avait pas de problème jusque-là. Pitt nagea le long du pont supérieur, en direction de l'avant, où il répéta la manœuvre. La réponse lui arriva cette fois plus lentement, et avec un bruit bien plus sourd, dû à l'acoustique particulière de la chambre des torpilles inondée.

Pitt se remit à écrire sur son ardoise.

ENTRÉE QUELQUE PART PAR LA. 18 MINUTES.

Giordino saisit immédiatement. Dix-huit minutes d'oxygène, voilà tout ce qu'il leur restait pour trouver l'entrée permettant d'accéder à l'intérieur de la colline. Pitt lui tapota l'épaule et fila comme une flèche sur la droite. Giordino suivit la silhouette ondulante de Pitt, pour s'en aller glisser silencieusement dans l'inquiétant paysage sous-marin. Les deux hommes n'étaient plus unis que par le fragile faisceau de leurs lampes. Aucun d'eux ne prit la peine de mémoriser les repères au sol ; ils comptaient sur la boussole fermement attachée au poignet gauche de Pitt, comme seul moyen de retrouver le *Starbuck* avant que leur réserve d'oxygène ne soit épuisée.

Leur première rencontre fut celle d'une autre victime du vortex, qui se matérialisa peu à peu dans les rayons jumeaux de leurs torches. Les plaques du flanc de la coque étaient lisses et nettes, et il n'y avait aucun signe de végétation sous-marine ; il s'agissait d'une épave toute récente. Pitt s'en trouva désemparé ; il avait étudié la liste des navires disparus, et à l'exception du *Starbuck*, aucun nouveau naufrage n'avait été signalé au cours des six derniers mois. Comment un bâtiment de cette taille pouvait-il sombrer sans que cette disparition n'attire l'attention ?

Celui-ci était posé dans une position parfaitement droite, comme s'il flottait toujours à la surface, et qu'il refusait d'admettre son sort. Ils nagèrent au-dessus des ponts déserts, et comprirent qu'il avait dû s'agir d'un chalutier, même si ce spécimen était d'une taille considérable. Quel gâchis, songea

Pitt. Cela avait sans doute été un navire remarquable. Les barreaux du bastingage étincelaient et toute la superstructure se dressait fièrement, pourvue du dernier cri en matière d'antennes et de radars à balayage électroniques.

Jusqu'ici, il n'y avait eu aucun signe des hommes de Delphi, mais pour faire preuve de prudence, Pitt adressa un geste à Giordino, pour lui enjoindre de rester aux aguets, tandis que lui-même s'approchait du navire pour l'examiner de plus près. Giordino agita la main en signe de compréhension, et s'en alla se poster à proximité du bastingage de l'aile de pont tribord, où il éteignit sa torche et se fondit immédiatement dans l'obscurité.

Pitt se glissa dans l'ouverture de la porte de la timonerie. L'intérieur de la pièce évoquait une crypte pleine de menaces. Il fit courir le faisceau de sa lampe un peu partout, figé sur place devant cet environnement étrange. Son regard fut attiré par un horrible serpent transparent qui remuait au plafond, et qui disparut aussitôt dans un trou, puis par une autre forme reptilienne qui ondulait dans un angle de la pièce, avant de prendre lentement le chemin de l'orifice que venait d'emprunter son congénère. Ces serpents n'étaient en réalité que les colonnes des bulles d'air qu'il libérait, et qui filaient en direction du plafond de la cabine, avant de découvrir la sortie qui leur permettait de retrouver la surface.

Pitt ne savait pas ce qu'il s'était attendu à découvrir dans le navire, mais ce qu'il y trouva lui donna des cauchemars pendant des années. Les cartes, remuant de-ci, de-là au gré du courant, se trouvaient encore attachées au bord de la table, comme si le navire venait d'être immergé le jour précédent. Les rayons du gouvernail semblaient former un cercle pathétique et désespéré, comme s'ils savaient que plus aucune main ne viendrait jamais les agripper. Chaque objet en cuivre se trouvant dans l'habitacle brillait d'un éclat atténué, et l'aiguille du compas pointait toujours fidèlement en direction d'un cap oublié, tandis que les flèches du télégraphe de commande étaient pour l'éternité arrêtées sur la position ALL STOP. Pitt s'enfonça un peu plus à l'intérieur ; quelque chose ne collait pas. Les inscriptions figurant sous les manettes de commandes n'étaient pas en anglais. Il les examina attentivement un instant, puis nagea en arrière, pour revenir vers le compas, et braquer le rayon de sa lampe sur l'éclat de la plaque vissée sous le cadran. Sa connaissance de la langue russe se résumait à une vingtaine de mots, mais il en savait assez pour parvenir à déchiffrer les quelques lettres formant le nom du navire :

ANDREI VYBORG.

Ainsi donc, le chalutier espion russe avait fini par retrouver le *Starbuck*, se dit Pitt. Mais uniquement pour mourir aussitôt, et venir se coucher auprès du sous-marin, grâce à Delphi et à ses pirates. Pitt ne disposait plus d'assez de temps pour réfléchir davantage. C'est à cet instant précis que quelque chose vint heurter son épaule. Pitt pivota rapidement sur lui-même, braquant sa lampe sur le visage d'un homme.

C'était un visage envahi par une frayeur surnaturelle, et déformé par une expression insolite. Sa bouche bée laissait voir la masse de ses dents blanches, et l'homme ne regardait que d'un œil, dont les paupières ne cillaient pas. L'autre œil était caché par un petit crabe qui s'était frayé un chemin dans la cavité, en grignotant ce qui lui bloquait le passage. Le corps vacillait et remuait tel un épouvantail pris de boisson, ses membres se levant et s'abaissant comme s'il adressait des saluts, sous l'action muette et incessante du courant. L'effrayante apparition se leva à un mètre vingt du sol, et s'avança en direction de Pitt, qui frappé de stupeur, restait figé devant ce spectacle.

Pitt repoussa alors avec frénésie le cadavre au-dehors, et l'observa qui flottait en direction d'une échelle qui montait jusqu'à la timonerie, où il disparut, avalé par le voile de ténèbres.

Il n'y avait plus rien à voir, ni à accomplir à bord du chalutier russe. Il était temps de déguerpir ; il ne restait plus que quelques minutes d'autonomie, avant que lui et Giordino ne soient obligé de faire appel à leur réserve d'oxygène.

Giordino se trouvait toujours à son poste de guet, sous

l'aile du pont, lorsqu'il perçut un bruit d'eau remuée, à quelque distance. Il nagea en direction de la timonerie, et adressa un signe à Pitt, qui au même instant en sortait, pour lui enjoindre d'éteindre sa torche. Pitt obéit ; et tous deux s'accroupirent sous le rebord d'une fenêtre de la timonerie, tendant l'oreille pour discerner le vrombissement d'un moteur qui venait vers eux, quelques secondes avant que n'apparaisse le faible éclat d'une lampe.

Tout d'abord, ils crurent apercevoir une étrange créature primitive, mais alors qu'elle s'approchait, ils purent se rendre compte qu'il s'agissait en réalité d'un véhicule sous-marin profilé comme un marsouin, pourvu d'un aileron horizontal sur la queue servant à contrôler ses mouvements. Deux silhouettes se tenaient à califourchon sur ce sous-marin de poche, l'homme installé à l'avant s'occupant du pilotage, tandis que son compagnon leur servait de navigateur. Installée sous le stabilisateur arrière, une petite hélice brassait l'eau et propulsait les deux hommes au sein des profondeurs, à la vitesse approximative de cinq nœuds. L'appareil et ses passagers filaient droit vers le pont de l'*Andrei Vyborg*.

Pitt et Giordino se pressèrent contre la cloison, sous la fenêtre de la timonerie. Il était trop tard pour retenir leur respiration ; ils ne pouvaient plus qu'observer en parfaite impuissance leurs bulles d'air tournoyer vers la surface, et venir se placer sur la route du petit submersible. En un geste synchrone, ils sortirent leurs couteaux de leurs gaines, et se préparèrent à l'inévitable affrontement — les colonnes jumelles de bulles d'air ne pouvaient en effet que trahir leur présence.

Le sous-marin vira autour du mât de proue, et s'avança vers la timonerie. Il était si proche à présent que Pitt parvint à distinguer le petit appareil respiratoire que les deux hommes portaient accroché au thorax. Il raffermit sa prise sur le manche de son couteau ; et il banda ses muscles en se préparant à bondir par la porte, avec l'espoir de parvenir à frapper le premier, sachant que sa modeste lame ne pourrait pas lui permettre d'affronter des armes à projectiles.

L'instant de suspense prit fin. À la dernière seconde, l'étrave du sous-marin de poche se dressa brusquement vers le haut, s'enfonça dans le tourbillon de bulles d'air, et disparut en survolant le pont. Le bruit du moteur s'éteignit peu à peu. Presque aussitôt, sa lumière ne fut plus visible, et quelques instants plus tard, le dernier battement de l'hélice se fit entendre avant de disparaître tout à fait.

Giordino ralluma sa torche, et Pitt pu l'apercevoir qui haussait les épaules en signe de perplexité et d'étonnement. Puis la lumière finit par se faire dans l'esprit de Pitt. L'*Andrei Vyborg* n'avait pas encore vomi la totalité de l'air qu'il renfermait. Tout au long de la coque et de la superstructure, de fines traînées d'air et d'huile mélangés s'élevaient en colonnes paresseuses vers la surface des eaux. Les hommes de Delphi n'avaient tenu aucun compte des bulles d'air relâchées par Pitt et Giordino, parce qu'ils savaient qu'un navire englouti met des mois, et parfois des années pour se débarrasser de tout l'air emprisonné dans ses flancs.

Pitt tapota le cadran de sa montre et pointa le doigt vers l'endroit où le mini sous-marin venait de disparaître. Giordino acquiesça de la tête et ensemble ils nagèrent pour dépasser le bastingage, puis filèrent en direction du fond, pour se dissimuler au milieu des rochers aux formes saugrenues et de la végétation. Tandis que la sombre silhouette de l'*Andrei Vyborg* s'estompait derrière eux, Pitt lui accorda un dernier regard, par-dessus l'épaule. Les Américains connaissaient à présent l'endroit exact de son naufrage, mais les Russes, il en était persuadé, n'apprendraient jamais où il se trouvait.

La jauge de profondeur de Pitt se mit à indiquer une élévation. Il invita Giordino à le suivre, pour longer un flanc de la colline. L'eau était froide, bien plus froide qu'elle n'aurait dû l'être dans cette partie du Pacifique. Leurs yeux fouillaient les cercles que dessinaient les faisceaux de leurs torches, scrutant le sol à la recherche d'un signe d'activité, mais aucune trace de formes pures et géométriques ne vint trahir l'existence d'une réalisation humaine. Il doit pourtant bien y avoir une ouverture, songea Pitt. Le mini submersible devait bien être sorti de quelque part.

Ils avaient dépassé leur temps limite à présent. Et du même coup perdu la possibilité de faire le chemin inverse jusqu'au refuge constitué par le *Starbuck*. Seule leur restait la solution de continuer ce qu'ils avaient commencé, jusqu'à ce que leur réserve principale soit épuisée, et puis de foncer vers la surface, en fondant l'espoir fou qu'ils pourraient d'une manière ou d'une autre être repêchés avant que l'explosion provoquée par le missile du *Monitor* ne vienne réduire leurs corps en bouillie.

Brusquement, Pitt remarqua un changement dans la température de l'eau. C'était devenu plus chaud, peut-être d'un ou deux degrés. Au même instant, un courant puissant vint rouler le long du flanc de la colline, envoyant valser le sable en petits nuages tourbillonnants, et remuant les petites efflorescences pour les tendre sur un plan horizontal et ondulant. Le surgissement soudain de ce courant poussa son invisible masse sur les deux hommes, les envoyant valser vers le fond sablonneux comme deux balles de ping-pong au sein d'un ouragan. Ce flux violent projeta chacun d'eux au milieu d'une forêt battante de plantes sous-marines, dont les feuilles venaient fouetter leurs visages, en laissant des marques rougeâtres sur leurs joues et leurs fronts.

Pitt fit la culbute et vint se cogner à un énorme promontoire rocailleux, couvert d'une épaisse couche de végétation. La gélatine verte s'écrasa sur ses mains tandis que les coquilles acérées d'une colonie de mollusques déchiraient le caoutchouc de sa combinaison. Il resta un moment coincé contre le rocher, avant qu'un caprice imprévisible du courant ne l'envoie basculer au loin une fois de plus. Il sentit quelque chose lui agripper la jambe. C'était le bras de Giordino, qui lui encerclait la cuisse juste sous l'entre-jambes, et le retenait avec toute la force d'un étau hydraulique.

Pitt jeta un coup d'œil au masque de Giordino, et il aurait pu jurer l'avoir vu lui adresser un clin d'œil. Le poids combiné de leurs deux corps réduisait déjà d'autant la dérive causée par le courant, et plus important, la poigne de Giordino allait les empêcher d'être séparés au cours de leur évolution désordonnée au sein de cette tempête de sable et de végétation sous-marine.

Pitt prit conscience d'un bruit métallique, quelque peu assourdi. Comme un étrange bruit de casserole provenant de sa bouteille à oxygène venant frapper la paroi rocheuse. Il pivota sur le dos un bref instant, et braqua le rayon de sa lampe vers le haut, pour entrevoir l'éclat fugace que lui renvoyait la surface des eaux. Il leva la main comme s'il comptait l'atteindre de cette manière, et puis comprit qu'il était en train de divaguer. Il reprit possession de ses sens, pour se remettre en phase avec le moment présent, juste à temps pour lever les bras devant son visage en guise de protection avant d'entrer en collision avec un énorme rocher couvert de coquillages.

Ce qui le sauva, au cours de ces quelques secondes consécutives au choc, ce furent les six millimètres d'épaisseur de sa combinaison de caoutchouc. Mais cela ne fut pourtant pas suffisant pour lui éviter tout dommage. Les coquilles acérées découpèrent des entailles dans le caoutchouc, ainsi que dans le nylon de la doublure intérieure ; Pitt fut envahi par la douleur, tandis que l'eau autour de son bras se transformait soudain en un nuage sanguinolent. Son masque avait glissé sur son visage, et un tourbillon de grains de sable se glissa dans ses yeux et ses narines, en venant frotter ses muqueuses. Il essaya de souffler par le nez pour se débarrasser de ce sable, mais ne réussit qu'à accroître son irritation. Ses yeux lui cuisaient sous l'assaut conjoint du sable et de l'eau salée ; il avait brusquement fermé les paupières, pour se retrouver au milieu de ténèbres qui faisaient vaciller son esprit.

C'est alors que son crâne percuta un rocher, et qu'une fusée explosa en un feu d'artifice éclatant de couleurs, avant de s'éteindre. Puis ce fut le grand silence.

Giordino sentit le corps de Pitt mollir et s'effondrer sur lui-même. La torche de Pitt s'échappa de sa main ouverte et tomba vers le fond. Giordino braqua son rayon sur le visage de Pitt, et comprit qu'il venait de perdre conscience. Il se réjouit néanmoins de constater que l'embout du respirateur de Pitt se trouvait toujours entre ses dents, après quoi il resserra son emprise sur la jambe de Pitt et continua à le remorquer.

Une bande de gravier sablonneux apparut sous les pieds de Giordino ; il tendit les jambes, dans une tentative désespérée de s'en servir comme d'un frein. Ses deux palmes étaient déchirées et la peau de ses pieds aussi bien que de ses chevilles était écorchée. Il serra les dents sur l'embout de son respirateur, jusqu'à fendre le caoutchouc, et enfonça ses deux pieds ensanglantés plus profondément dans la couche de sable. Il s'agissait d'un acte dicté par le désespoir, et qui ne pouvait qu'échouer. Ses pieds creusèrent simplement deux rainures dans le fond meuble de la mer avant de lâcher prise.

Brusquement, tel un chat fatigué d'agacer une souris, le perfide courant sous-marin les rejeta hors de son rayon d'action et ils s'en trouvèrent libérés. Giordino tendit rapidement la main pour arracher une poignée de verdure marine, avant de pousser son fardeau inconscient en direction d'une petite fosse ressemblant à un cratère, aménagée sur le fond. Puis il se détendit, et se détourna pour nager dans les eaux calme, laissant Pitt sombrer doucement derrière lui.

Le calme régnait dans le bunker opérationnel de Pearl Harbor. Les machines à écrire restaient muettes, les ordinateurs étaient silencieux et inutilisés, leurs rouleaux de bande magnétique à l'arrêt avec l'air de grands yeux ronds sans paupières. La moitié de l'équipe se tenait groupée autour de l'installation radio, les hommes fumant distraitement sans mot dire, les femmes sirotant nerveusement du café, le visage pâle et les traits tendus. La tension qui avait envahi l'atmosphère était pesante et avait drainé l'énergie de chacun. Hunter et Denver se tenaient de part et d'autre de l'opérateur radio, échangeant des regards fatigués, les yeux injectés de sang.

Denver tira un petit flacon de plastique de sa poche de poitrine et se mit à jouer négligemment avec, le faisant rouler d'avant en arrière sur la table. Hunter suivit son manège pendant un moment, avant de dresser les sourcils de manière interrogative.

— Qu'est-ce que c'est que ce truc ?

Denver présenta le flacon.

— Pitt me l'a confié pour qu'on l'analyse. Ce liquide était contenu à l'origine dans une seringue hypodermique.

— C'est Pitt qui vous l'a donné ? demanda encore Hunter. Et qu'est-ce qu'il y a dedans ?

— DG-10, répondit laconiquement Denver. Un des poisons les plus mortels au monde. Extrêmement difficile à identifier. Le cadavre présente tous les symptômes d'une crise cardiaque.

— Mais que faisait-il avec ça ?

Denver haussa les épaules.

— Je n'en sais rien. Il est resté très discret à ce sujet. Il a simplement dit que nous en saurions davantage un peu plus tard.

Le regard de Hunter resta plongé dans le vague, comme s'il ne voyait plus rien.

— Une énigme, ce type n'est qu'une foutue énigme…

— Téléphone, amiral.

Hunter venait d'être interrompu par un officier qui lui tendait un combiné.

— Qui est à l'appareil ?

L'officier hésita un instant, avant de déclarer :

— C'est Aloha Willie, le disc-jockey qui dirige les émissions de nuit sur la station POPO.

Hunter demeura bouche bée, puis s'écria :

— Mais qu'est-ce qui vous prend, mon vieux ? Je ne tiens pas à parler à un fichu disc-jockey. Et, à propos, comment a-t-il réussi à obtenir le numéro de notre ligne réservée ?

L'expression de l'officier trahissait son extrême malaise.

— Il a dit que c'était urgent, sir. La devinette du jour est celle-ci : l'oiseau noir veut rentrer au nid. Il a également ajouté que vous auriez un prix si vous pouviez donner la réponse.

— Mais qu'est-ce que c'est que cette connerie ? explosa Hunter. Dites à cet imbécile que…

Brusquement, les lèvres de Hunter se figèrent, tandis qu'il écarquillait les yeux.

— Mon Dieu, c'est Crowhaven.

Il attrapa le combiné et échangea rapidement quelques mots avec la voix à l'autre bout du fil. Puis il rendit rapidement l'appareil à l'officier éberlué, avant de se tourner vers Denver.

— Crowhaven est en train d'émettre sur la fréquence d'une station radio d'Honolulu.

L'expression de Denver était celle d'un ahurissement des plus pitoyables.

— Je ne comprends pas.

— C'est brillant, positivement brillant, déclara Hunter avec excitation. Delphi ne pensera jamais à surveiller la fréquence d'une station commerciale, spécialement au cours d'un programme de musique rock. Il n'y a sans doute qu'une poignée de gamins branchés là-dessus à une heure aussi matinale.

Il se pencha sur l'opérateur radio.

— Réglez votre fréquence sur 1250.

Tout d'abord, les parois de béton ne furent arrosées que par le rythme lourd d'une musique venant heurter les tympans de toutes les personnes présentes dans le bunker. Ensuite, avant que l'équipe réunie autour de la radio ait eu le temps d'encaisser la surprise, une voix haut perchée crachant les mots à la vitesse d'une mitraillette explosa dans le haut-parleur.

— Hé, là, vous tous, vous devez être de sacrés oiseaux du matin pour être à l'écoute à cette heure. C'est Aloha Willie qui va vous présenter les quarante meilleurs titres de la semaine et qui va vous faire danser sur les vagues des Tropiques, avec quelques nouveaux disques dont vous me direz des nouvelles. Ouawww ! Alors, vous êtes prêts, les gars ? Collez vos oreilles au transistor et écoutez ça. Je vous réserve le dernier tube de Grand-Papa et de son Gang. Allez-y, Grand-Papa, c'est à vous.

L'opérateur radio installé dans le bunker poussa sur le bouton de transmission et interrompit le programme.

— Grand-Papa appelle son Gang. Répondez, s'il vous plaît.

— C'est votre Gang, Grand-Papa. Vous me recevez ? À vous.

Denver bondit sur ses pieds.

— C'est Crowhaven. Il a réussi ! Il appelle de l'intérieur du *Starbuck* !

— Nous vous écoutons, le Gang. À vous.

— Je vous donne le résultat final. Visiteurs : une victoire, une expulsion et quatre fautes. Joueurs à domicile : pas de victoire, trois expulsions et quatre fautes.

Hunter observait le haut-parleur.

— C'est un code pour nous faire part des pertes qu'ils ont subies. Crowhaven a pris le contrôle du sous-marin, mais ça lui a coûté la vie d'un homme, et il a également trois blessés.

— Nous prenons bonne note du résultat, le Gang, reprit l'opérateur. Nos félicitations à l'équipe visiteuse pour leur victoire. Quand comptent-ils quitter le terrain de jeu ?

La réponse fusa sans une seconde d'hésitation.

— Les douches sont déjà pleines de vapeur et les vestiaires seront vides d'ici une heure. On aura quitté le stade et on sera dans le bus du retour pour quatre heures.

Denver frotta son poing sur la table, tandis qu'un sourire venait éclairer son visage de chérubin.

— Les réacteurs produisent de la vapeur pour les turbines et ils auront terminé d'assécher la chambre des torpilles d'ici une heure. Grâce à Dieu, ils sont en avance sur l'horaire prévu.

Hunter se pencha pour arracher le micro des mains de l'opérateur.

— Allô, le Gang ? C'est Grand-Papa à l'appareil. Où est mon Fiston ?

— Le Fiston et son copain sont partis sur la colline pour essayer de retrouver une mine d'or abandonnée. On n'a pas eu de leurs nouvelles depuis. Je pense qu'ils ont dû se perdre dans le désert et épuiser leurs réserves d'eau.

Hunter reposa le micro sans rien ajouter. Il n'était pas nécessaire de traduire ce qu'il venait d'entendre. Le message était assez clair en lui-même.

— On vous communiquera les derniers résultats des matchs à cinq heures, reprit la voix de Crowhaven. C'était votre Gang. Terminé.

Aloha Willie reprit son émission sans perdre un instant.

— Alors, tout s'est bien passé, à ce que je vois? Et maintenant, voici le numéro douze sur la liste, Avery Anson Pants, qui vous chante « Le voleur de Bikini… »

L'opérateur radio débrancha le haut-parleur.

— Voilà tout, sir, jusqu'à cinq heures.

L'amiral Hunter s'éloigna à pas comptés, et alla s'affaler sur une chaise. Il laissa errer son regard en direction du mur.

— C'est plutôt cher payé, dit-il à voix basse.

— Pitt aurait dû rester auprès de Crowhaven, déclara Denver avec amertume. Il n'aurait jamais dû se lancer à la recherche de votre fille…

Denver s'arrêta de lui-même, mais un peu trop tard.

Hunter leva les yeux.

— Je n'ai jamais autorisé Pitt à chercher Adrienne.

— Je sais, sir, ajouta Denver en haussant les épaules en signe d'impuissance. J'ai bien essayé de l'en décourager, mais il a insisté pour faire une tentative. Il fait exactement ce qu'il a l'intention de faire.

— Il a fait ce qu'il voulait faire, corrigea Hunter d'un ton désespéré, sa voix se perdant dans le silence.

— Bienvenue dans le pays des morts ambulants.

Pitt fit lentement le point, et finit par fixer son regard sur le visage souriant de Giordino.

— Quelle ambulance? murmura Pitt.

Il aurait souhaité plonger à nouveau dans l'inconscience, souhaité que la douleur cuisante dans son bras entaillé et la palpitation qui envahissait son crâne meurtri appartiennent à quelqu'un d'autre. Il ne fit pas un geste; il resta simplement étendu là, pour essayer d'absorber cette mer de souffrance.

— Pendant un petit temps, j'ai bien cru qu'il allait te falloir un cercueil, reprit Giordino d'un ton badin.

Pitt tendit la main et Giordino l'attira vers lui pour le placer en position assise. Pitt cligna des paupières pour se débarrasser du sable et de l'eau salée.

— Où sommes-nous, sacré bon sang ?

— Dans une caverne sous-marine, répondit Giordino. Je suis tombé dessus juste après que tu te sois évanoui et que nous ayons réussi à nous tirer de ce foutu courant.

Pitt accorda un regard à la petite cavité, faiblement éclairée par la lampe de plongée de Giordino. Elle avait près de six mètres de large, et neuf de long, alors que le plafond évoluait entre un mètre cinquante et trois mètres. Les trois quarts du sol était inondés et le reste était formé d'un rebord rocailleux sur lequel ils se tenaient, Giordino et lui. Les parois de cette caverne à moitié inondée étaient lisses et parsemés d'une vingtaine de petits crabes qui venaient de filer de la saillie rocheuse, comme une bande de fourmis effrayées.

— Je me demande à quelle profondeur on se trouve, murmura Pitt.

— Ma jauge de profondeur indiquait cinq mètres quarante, à l'entrée de la grotte.

Pitt mourait d'envie de griller une cigarette. Il traîna son corps endolori pour traverser la saillie rocheuse, s'approcher d'une des parois et aller s'y appuyer. Il se mit à observer d'un air fasciné et ahuri le sang qui barbouillait sa combinaison de caoutchouc noire.

— Bien dommage que je n'aie pas d'appareil photo, déclara Giordino. Tu aurais pu faire le sujet d'un belle histoire d'un grand intérêt humain.

— Ça a l'air plus grave que ça ne l'est réellement, mentit Pitt.

Du menton, il indiqua les pieds de Giordino.

— Je suis désolé de ne pas pouvoir affirmer la même chose concernant tes écrase-punaises.

— Ouais, je ne pense pas que je pourrai agiter les orteils en éventail avant un petit temps, dit Giordino en se raclant la gorge, avant de cracher dans l'eau. Et maintenant ?

— On ne peut pas sortir d'ici par où on est entrés, déclara Pitt en réfléchissant. Avec tout ce sang, on attirerait l'attention des requins à quinze kilomètres à la ronde.

Il s'interrompit, jeta un coup d'œil à sa montre, et puis se remit à observer l'eau.

— Il nous reste presque deux heures avant que le *Monitor* ne vienne tout flanquer en l'air. Qu'est-ce que tu dirais de voir ce qu'on peut trouver dans le coin ?

L'expression de Giordino était dénuée de toute trace d'enthousiasme.

— On ne peut pas dire qu'on soit vraiment dans les meilleures conditions pour explorer des grottes.

— Tu sais bien que je m'ennuie très vite à rester assis sans rien faire.

Giordino secoua la tête avec lassitude.

— Les choses que je ne ferais pas pour un ami.

Il visa soigneusement un crabe qui filait, cracha à nouveau, et manqua l'animal.

— Je pense que tout vaut mieux que de passer la soirée avec ces petits gars.

— Dans quel état se trouve notre équipement ?

— J'espérais que tu ne poserais pas la question, dit Giordino. Tout ce qui nous reste, c'est ce que tu peux voir sur moi. À part ta bouteille à oxygène qui, si tu me permets l'expression, en est à son dernier soupir, nous possédons en tout et pour tout un masque, douze mètres de fil nylon, une palme, et cette lampe que voici que voilà.

— Oublie la bouteille d'oxygène. Je vais d'abord tenter une plongée libre.

Pitt chaussa la palme à l'un de ses pieds et s'empara de la corde de nylon, pour en enrouler l'un des bouts autour de sa taille.

— Tu restes ici tranquillement, et tu tiens fermement l'autre bout de la ligne. Si tu sens trois coups, tire-toi d'ici en vitesse. Deux coups, tire sur le fil comme un fou. Un coup, et tu me rejoins à la flotte.

— On va se sentir un peu seuls ici, soupira Giordino. Juste moi et les crabes.

Pitt sourit.

— Tu ne vas rester seul très longtemps.

Il se saisit de la torche et s'assit au bord de la saillie. Il aspira et expira à plusieurs reprises, de manière à se mettre en hyperventilation pour purger son organisme du maximum de dioxyde de carbone. Finalement, satisfait de constater que ses poumons ne pouvaient plus en souffler davantage, il se glissa dans l'eau sombre et se mit à nager vers le fond de la caverne.

Pitt était un excellent nageur. Il pouvait rester sous l'eau, respiration bloquée, pendant près de deux minutes. Ses muscles le faisaient souffrir et les coupures à vif sur sa peau se mirent à piquer sous l'effet de l'eau salée, mais il continua de progresser vers le bas, une main posée sur la surface lisse de la paroi, tandis que de l'autre il agrippait et dirigeait sa lampe. La paroi plongeait selon un angle irrégulier, sur quatre mètres, quatre mètres cinquante, après quoi elle se stabilisait pour former une étroite cheminée. Pitt parvint à un amoncellement d'éboulis de rocailles qui lui bloquaient presque le passage, dans sa progression en avant, mais il fit en sorte de se faufiler pour dépasser cet obstacle, et se rendit compte que la paroi commençait à s'étendre au loin, hors de son champ de vision. Il fit passer son corps dans une nouvelle caverne, et se mit à nager vers le haut, en agitant doucement sa seule et unique palme.

En l'espace de quelques secondes, il creva la surface des eaux, et se retrouva dans une galerie, baignée d'air frais ainsi que d'une délicate lumière jaune. C'était un monde doré, un monde de couleur jaune où les ombres elles-mêmes étaient projetées dans des nuances harmonieuses. Le plafond culminait à plus de six mètres et étincelait d'une profusion de stalactites effilés dont s'écoulaient des gouttelettes qui venaient frapper la surface des eaux, en répandant de petites éclaboussures.

Pitt fit quelques mouvements de brasse pour traverser l'eau teintée d'or, et parvenir jusqu'à un grand escalier taillé dans la pierre, menant à un long tunnel à voûte cintrée et dont chacune des marches était pourvue d'étranges encoches triangulaires. Deux effigies d'hommes barbus, arborant une queue de poisson en lieu et place de jambes, étaient allongés dans la position de sphinx de chaque côté de l'escalier. Ces sculptures étaient profondément rongées par le va-et-vient des eaux et semblaient extrêmement vieilles.

Pitt posa les fesses sur la première marche de l'escalier, et enleva son masque, clignant des yeux pour accommoder sa vision à la curieuse et inquiétante luminosité. La raideur de sa combinaison trempée s'était mise à lui irriter le bras. Avec délicatesse, en prenant garde à ne pas tirailler davantage sa peau entaillée, il s'affaira pour se débarrasser de sa combinaison. Au moment où il dénouait la corde de nylon qui lui enserrait la taille, il estima qu'il lui restait à peu près dix centimètres seulement de mou. Il tira un bon coup sur le fil, et dès qu'il sentit que la tension se relâchait, il le tira de l'eau peu à peu, jusqu'à ce que le crâne frisé de Giordino ne vienne crever la surface.

— Me voilà dans un enfer jaune, crachouilla Giordino.

Il écarta les mèches qui lui couvraient les yeux, et tendit ensuite la main à Pitt.

— Bienvenue dans le Pavillon des Horreurs de Maître Delphi, dit celui-ci en agrippant le poignet de Giordino et en le sortant de l'eau pour le hisser sur les marches.

Giordino fit un signe de tête en direction des statues.

— C'est le comité d'accueil local ?

Il passa la main sur la barbe taillée au carré de l'une des sculptures, et caressa la surface de pierre.

— Tu as une idée de ce qui peut bien donner une lumière pareille ?

— On dirait que ça émane directement des rochers.

— Ça doit être ça, admit Giordino. Regarde un peu ma main.

Il présenta sa paume et sa peau émit une légère brillance.

— Je ne pourrais pas te donner l'analyse chimique de ce minerai, mais tout me porte à croire qu'il contient une bonne dose de matière phosphorescente.

— Je n'en connaît aucune qui brille à ce point-là, ajouta Pitt.

Giordino se mit à humer l'air.

— Je sens une odeur d'eucalyptus.

— C'est de l'essence d'eucalyptus. On s'en sert pour combattre l'humidité et pour empêcher l'air de se vicier.

Giordino entreprit de se débarrasser lui aussi de sa combinaison, en la faisant doucement glisser par-dessus ses pieds blessés. Dans cet étrange éclat lumineux, Pitt se rendit compte qu'ils étaient déchirés quasiment jusqu'à l'os, et qu'ils s'étaient aussitôt retrouvés baignant dans une flaque de sang. Et pourtant, se dit-il, il arrive encore à marcher plutôt bien.

— Je vais jeter un coup d'œil en haut de l'escalier. Pourquoi est-ce que tu ne restes pas un peu dans le coin, pour profiter du paysage ?

— Aucune chance, répondit Giordino avec un sourire enjoué. Je crois qu'il serait plus malin de rester ensemble. Je vais tenir le coup. Occupe-toi simplement de me montrer le chemin.

Pitt loucha d'un œil sur les blessures sanguinolentes de Giordino, et puis posa le regard sur les siennes. Voilà ce qu'on peut appeler une force d'invasion en piteux état, songea-t-il. L'un et l'autre étaient gravement mutilés.

— C'est d'accord, t'es un dur. Mais ne va pas jouer les héros silencieux.

Pitt savait que ses paroles étaient inutiles. Giordino comptait le suivre jusqu'à ses dernières forces. Sans attendre de commentaires, il se détourna et se mit à gravir les marches.

Ils grimpèrent avec une lenteur exaspérante, au sein de cet environnement surnaturel, pour aboutir enfin dans un tunnel sinueux, où les marches continuaient. Le seul bruit provenait de leurs respirations haletantes et de l'écoulement incessant de l'eau qui gouttait du plafond. Le tunnel se rétrécissait graduellement jusqu'à une hauteur d'un mètre cinquante et une largeur d'un mètre. Les marches se raccourcirent brusquement pour se transformer en une rampe régulière.

Pitt garda le dos pressé sur la surface humide de la paroi, et se courba pour ne pas se cogner la tête, tout en continuant de gravir la rampe petit à petit. Les batteries de la torche se trouvaient presque épuisées, et le faisceau qu'elle projetait ne parvenait plus à produire qu'une luminosité presque équivalente à la phosphorescence. Tous les quelques mètres, il s'arrêtait pour attendre que Giordino le rejoigne, en clopinant douloureusement. Pitt remarqua qu'au fil de ces haltes, Giordino mettait un temps de plus en plus long à le rattraper. Il était évident que Giordino ne tiendrait plus très longtemps.

— La prochaine fois, essaye de dénicher une caverne avec un escalator, haleta Giordino.

Il ne lui fallut pas moins de trois respirations pour articuler ces mots au travers de ses mâchoires serrées.

— Un petit peu d'exercice n'a jamais fait de tort à personne, rétorqua Pitt.

Il fallait qu'il pousse Giordino à poursuivre à présent. S'ils ne découvraient pas le chemin vers la surface, au sein de cette colline sous-marine, ils allaient mourir l'un et l'autre, écrasés sous des milliers de tonnes de pierres et d'eau.

Pitt se raffermit. L'éclat de la lampe n'était plus qu'une faible lueur, si bien qu'il ouvrit simplement la main, pour la laisser choir négligemment sur le sol de pierre. Il hésita un moment, suivant d'un regard indifférent la lampe qui roulait vers le fond du tunnel, dans la direction d'où ils venaient. Il se demanda vaguement que ce Giordino allait penser lorsqu'il l'entendrait filer vers lui en cliquetant.

Soudain, la peau de Pitt se couvrit de chair de poule, sous l'effet du brusque courant d'air froid qui venait de le frôler. Il devait y avoir une cheminée ou une ouverture un peu plus haut. Et puis, un léger voile de couleur bleue lui passa devant les yeux. Cette teinte bleutée semblait trembler et changer de nuances, en projetant des ombres vacillantes et douces sur les parois du tunnel. Pitt s'approcha. La chose s'agitait en des mouvements qui ne lui étaient pas inconnus. Pourquoi est-ce que je n'arrive pas à mettre un nom là-dessus ? s'interrogea-t-il d'un air hébété. Son esprit était embrumé — la fatigue avait couru dans ses veines et étouffait pensées et réflexions. Il s'immobilisa pour attendre Giordino, mais celui-ci n'apparut pas.

Pitt ne réussit pas plus longtemps à endiguer la sensation de solitude et d'oppression qui guettait le moment propice pour l'envahir. Pour la deuxième fois au cours de l'heure qui venait de passer, il lui fallait combattre pour repousser le voile noir qui semblait décidé à réduire son champ de vision. Il tendit un bras et, de la main, toucha délicatement la lumière bleue et chatoyante. Ses doigts entrèrent en contact avec une matière lisse et soyeuse.

— Un rideau, marmonna-t-il sans s'adresser à qui que ce soit en particulier. Une saleté de rideau.

Il écarta les pans de voile et trébucha dans un monde magique de statues noires et étincelantes et de murs couverts de velours bleu. La salle immense était décorée de fines sculptures de pierres noires, figurant des poissons, et posées sur une épaisse moquette indigo. Ce tapis ne ressemblait à aucun de ceux que Pitt ait déjà eu l'occasion de contempler. Ses pieds s'y enfonçaient jusqu'aux chevilles. Il leva la tête et se rendit compte que toute cette scène fantastique se reflétait dans un gigantesque miroir occupant le plafond d'un mur à l'autre. Au centre de la pièce, posé sur quatre requins pèlerins sculptés, se trouvait un lit en forme de coquille, sur lequel était étendu le corps d'une fille nue, lovée sur des draps de satin étincelant, sa peau blanche contrastant de la manière la plus vive avec la décoration bleue et noire de la chambre.

Elle était allongée sur le dos, un genou levé et une main entourant l'un de ses petits seins blancs, comme si elle était en train de se caresser. Dans une pose engageante, son visage restait dissimulé par ses longs cheveux soyeux, qui s'étalaient jusque sur l'oreiller et qui brillaient dans la lumière. Le va-et-vient de sa respiration trahissait la fermeté des muscles de son ventre.

D'un pas chancelant, Pitt alla se pencher par-dessus la couche et repoussa les cheveux qui couvraient le visage. Ce contact éveilla la fille, qui émit un délicat soupir. Ses yeux s'ouvrirent lentement, et examinèrent Pitt, paraissant ne rien voir pendant un instant, jusqu'à ce que son esprit ensommeillé enregistre la présence de cette silhouette couverte de sang, penchée sur elle. Ce n'est qu'alors que ses traits ravissants se figèrent brusquement, tandis que ses lèvres rebondies et accueillantes s'ouvraient en un cri qui ne serait jamais lancé.

— Hello, Summer, murmura Pitt avec un sourire tordu. Je

passais dans le coin, et je me suis dit que j'allais te rendre une petite visite.

Puis une porte claqua dans l'esprit de Pitt, et il s'affala la tête la première en direction de la moquette.

CHAPITRE SEIZE

Pitt perdit le compte du nombre de fois où il parvint à sortir de la brume obscure, avant de sentir lui échapper le dernier barreau menant à la conscience et de retomber lourdement dans les ténèbres. Des gens, des voix, des scènes fusaient dans son esprit en un tourbillon aussi mélangé que décousu, tel un kaléidoscope en furie. Il tenta de ralentir cette confusion d'images, mais le spectacle dément ne voulut pas cesser. Lorsqu'il ouvrit les yeux pour mettre fin à ce cauchemar, il se trouva face à ce cauchemar lui-même. Les yeux jaunes et cruels de Delphi.

— Bonjour, monsieur Pitt, déclara le colosse d'un ton sec.

Le ton restait courtois, mais la haine était manifeste dans les traits coupants du visage.

— Je regrette que vous ayez été blessé, mais il vous sera un peu difficile de me poursuivre en justice.

— Vous n'avez pas pris la précaution d'installer des panneaux d'interdiction de passer.

La voix de Pitt lui parvint aux oreilles avec l'air de paroles hésitantes prononcées par un vieillard.

— Une négligence. Mais il faut dire que personne ne vous a invité à vous jeter dans le courant d'échappement de notre turbine d'alimentation.

— Votre turbine d'alimentation ?

— Oui.

Delphi semblait grandement apprécier l'air perplexe de Pitt.

— Il y a plus de cinq kilomètres de tunnels ici même, au sein de mon sanctuaire, et ainsi que vous avez pu vous en apercevoir, la température peut s'y montrer un peu fraîche. C'est la raison pour laquelle nous utilisons un système de chauffage intensif et une énergie électrique que seules des turbines à vapeur sont à même de produire.

— Tout le confort à domicile, marmonna Pitt, toujours occupé à essayer de s'éclaircir les idées. J'en déduis que ce sont ces turbines qui produisent ce brouillard en surface.

— En effet. La chaleur qui se dégage des installations entre en contact avec une eau d'une température plus basse, ce qui donne naissance à une condensation aussi épaisse qu'une brume. C'est instantané ! Un véritable banc de brouillard sur commande.

Pitt se redressa avec peine pour s'installer en position assise. Il jeta un coup d'œil à sa montre, mais le cadran n'était qu'une espèce de tache aux contours flous.

— Combien de temps suis-je resté évanoui ?

— Vous avez été découvert dans la chambre de ma fille il y a exactement quarante minutes.

Delphi examinait d'un air intrigué les blessures et les écorchures dont le corps de Pitt était couvert, sans faire montre de la moindre émotion ou du plus infime signe de compassion.

— C'est une des mes sales habitudes, reprit Pitt, en souriant. J'apparais toujours dans la chambre des demoiselles au moment le plus inopportun.

L'expression narquoise de Delphi ne changea guère. Le géant aux cheveux d'argent était installé sur un canapé taillé dans la pierre blanche, et garni de coussins de satin rouge, alors que lui-même, remarqua Pitt avec une ironie désabusée, avait été relégué sur le sol de marbre poli.

Il ignora un moment la présence de Delphi pour se concentrer sur l'environnement. La pièce évoquait l'un des décors futuristes que l'on peut découvrir lors d'expositions universelles. Ses proportions étaient harmonieuses, d'une soixantaine de mètres carrés, et ses murs étaient ornés de peintures à l'huile représentant des marines, disposés çà et là avec une certaine désinvolture. Un éclairage incandescent tombait de lustres en cuivre ronds accrochés au plafond blanc.

À proximité du mur du fond se trouvait un large bureau de noyer, garni de cuir rouge, de quelques jolis ustensiles de bureau accordés à l'ensemble, et d'une installation d'interphone des plus modernes et des plus coûteuses. Mais la particularité la plus remarquable qui rendait cette pièce complètement différente de toutes celles qui de près ou de loin auraient pu lui ressembler, c'était la large verrière donnant directement dans la mer. Il s'agissait d'une arche de près de trois mètres de large et de deux mètres quarante de haut ; au travers de l'épaisse couche de verre transparent, Pitt pouvait apercevoir un jardin de rocailles formant des boucles, dont certaines prenaient l'apparence de champignons, éclairé par des lampes sous-marines. Une murène de près de deux mètres cinquante ondulait au bas de la verrière, et observait d'un œil fixe les occupants de la pièce. Delphi ne remarqua même pas la présence de la murène ; son regard doré restait braqué sur Pitt, de derrière ses paupières à demi closes.

Les yeux de Pitt revinrent au colosse.

— Vous ne me semblez pas très bavard, ce matin, reprit Delphi en souriant. Peut-être nourrissez-vous quelque inquiétude concernant le sort réservé à votre ami.

— Mon ami ? Je ne vois pas de qui vous voulez parler.

— L'homme aux pieds blessés. Celui que vous avez abandonné dans le tunnel.

— On retrouve des déchets un peu partout, de nos jours.

— Il serait stupide de votre part de continuer à jouer l'ignorance. Mes hommes ont retrouvé votre avion.

— Encore une de mes mauvaises habitudes. J'adore me garer en double file.

Delphi ne tint aucun compte de cette dernière remarque.

— Vous disposez de trente secondes exactement pour me dire ce que vous faisiez ici.

— C'est d'accord, je vais tout vous raconter, déclara Pitt de manière inattendue. J'avais loué un charter pour me rendre à Las Vegas, où j'avais l'intention de faire le tour complet des casinos, mais nous nous sommes perdus. Et voilà toute l'histoire. Je vous le jure.

— Très spirituel, rétorqua Delphi avec lassitude. Et dire que dans peu de temps, vous allez crier grâce.

— Je me suis toujours demandé comment je me conduirais sous la torture.

— Ce n'est pas vous que cela va concerner, Pitt. Je n'ai jamais songé vous causer le moindre dommage. Il existe de nombreuses façons plus raffinées d'obtenir la vérité.

Delphi quitta le canapé et alla se pencher sur l'interphone.

— Amenez-moi les autres.

Il se redressa et offrit à Pitt un sourire sans vie, accroché avec raideur au bas de son visage.

— Mettez-vous à l'aise. Je vous promets que ce ne sera pas long.

Pitt se mit maladroitement sur pied. Il aurait normalement dû tituber d'épuisement et de vertiges. Et cependant, de manière inexplicable, l'adrénaline se ruait dans ses veines, et son esprit avait retrouvé toute son acuité.

Il jeta un œil à sa montre. Elle indiquait quatre heures dix. Cinquante minutes avant que les marines ne lancent l'assaut sur l'émetteur situé sur l'île de Maui. Cinquante minutes avant que le *Monitor* ne vienne réduire la colline en un tas de gravillons. Il ne restait que peu de chances de sortir de là vivant. Le sacrifice serait moins lourd à porter, songea-t-il ironiquement, si Crowhaven avait pu reprendre possession du *Starbuck*. Il ferma les paupières et essaya de se figurer le sous-marin prenant le cap de retour vers Hawaii, mais, pour une raison ou une autre, cette image refusa de se former dans son esprit.

Crowhaven ne pouvait pas se rappeler quand il avait vu autant de sang. Les tables de la salle de contrôle en était poisseuses, tandis que de larges portions des panneaux électriques en étaient sauvagement aspergées, à la manière d'une œuvre abstraite signée Jackson Pollock.

Au début, les opérations s'étaient enchaînées facilement. Trop facilement. L'entrée dans le compartiment de stockage avant s'était déroulée sans rencontrer la moindre opposition ; ils avaient même disposé d'assez de temps pour ôter leurs équipements de plongée et pour prendre un petit temps de repos. Ce n'est qu'au moment où les membres du SEAL, partis en avant, pénétrèrent dans la salle de commandes du Starbuck, que l'enfer éclata.

Pour Crowhaven, les quatre minutes qui suivirent cet instant se révélèrent les plus effroyables de toute son existence. Quatre minutes de vacarme à vous crever les tympans, craché par les armes automatiques des types du SEAL, quatre minutes de plaintes et de cris amplifiés et renvoyés en écho par les parois d'acier du sous-marin englouti.

Les hommes de Delphi avaient fait feu de leurs étranges petits pistolets silencieux, jusqu'à se voir criblés de pas moins de six à huit solides projectiles tirés par les armes rapides des types du SEAL. Crowhaven se demanda comment il était possible de supporter un tel feu nourri, et de subir une telle punition, sans devenir fou. Trois d'entre eux périrent sur le coup, tandis que le quatrième avait trouvé la mort, depuis le message que Crowhaven avait envoyé à Hunter. Rien n'aurait pu les sauver.

De l'autre côté, un des gars du SEAL était mort ; l'un de ces salauds allongés sur le sol l'avait atteint à la tempe gauche, et les trois autres étaient sérieusement blessés. En serrant les dents pour contenir la douleur, ils se rassuraient en se disant que lui, Crowhaven le Magicien, allait faire démarrer ce gros piège d'acier, et les emmener se faire soigner plus vite qu'une balle de fusil.

Mais il avait déjà pris un retard de quarante minutes sur l'horaire prévu. Il regrettait de s'être laissé aller à la confiance, en promettant à l'amiral Hunter de faire repartir le *Starbuck* pour quatre heures. Les problèmes étaient dus à l'effet ventouse — les six mois passés au fond de l'océan avaient donné naissance à un incroyable effet ventouse retenant la coque du sous-marin. Toutes les tuyères à ballasts avaient été ouvertes ; mais cela n'avait pas été suffisant pour arracher le *Starbuck* à l'emprise du fond marin. Crowhaven avait commencé à se demander, d'un air morose, s'ils n'allaient pas subir le même sort que l'équipage d'origine du submersible.

Son commandant en second, un officier teigneux et maussade, s'approcha.

— Il ne reste plus rien à larguer, capitaine. Les réservoirs à ballasts principaux sont vides, et tout le diesel et l'eau ont été rejetés à la mer. Et ça ne frémit toujours pas, sir.

Crowhaven frappa la table à cartes comme un enfant colérique.

— Nom de Dieu, il va bien falloir qu'il remue, même si je dois lui arracher les entrailles.

Il foudroya son officier du regard.

— Faites machine arrière toute !

Le second écarquilla les yeux.

— Pardon, sir ?

— Je vous ai ordonné de faire machine arrière toute, sacré bon sang !

— Que mon capitaine veuille bien me pardonner, mais ça va foutre en l'air les hélices, sir. Elles sont à moitié enfoncées dans le sable, pour le moment. Et il y a de fortes chances pour qu'on brise un arbre.

— J'espère bien que cela va tout foutre en l'air, déclara Crowhaven d'un ton cassant. On va tirer cet engin d'ici, comme on tire une mule d'un marécage. Je ne veux plus de discussion, chef. Mettez-moi machine arrière toute pendant cinq secondes, après quoi passez sur machine avant toute pour cinq autres secondes. Et recommencez l'opération autant de fois que nécessaire, jusqu'à ce qu'on s'enfonce dans la purée ou bien que le sous-marin se dégage.

Le second haussa les épaules en signe de capitulation, et se précipita vers la salle des machines.

Une fois les turbines misent en branle, il ne fallut qu'une trentaine de secondes avant que le premier sinistre rapport ne tombe dans la salle de commande.

— Ici, la salle des machines, capitaine, déclara la voix du second fusant du haut-parleur. Il n'en peut plus. On a déjà plié les lames d'une hélice, en l'enfonçant dans le sable. Elle est hors d'équerre et elle s'est mise à vibrer comme une folle.

— Poursuivez la manœuvre, s'écria Crowhaven dans le micro.

Il n'avait nul besoin d'être mis au courant, il pouvait sentir le pont trembler sous ses pieds à mesure que les hélices géantes venaient frapper le fond sablonneux.

Crowhaven se dirigea vers un jeune homme aux cheveux roux et au visage couvert de taches de rousseur, se tenant face à de nombreux panneaux de contrôle occupant l'espace du sol au plafond, et qui scrutait attentivement le fouillis de jauges et de cadrans lumineux. Son visage était blême et il se murmurait doucement des mots à lui-même. Crowhaven se dit qu'il était sans doute en train de prier. Il posa la main sur l'épaule du jeune homme.

— La prochaine fois que nous passerons sur machine arrière toute, faites souffler tous les tubes lance-torpilles à l'avant.

— Vous pensez que ça peut être utile, sir ? demanda l'autre d'un ton implorant.

— Ce ne sera sans doute qu'une goutte de pression en plus, mais j'ai bien l'intention de me raccrocher au moindre fétu de paille.

La voix du second leur parvint à nouveau, en provenance de la salle des machines.

— L'hélice tribord vient de lâcher, capitaine. Cassée net juste après le joint. Elle a emporté deux paliers avec elle.

— Continuez la manœuvre, répliqua Crowhaven.

— Mais sir, reprit la voix plaintive et désespérée du second. Et si l'hélice bâbord nous lâche aussi ? Même si ça nous permet de nous libérer, nous n'aurons plus aucun moyen d'avancer.

— On ramera, déclara sèchement Crowhaven. Je répète, continuez la manœuvre.

Si chacune des deux hélices devaient se casser, eh bien qu'elles se cassent. Mais avant que celle placée à bâbord ne s'en aille rejoindre sa consœur de tribord, il l'aurait mise en pièces, et il continuerait jusqu'à ce qu'il lui reste une chance de sauver le *Starbuck* et son équipage. Seigneur, songea-t-il, pourquoi tout a-t-il si mal tourné à la dernière minute ?

Le lieutenant Robert M. Buckmaster, Croix de guerre de l'armée américaine, était en train d'envoyer une courte rafale de son fusil automatique en direction d'un bunker de béton, tout en se posant la même question. Le plan le mieux élaboré qui soit, songea-t-il. Les opérations auraient dû se dérouler de la manière la plus simple : prendre possession de l'émetteur, voilà ce que disaient les ordres qu'il avait reçus. Un groupe d'hommes de la Navy se tenaient toujours dissimulés dans les buissons de végétation tropicale, attendant d'être sûrs que la capture avait bien eu lieu. Ils prendraient alors les commandes de l'équipement et enverraient des messages codés que Buckmaster n'avait pas compris. Les lieutenants de la marine étaient rarement mis au parfum, concernant les informations secrètes, se dit-il d'un air songeur. On acceptait qu'ils meurent au combat, mais on n'acceptait pas qu'ils sachent pourquoi.

Les vieux bâtiments de l'armée situés sur ce promontoire au nord-ouest de l'île de Maui leur étaient apparus déserts et anodins, mais à la seconde même où les hommes de son escadre s'étaient infiltrés dans le périmètre, ils avaient déclenché plus de systèmes d'alarme et de détection que ceux qui entouraient la réserve d'or de Fort Knox. Des fils électriques et des rayons lumineux avaient mis en branle des sirènes à vous crever les tympans et allumé des lampes si puissantes que l'ensemble de la zone s'était retrouvée inondée sous un flot de lumière éblouissante. Rien dans ses instructions ne l'avait préparé à cela, songea-t-il avec colère. Plan de manœuvres plutôt bâclé, qui ne comportait aucune mention détaillée des obstacles qu'ils auraient à rencontrer. Lieutenant ou pas, il comptait bien aller engueuler ses officiers supérieurs pour les avoir précipités dans ce bordel.

À partir de fenêtres, de portes et de toits qui avaient parus abandonnés quelques instants plus tôt, avait jailli un feu nourri tiré par des armes automatiques, qui avait aussitôt stoppé la progression du commando de Buckmaster. Les marines avaient riposté et leur manœuvre s'était révélée payante ; des corps avaient commencé à s'affaler sans vie aux alentours des ouvertures aménagées dans le bunker. Au cœur de la bataille, un sergent costaud à l'air ronchon avait couru au milieu des ombres projetées par les lampes surpuissantes, et était venu se jeter sur le sol aux côtés de Buckmaster.

— J'ai réussi à prendre une arme à un de leurs cadavres, cria-t-il pour couvrir la fusillade. C'est un ZZK Kaleshrew, de fabrication russe.

— Russe ? répéta Buckmaster incrédule.

— Oui, sir.

Le sergent présenta l'arme à quelques centimètres du visage de Buckmaster.

— C'est la plus récente des armes légères, dans l'arsenal des Russes. Je n'arrive pas à comprendre comment ces gars-là ont bien pu mettre la main dessus.

— Laissez ce genre de question aux types des services secrets.

Buckmaster concentra son attention sur le bâtiment contenant l'émetteur, tandis que le vacarme de la fusillade grimpait encore d'un cran dans l'obscurité.

— Le caporal Danzig et son escadre sont coincés derrière un mur de soutènement.

Le sergent s'interrompit pour envoyer une courte rafale, dans le but d'attirer l'attention de quelques-uns de ceux qui se trouvaient dans le bunker.

— Je sacrifierais ma retraite pour obtenir un char d'assaut tirant du quatre-vingt-dix millimètres, s'écria-t-il entre deux tirs.

— C'était supposé être une attaque surprise, vous vous rappelez ? Ils nous ont dit qu'on n'aurait pas à faire usage d'armes lourdes.

Tout à coup, il y eut une formidable explosion ; un énorme nuage de poussière et de débris de béton s'éleva en tourbillons avant de retomber autour du bâtiment. La puissance de la détonation coupa le souffle de Buckmaster. Puis il réussit à se mettre debout et examina les vestiges du bâtiment de transmission.

— Radio ! cria-t-il. Nom de Dieu, où est le gars de la radio ?

Un marine à la face noircie, habillé d'un treillis de camouflage noir et vert, sortit de l'ombre.

— Je suis là, lieutenant.

Le lieutenant Buckmaster s'empara du combiné qu'on lui tendait, empli d'appréhension devant ce qu'il allait avoir à déclarer.

— Grand-Papa… Grand-Papa. C'est le Fou du volant. À vous.

— Ici Grand-Papa, Fou du volant. Parlez. Nous vous écoutons.

La voix dans l'écouteur sonnait comme si elle lui parvenait du fond d'un puits.

— La bande du quartier d'à côté vient de faire tout péter, juste sous nos yeux. Je répète, ils ont tout fait péter sous nos yeux. On ne pourra pas participer aux infos de ce soir.

— Grand-Papa a bien compris, Fou du volant. Il vous envoie ses regrets. Terminé.

Buckmaster replaça le combiné sur son berceau. Il était furieux, et il se fichait de savoir si cela s'apprenait jusqu'au Pentagone. Quelque chose était allé méchamment de travers cette nuit. Toute l'atmosphère était empreinte d'un parfum de mauvais augure. Il se demanda distraitement, tandis que ses hommes se regroupaient, s'il aurait jamais l'occasion d'apprendre qui s'était trouvé de l'autre côté, et avait ainsi décidé de mettre un terme à la fête.

CHAPITRE DIX-SEPT

La porte s'ouvrit, et deux hommes portèrent Giordino dans la pièce, avant de le laisser tomber sans ménagement sur le sol. Pitt retint son souffle. Al se trouvait en piteux état ; ses pieds écorchés n'avaient reçu aucun soin ; aucun d'eux ne portait la moindre trace de désinfectant ou de pansement. Le sang qui s'était écoulé d'une blessure au-dessus de son œil gauche avait séché, et du même coup englué son œil à moitié fermé, ce qui lui conférait une expression de malveillance épouvantable se mêlant à la fougue de son esprit bravache.

— Eh bien, major Pitt, déclara Delphi en manière de reproche. Vous n'avez rien à dire à votre petit compagnon de jeu ? Non ? Peut-être avez-vous oublié son nom. Albert Giordino. Ça ne vous dit vraiment rien ?

— Vous connaissez son nom ?

— Bien sûr. Cela vous étonne ?

— Pas vraiment, dit Pitt tranquillement. J'imagine qu'Orl Cinana vous a fourni un rapport complet concernant Giordino et moi.

Pendant un long moment, le colosse installé derrière le bureau parut ne pas comprendre. Puis, les mots de Pitt commencèrent à se frayer un chemin dans l'esprit de Delphi, qui dressa alors un sourcil interrogateur.

— Le capitaine Cinana ?

Sa voix restait aussi ferme que de la pierre, mais Pitt y décela néanmoins une très légère touche dubitative.

— Vous lancez vos filets dans le mauvais sens, reprit le colosse. Vous n'avez rien à…

— Épargnez-moi cette comédie, l'interrompit brutalement Pitt. Cinana a sans doute amassé sa paie de capitaine de la marine des États-Unis depuis le début, mais c'est dans votre équipe qu'il jouait. Joli stratagème, cette idée de placer un de vos informateurs au sommet de l'organisation adverse. Vous saviez ce que contenaient les plans opérationnels de la 101e Flotte avant même qu'ils soient couchés sur le papier. De quelle manière avez-vous débauché Cinana, Delphi ? Avec de l'argent ? Ou grâce à un chantage ? À en juger par vos états de services, je pencherais plutôt pour le chantage.

— Vous êtes très perspicace.

— Pas vraiment. La piste était plutôt facile à flairer. Le bon capitaine avait fait son temps, dans le rôle du mouchard. Il ne supportait plus de vivre dans la peau d'un traître. Cinana avait commencé à craquer ; il se trouvait au bord de la dépression nerveuse. Ajoutez à cela sa petite aventure illicite avec Adrienne Hunter, et le pauvre Cinana devait fatalement être éliminé avant de vendre la mèche au sujet de votre organisation. Mais vous avez salopé son exécution, Delphi, vous l'avez salopée au-delà du raisonnable.

Delphi accorda à Pitt un regard sombre et soupçonneux.

— Vous fabulez.

— Aucune fabulation là-dedans, reprit Pitt. Nous nous sommes par hasard rencontrés, lui et moi, au bar de l'hôtel Royal Hawaiian, et c'est ce qui a flanqué vos projets en l'air. Cinana se trouvait là en train d'attendre Adrienne Hunter, lorsque j'ai poussé la porte. De son côté, bien évidemment, il n'avait pas la moindre idée du fait que j'étais un autre des petits amis d'Adrienne, mais il ne pouvait pas se permettre de courir le risque d'une rencontre embarrassante — un rendez-vous galant avec la fille d'un amiral, de vingt ans sa cadette, dans le coin sombre d'un bar, ça pouvait donner naissance à pas mal de rumeurs malveillantes — et c'est pourquoi il a mis les voiles avant qu'elle n'arrive. Lorsque Summer s'est lancée sur la scène, pour la séquence du meurtre, elle a fait erreur sur la personne, et m'a pris pour Cinana. Pourquoi pas d'ailleurs ? Je correspondais à la description. Ni Cinana ni moi-même ne portions nos uniformes ce soir-là, et pour ajouter encore à la confusion, j'étais effectivement en train de prendre un verre avec Miss Hunter. Il n'y eut aucun doute dans l'esprit de Summer. Elle s'est occupée d'Adrienne, et puis elle m'a attiré sur la plage, où elle a tenté de m'injecter une bonne dose de poison. Ce n'est qu'ensuite, une fois dans mes appartements, qu'elle a commencé à se dire qu'elle venait de commettre une terrible erreur. La première fois que j'ai tiqué, c'est quand elle m'a adressé le grade de capitaine. Et plus tard, c'est vous-même qui avez fait tomber la pièce, quand vous avez admis que vous possédiez un informateur. Deux et deux faisaient quatre : la réponse ne pouvait être que Cinana. L'un dans l'autre, ce n'est qu'un raisonnement élémentaire.

« Oui, vous êtes un phénomène d'une race assez étrange, Delphi. Quel autre homme aurait ainsi envoyé sa chair et son sang au plus noir de la nuit, dans le but de perpétrer un meurtre ? Sûrement pas le Père de l'Année. Vos tueurs à gages, eux-mêmes, circulent aux alentours, comme des robots. Quel est votre truc, Delphi ? Vous leur balancez des drogues abrutissantes dans leurs corn-flakes du matin, ou bien vous les hypnotisez avec vos yeux jaunes complètement bidons ? »

Delphi parut hésiter. Pitt ne se comportait pas comme un homme se trouvant au bout du rouleau.

— Vous allez trop loin, dit le colosse, en se penchant en avant pour fixer son regard magnétique sur les yeux de Pitt.

Les prunelles d'un vert profond de Pitt ne cillèrent pas, et affrontèrent le regard de Delphi, comme si elles lançaient des flammes.

— Ne vous mettez pas en frais pour moi, Delphi. Je ne suis pas le moins du monde impressionné. Ainsi que je viens de le dire, c'est du chiqué. Vous portez des lentilles de contact de couleur jaune, et rien de plus. Vous n'arriverez pas à lancer un sort à quelqu'un qui est en train de se moquer de vous. Vous n'êtes qu'une imposture, des pieds à la tête. Lavella et Roblemann ! Qui essayez-vous donc d'abuser ? Vous n'êtes pas assez futé pour nettoyer leurs tableaux noirs. Seigneur

Dieu, vous n'arrivez même pas à donner une image convenable de Frederick Moran…

Pitt s'interrompit brutalement, pour basculer de côté, en voyant Delphi, les dents serrées par la rage, jaillir de derrière le bureau et lui balancer un large crochet de son poing fermé. Il avait mis chaque gramme de son énorme puissance dans ce coup, mais, aveuglé par la colère, il ne parvint pas à l'accomplir avec précision, si bien que son poing passa dans l'air sans toucher quoi que ce soit. Il trébucha en avant, essaya de se redresser, mais perdit complètement l'équilibre, et s'affala sur les mains et les genoux. Il poussa un grognement de douleur alors que le pied de Pitt s'enfonçait dans ses côtes. Il resta où il était, en tanguant de part et d'autre.

Il y eut alors un moment de silence stupéfait dans toute la pièce, tandis que Delphi se remettait tant bien que mal sur pieds, en s'appuyant sur la solide planche du bureau. Sa respiration était haletante, et sa bouche n'était plus qu'une fine ligne blanche.

Pitt restait figé, en se lançant des injures à lui-même pour avoir présumé de ses forces. Il ne faisait aucun doute dans son esprit — comme il ne pouvait faire aucun doute dans l'esprit de chacune des personnes présentes dans la pièce — que l'intention de Delphi était de les tuer, Giordino et lui. Delphi repassa derrière le bureau, ouvrit un tiroir, et en sortit un revolver. Pas un des ces petits pistolets en forme de gant, mais bien un automatique, remarqua Pitt avec embarras - un Colt .44 de teinte bleue foncée — le genre d'arme qu'il ne s'était pas attendu à voir dans les mains de Delphi. Sans se presser le moins du monde, Delphi ouvrit le chargeur pour vérifier qu'il était bien garni, et repoussa le magasin d'un coup sec. Les yeux jaunes n'avaient pas changé — ils restaient aussi glacés et dénués d'expression que jamais. Pitt se retourna pour jeter un regard en direction de Giordino, qui le lui rendit avec une grimace désabusée. Ils sentirent leurs corps se tendre, en prévision du moment final. Mais c'est alors que les yeux de Delphi abandonnèrent leurs proies, pour se tourner vers la porte.

— Non, Père ! s'écria Summer d'un ton implorant. Pas de cette façon !

Elle se tenait sur le seuil, dans une robe verte lui tombant à mi-cuisse. Sa magnifique peau douce et bronzée irradiait chaleur et confiance en soi. La circulation sanguine se mit à battre plus rapidement dans les veines de Pitt. Elle fit quelques pas dans la pièce, les yeux posés sur Delphi en un regard confiant et provocateur.

— Ne viens pas te mêler de cette affaire, murmura Delphi. Cela ne te concerne pas.

— Tu ne peux tout de même pas les abattre de cette manière, insista Summer. Tu ne peux pas !

Ses grands yeux gris se firent soudain plus doux et plaintifs.

— Pas dans ces murs !

— On pourra facilement les nettoyer de leur sang.

— Ce n'est pas bien, Père. Il a fallu que tu assassines pour sauvegarder notre sanctuaire. Mais cela s'est toujours passé au dehors, en mer. Tu ne dois en aucun cas répandre la mort au sein de notre propre demeure.

Delphi hésita avant de lentement baisser son arme.

— Tu as sans doute raison, mon enfant.

Il sourit.

— Une mort par balle serait trop rapide, trop clémente et trop propre. Nous allons donc les emmener jusqu'à la surface. Et leur donner une dernière chance de survivre.

— Sacrée chance, grommela Pitt. À des centaines de kilomètres de l'île la plus proche. Les mangeurs d'hommes attendent leur prochaine livraison de chair fraîche. Vous avez vraiment le cœur sur la main.

— En voilà assez de cette discussion ridicule.

Le visage du géant arborait une expression sardonique.

— J'ai toujours le désir de vous entendre me dire comment vous êtes arrivés jusqu'ici, et je n'ai plus de temps à consacrer à l'une de vos plaisanteries.

Pitt jeta un coup d'œil désinvolte à sa montre.

— Trente et une minutes pour être exact.

— Trente et une minutes ?

— Oui, c'est ce qu'il reste avant que votre précieux sanctuaire ne s'écroule.

— Encore une de vos fines plaisanteries, n'est-ce pas, cher ami ?

Il prit la direction de la verrière, et observa un instant le manège de la murène, avant de faire brusquement volte-face.

— Combien d'autres personnes se trouvaient avec vous à bord de votre avion ?

Pitt rétorqua en lui lançant une autre question.

— Que sont devenus Lavella, Roblemann, et Moran ?

— Vous persistez à vous jouez de moi.

— Pas du tout, dit Pitt. Je suis mortellement sérieux. Répondez à quelques-unes de mes questions, et je vous dirai tout ce que vous voulez savoir. Vous avez ma parole.

Delphi regarda pensivement son revolver. Puis, il le reposa sur le bureau.

— Je vous crois. Et pour commencer, major, je peux vous affirmer que mon nom est vraiment Moran.

— S'il vivait encore, Frederick Moran aurait dans les quatre-vingts ans aujourd'hui !

— Je suis son fils, répliqua lentement Delphi. Je n'étais qu'un tout jeune homme lorsqu'il s'est uni aux docteurs Lavella et Roblemann pour retrouver l'île perdue de Kanoli. Voyez-vous, mon père était un pacifiste. À la fin de la Deuxième Guerre mondiale, dans le fracas infernal provoqué par l'explosion de la bombe atomique, il comprit que l'autodestruction de l'espèce humaine dans une catastrophe nucléaire n'était plus qu'une question de temps. Lorsque des pays se dotent d'un armement en vue de faire la guerre, ces armes finissent toujours par être utilisées, me dit-il un jour. Il se mit donc à chercher des endroits de par le monde qui seraient préservés des radiations mortelles, et qui se trouveraient éloignés des cibles stratégiques, et c'est ainsi, un peu fortuitement, qu'il comprit qu'une base installée au fond des mers serait la retraite idéale. Lorsque l'île de Kanoli avait sombré de nombreux siècles auparavant, la catastrophe avait eu lieu brutalement, sans qu'il soit apparu d'activité volcanique ou de cataclysme majeur. Cela signifiait que les cavernes cérémonielles et les tunnels dont parlaient les légendes devaient toujours être intacts. Lavella et Roblemann avaient sympathisé avec mon père ; ils se joignirent à lui dans sa quête de l'île perdue. Après trois mois seulement de sondage des fonds marins, ils la découvrirent, et mirent alors immédiatement sur pied des plans pour assécher les installations. Il leur fallut à partir de cet instant près d'une année pour être autorisés à installer leurs quartiers dans la colline engloutie.

— Comment leur a-t-il été possible de travailler aussi longtemps en secret ? demanda Pitt. Les rapports indiquent que le navire utilisé pour leur expédition a disparu quelques mois seulement après avoir quitté le port.

— La discrétion absolue ne posait pas d'énorme problème, reprit Delphi. La coque du navire avait été aménagée de sorte que des plongeurs et leur équipement puissent aller et venir dans la mer, à partir du bateau. Quelques autres modifications eurent lieu, le nom apparaissant sur l'étrave fut changé, la superstructure repeinte, et le navire devint simplement un paquebot tout ce qu'il y avait de plus commun, voguant comme des milliers d'autres dans le circuit commercial occidental. Ce n'est pas le secret qui se mit à poser problème, mais les finances.

— Je connais la suite, déclara Pitt avec un air d'assurance pour le moins déconcertant.

Delphi leva les yeux. Summer fit un pas en avant, et tous deux arboraient la même expression d'incrédulité sur le visage.

— Comme il est étrange que vous n'ayez jamais pigé le fait que la 101e Flotte dans son ensemble, et même la totalité du département de la marine avaient percé à jour votre petit stratagème.

— Quel but poursuivez-vous donc en mentant de la sorte ? demanda Delphi.

— Vous auriez dû le deviner, Delphi. Vous vous souvenez lorsque vous avez quitté ma suite à l'hôtel ? J'ai parlé de

Kanoli, et pourtant vous n'avez même pas cillé d'un œil. Sans doute parce que vous saviez que j'allais mourir, si bien que ma petite révélation ne pouvait pas avoir trop de conséquence.

— Comment... Comment pouviez-vous ?...

— Le conservateur du Bishop Museum. Il se souvenait de votre père. Mais ça, ce n'était que le début. Toutes les pièces se trouvaient sur la table, Delphi, et chacune d'elles a gentiment pris sa place pour terminer le puzzle.

Pitt traversa la pièce pour aller s'agenouiller auprès de Giordino. Puis il se tourna à nouveau vers Delphi.

— C'est l'appât du gain qui vous a poussé à tuer, et rien d'autre. Vous êtes même parvenu à insuffler dans l'esprit de votre fille cette philosophie d'un sang-froid de glace. Votre père peut bien avoir été un pacifiste, mais ce que le docteur Moran a mis sur pied dans un but strictement scientifique et humanitaire, est devenu, une fois passé dans vos mains, la combine de piraterie la plus ingénieuse de toute l'histoire de la marine.

— Continuez, dit Delphi en grimaçant. J'aimerais entendre la suite.

— Vous tenez à ce que je raconte tout d'un bout à l'autre ? demanda Pitt, d'un ton égal. Vous tenez à entendre tout ce qu'il y a dans le dossier ? Très bien. Mais avant de poursuivre, cependant, j'aimerais que vous vous occupiez du sort de Giordino, et qu'on le place dans une situation un peu plus confortable. Il est très gênant pour lui d'être ainsi étendu sur le sol comme un animal.

À contre-cœur, Delphi adressa un signe de tête à ses gardes, qui s'en allèrent soulever Giordino sous les bras pour l'emmener jusqu'au canapé garni de coussins rouges. Ce ne fut que lorsque Giordino se trouva confortablement installé que Pitt reprit. Les quelques minutes qui allaient suivre n'auraient aucun sens s'il n'arrivait pas à deviner une bonne partie de l'énigme sous laquelle se dissimulait l'étrange organisation de Delphi. S'il voulait leur garder encore une chance sur cent de s'échapper avant que l'explosion ne vienne faire s'écrouler toute la colline, il devait faire en sorte que Giordino et

Summer quittent cette pièce. La grande verrière transparente serait la première à éclater, et à répandre des millions de litres d'eau de mer. Il prit une longue respiration, avec l'espoir que son cerveau allait fonctionner à plein régime, et puis se lança.

— L'*Explorer*, le navire de votre père, perdit toute son utilité au moment où les scientifiques eurent rendu la colline habitable. Le docteur Moran avait besoin d'argent frais pour acheter du matériel, pour poursuivre la construction des bâtiments sous-marins, et c'est pourquoi il eut recours à l'escroquerie la plus répandue de par le monde — il trompa la compagnie d'assurances. Piquer quelques billets à une société au nom de la science consolait un peu sa conscience. Et après tout, pourquoi se serait-il fait du souci ? Lui, Lavella et Roblemann avaient rejeté l'ensemble de la société des hommes, de toute manière. Il envoya donc l'*Explorer* en direction des États-Unis, fit emplir les cales avec de la camelote sans valeur, prit une assurance couvrant le navire et son chargement, tout cela sous un nom d'emprunt et avec de faux papiers, bien entendu. Puis il fit revenir le navire vers Kanoli, où il ouvrit les vannes, et devint ainsi la première victime du vortex. Il introduisit immédiatement une demande de dommage à la compagnie d'assurance.

« Le stratagème fonctionna de manière si facile, Delphi, que vous n'avez pas résisté à la tentation d'en faire une activité à grande échelle. Une fois morts, les gentils hommes de science ne pouvaient plus émettre la moindre protestation. Mais à partir de cet instant, vous avez apporté quelques aménagements aux opérations. Vous avez utilisé des navires qui ne vous appartenaient pas. Grâce à cette méthode, le butin n'en devenait que plus important, puisque vous n'aviez même pas à débourser d'argent pour acquérir les navires. Cela a dû être un plan sacrément juteux. Et ça l'est toujours, en quelque sorte. Il est pourtant d'une simplicité presque ridicule. Vous vous débrouillez pour qu'un certain nombre de vos hommes de main s'engagent comme membres d'équipage sur des navires marchands, faisant route vers l'ouest, en provenance du continent indien et de l'Orient. Pourquoi toujours ce cap à l'ouest ?

Les routes commerciales vers l'ouest frôlent votre arrière-cour, et non seulement Kanoli se trouve à proximité, mais en plus de cela, les marchandises estampillées MADE IN U.S.A. sont plus faciles à écouler sur les marchés noirs des nombreux ports retirés de la région. Tout ce qu'il reste à faire à votre équipe de clandestins, c'est de dévier la course du navire de quelques degrés par rapport à son cap initial, de placer les machines sur « All stop », et puis de se croiser les bras en attendant que vous et votre joyeuse bande de pirates grimpiez à bord et mettiez à mort l'équipage resté fidèle au capitaine. »

« Aucune trace du navire n'est ensuite retrouvée. Comment pourrait-il en être autrement ? Les cadavres sont lestés et jetés par-dessus bord, la coque est repeinte de la proue à la poupe, quelques-unes des parties les plus apparentes de la superstructure sont modifiées, et vous obtenez illico un nouveau navire. Il ne vous reste ensuite qu'à vous atteler à la tâche facile de vendre le navire — à moins qu'il ne soit trop facilement identifiable et de ce fait trop dangereux à utiliser. Dans ce cas, il est alors rapidement flanqué au fond de la mer. Vous effectuez quelques voyages en toute honnêteté, sous une nouvelle appellation, après quoi vous contractez une nouvelle assurance. Vous venez ensuite le faire sombrer aux environs de la colline sous-marine, pour garder la possibilité d'y récupérer des éléments qui vous serviront à maquiller de futures acquisitions venant grossir les rangs de votre flotte. Seigneur, combien vous auraient envié les boucaniers des Antilles, Delphi. À côté de vous et de votre organisation, ils ne sont rien qu'une bande de morveux. Et il y a de quoi, bon Dieu. Vous avez réussi à bluffer la moitié du monde en lui faisant croire qu'il y avait près d'une trentaine de navires naufragés dans le coin, alors qu'en réalité, leur nombre n'est que de moitié. Chacun d'eux apparaît en effet deux fois sur les listes des vaisseaux disparus, une première fois sous leur nom d'origine, et une seconde après son naufrage et son embrigadement sous un nouveau nom dans votre flotte. »

— Remarquable raisonnement, déclara Delphi sur un ton de raillerie démenti par l'éclat concentré de son regard.

— Quant au *Lily Marlène*, reprit Pitt d'une voix tranquille, voilà un de vos canulars les mieux imaginés. Les choses étaient en train de chauffer un peu trop sérieusement aux alentours de la colline sous-marine ; de trop nombreux yachts de plaisance venaient tourner dans les environs, en vue d'une chasse aux trésors concernant les navires naufragés. Ce n'était plus qu'une simple question de temps pour qu'un profondimètre ou un sonar ne vienne indiquer la présence des épaves. C'est pourquoi vous avez manigancé la petite mise en scène du *Lily Marlène*, pour que personne n'ose plus venir fourrer son nez dans vos opérations.

« Les garde-côtes, la Navy, les compagnies de marine marchande, tout le monde s'est fait berner par la macabre découverte à bord du yacht. Vous auriez fait un remarquable attaché de presse, Delphi. La description de ces cadavres à la peau verte et aux visages brûlés a ravivé la peur de l'inconnu dans l'esprit de chacun des marins superstitieux voguant sur le Pacifique. Navires et équipages se sont mis à éviter cette zone de l'océan comme la peste. Vous êtes parvenu à bluffer tout le monde. Personne n'a même songé qu'il s'agissait là d'une mise en scène de façade. Vous avez envoyé ce message bidon à partir de la radio du *Lily Marlène*. L'opérateur était déjà mort, à cet instant. L'équipage de la frégate espagnole, le *San Gabriel*, l'avait assassiné, ainsi que toutes les autres personnes se trouvant à bord du yacht. »

Pitt fit une pause pour laisser à ses mots le temps de se frayer un chemin dans les esprits.

— C'était la touche finale, de faire ainsi voler en éclats le *Lily Marlène* avec une partie de l'équipage espagnol qui venait de monter à bord. En réalité, il n'y a pas eu d'explosion. Le yacht a en effet été capturé et envoyé en direction de la colline, pour un maquillage complet. C'était un trop fringuant navire pour être envoyé par le fond. Il se trouve probablement à cet instant précis amarré le long d'un quai d'une marina d'Honolulu, sous un nouveau nom, et enregistré comme appartenant au même propriétaire que vos autres navires, avec les papiers en règle. Quel est donc le nom de ce propriétaire ? La Pisces Pacific Corporation ?

Delphi se raidit brusquement.

— Vous connaissez la Pisces Pacific ?

— Mais tout le monde la connaît, rétorqua Pitt. Et je peux vous dire que tout ce que vous possédez en dehors de cette colline sous-marine est pour l'heure sous scellés. Vos hydravions, les bureaux de votre société, l'émetteur radio sur Maui, pour ne mentionner que quelques-unes de vos possessions.

Pitt se rendit compte qu'avec ce qu'il venait d'imaginer à l'instant, il avait tapé dans le mille.

— Vous aviez mis au point un système plutôt efficace, Delphi. Toutes les éventualités avaient été prévues. Même au cas où l'une de vos victimes s'était débrouillée pour envoyer un signal de détresse, votre station de radio sur l'île avait le pouvoir de le brouiller et d'émettre ensuite un message confus dont on ne pouvait rien tirer, excepté une information précise, la position du navire, position qui se trouvait à des centaines de kilomètres de l'endroit où le véritable acte de piraterie avait effectivement été commis.

Le masque qui couvrait le visage de Delphi n'était plus que malveillance.

— Vous devriez être mort, Pitt. Vous devriez être mort à trois reprises.

— Ah oui, répliqua Pitt en haussant les épaules. La saloperie avec ce camion de couleur grise compte pour une, je l'oubliais. Une tentative sacrément grossière pour quelqu'un d'aussi raffiné que vous. Mais je suppose que vous étiez pressé par le temps, surtout depuis que Cinana vous avait appris que ce matin-là, je venais d'être placé sous les ordres de l'amiral Hunter et de son équipe. Après l'essai bousillé de Summer la nuit précédente, il aurait été gênant que je me lance moi aussi dans une enquête, ou pire encore, qu'Adrienne Hunter ne laisse par mégarde échapper quelques considérations choisies sur son aventure avec Cinana. Tout cela n'amenait qu'à une seule et unique conclusion : Pitt devait être éliminé, et vite.

— Vous êtes quelqu'un de malin, déclara lentement

Delphi. Beaucoup plus malin que ce dont je vous avais cru capable. Mais cela ne fait guère de différence à présent. Vous avez bluffé depuis le début. Vos suppositions étaient dans l'ensemble remarquablement correctes. Mais vous avez pourtant manqué la cible, concernant mon père. C'était un homme de bien. Lui et ses collègues scientifiques ont trouvé la mort lors d'une rupture dans le système de pompage, et ils ont été noyés dans un tunnel inondé, peu de temps avant la fin des travaux. La responsabilité des navires disparus me revient en propre. J'ai élaboré et planifié toute l'opération depuis ses débuts avec l'*Explorer*. J'ai commis certaines erreurs, mais aucune que je ne sois arrivé à dissimuler. Oui, monsieur Pitt, vous êtes en train de bluffer. Le capitaine Cinana m'a tenu informé de tout jusqu'à sa malheureuse disparition. L'amiral Hunter n'a raisonnablement pas pu remettre toute l'histoire en ordre au cours des dernières vingt-quatre heures.

Delphi se passa la main sur les sourcils et se frotta les yeux. On aurait pu croire qu'il essayait d'effacer l'une de ses erreurs passées.

— Vous avez été ma faute la moins excusable. Trois décennies d'isolement parfait, et voilà que vous étiez à deux doigts de détruire tout cela.

— Trente années, voilà qui constitue un laps de temps plutôt long pour échapper à un crime d'une telle horreur, dit Pitt. Vous vous êtes détruit vous-même, Delphi. Vous avez eu les yeux plus grands que le ventre. Votre pire erreur a été de prendre possession du *Starbuck*. C'est une chose de kidnapper un navire marchand ou un bateau de plaisance. Les garde-côtes se contentent la plupart du temps de mener une enquête de surface dans la zone correspondant à la dernière position connue du navire disparu. Mais lorsqu'un bâtiment de la marine nationale disparaît, la Navy ne cesse de fouiller les mers, aussi loin et aussi profond que ce soit, jusqu'à ce qu'elle retrouve l'épave.

Pendant un instant, Delphi laissa vagabonder son regard de l'autre côté de la verrière.

— Si le commandant Dupree avait maintenu son cap, au

lieu de dévier sa route vers notre sanctuaire, lui et son équipage seraient toujours en vie à l'heure actuelle.

Les yeux de Pitt étaient comme deux billes de glace.

— Comment avez-vous réussi ce coup-là ? Comment êtes-vous arrivé à capturer un sous-marin nucléaire en plongée ?

— Ce fut vraiment un jeu d'enfant, répondit Delphi. Mes hommes ont tendu des câbles d'acier de belle épaisseur, sur la route du submersible, pour attraper les hélices. Lorsqu'il s'est trouvé obligé de s'immobiliser, nous avons ouvert de force plusieurs de ses tuyères à ballasts extérieures, ce qui a permis à l'eau de venir inonder deux des compartiments internes. Lorsque le *Starbuck* a commencé à couler par le fond, ses émissions radio sur basse fréquence ont été brouillées, et toutes les écoutilles de secours ont été bloquées de l'extérieur. Quelques mois plus tard, lorsque toutes les provisions de nourriture ont été épuisées et que les membres d'équipage se sont trouvés affaiblis par la faim, mes hommes n'ont plus eu qu'à entrer pour disposer d'eux sans problème.

— Un jeu d'enfant, répéta Pitt d'un air sinistre. Le *Starbuck* était le gros lot du siècle, le couronnement de votre carrière de pirate. Et vous n'étiez nullement inquiété. La Navy était occupée à chercher à des centaines de kilomètres de là. Il ne vous a fallu que quelques jours pour nettoyer les compartiments inondés, et pour remettre le *Starbuck* en état, dans seulement vingt-cinq mètres d'eau. Sauf qu'il vous restait un problème, Delphi. Je ne suis tout d'abord pas arrivé à me l'imaginer, parce que cela n'avait aucun sens pour moi. Voilà que vous étiez entré en possession du sous-marin nucléaire le plus moderne au monde, pourvu de ses missiles et de leurs ogives nucléaires, sagement rangé à une centaine de mètres de votre porche, et vous ne l'avez pourtant jamais fait bouger d'un pouce, tout simplement parce que vous ne saviez pas comment faire pour le mettre en marche. Le *Starbuck* est une pièce de machinerie d'une très grande complexité. Après l'assassinat de votre père et de ses collègues scientifiques, vous restiez le seul doté d'une certaine intelligence. L'ensemble de votre organisation est fondée sur une obéissance aveugle à votre égard. Aucun de vos hommes de main ne possède une once de jugeote. C'est la raison pour laquelle vous avez laissé vivre le matelot Farris — dans l'espoir que sous la torture il allait enseigner à vos hommes la manière de manœuvrer le *Starbuck*, pour en fin de compte l'emmener dans un port de Russie ou de Chine, où vous comptiez le vendre. Mais le supplice qu'il avait subi à la disparition ou à la mort de ses collègues d'équipage et de ses officiers, alors qu'il restait seul en vie, lui avait été trop pénible. Son esprit s'était brisé. Et il n'arrivera jamais plus à en recoller les morceaux.

— Une erreur d'appréciation mineure, déclara Delphi d'un air de lassitude.

— Et concernant l'*Andrei Vyborg*, Delphi ? Que s'est-il donc passé ? Les Russes se sont-ils dit que les loups pouvaient se manger entre eux et ont décidé de capturer le *Starbuck* pour eux-mêmes ?

— Cette fois, vous vous trompez complètement, major Pitt, répliqua Delphi en se massant délicatement l'endroit où Pitt l'avait frappé. Le capitaine de l'*Andrei Vyborg* a eu son attention attirée en constatant que votre navire, le *Martha Ann*, restait trop longtemps collé au même endroit. Il s'est approché pour voir de quoi il retournait. Je n'ai plus eu d'autre choix que de l'éliminer, ainsi que je l'avais fait pour les autres.

— Cela a dû vous briser le cœur d'être obligé de laisser partir le *Martha Ann*, reprit Pitt d'un ton acide. Il a gâché votre réputation en étant la première et l'unique victime ayant réussi à s'enfuir.

— Malheureusement, nos pertes au cours de la capture de ce navire ont été très élevées, dit Delphi. Le *Martha Ann* était programmé pour retourner à Pearl Harbor et mes hommes ne disposaient pas du temps nécessaire pour effectuer les opérations pour l'arrêter.

— Vous auriez parfaitement pu le faire voler en éclats sur la mer.

— Il était trop tard. Le capitaine Cinana nous avait avertis du fait qu'un nouvel équipage avait déjà quitté le sol d'une des îles pour venir prendre les commandes du navire. Nous n'avions plus que le temps d'emporter nos morts et nos blessés.

— Rien ne semble se dérouler à votre avantage, n'est-ce pas ? déclara Pitt sur le ton de la conversation.

— Vous vous trouviez à bord du *Martha Ann*, dit froidement Delphi. C'est vous qui avez tué mes hommes et qui avez fait disparaître l'équipage dans les airs, à bord de votre hélicoptère. C'est toujours vous qui venez corrompre mes plans.

— On m'a forcé la main, ajouta Pitt d'un air méchant. Vous m'avez invité à la fête, vous vous souvenez ? Je n'avais pas demandé à tomber sur cette capsule et son message bidon.

Delphi montra les dents.

— Pourquoi êtes-vous venu ici ? demanda-t-il. Quelle est donc exactement votre mission ?

— Je suis venu sauver Adrienne Hunter, lui lança Pitt en réponse.

— Vous mentez ! s'écria Delphi.

— Pensez ce que vous voulez.

Les yeux de Delphi s'agrandirent ; et brusquement, il comprit. Il frappa sauvagement Pitt au travers du visage, si bien que ce dernier tomba la tête en avant sur le sol, avec le goût du sang sur les lèvres.

— Le sous-marin, reprit Delphi d'une voix tranquille et sans expression particulière. Vous avez trouvé le *Starbuck* une première fois, compris qu'il était en état de fonctionnement, vous avez tué mes hommes et vous vous êtes enfuis avec Farris. Et à présent, vous êtes revenu avec une équipe pour le récupérer.

— Ainsi que je l'avais promis, dit Pitt. Rien de moins que la vérité. Vous avez raison, Delphi, j'ai emmené une équipe de sous-mariniers de la Navy, pour reprendre possession du *Starbuck*. Pendant que nous étions ici en train de discuter de vos péchés et de vos actes criminels, le sous-marin a été tiré du fond de la mer.

Pitt contrôla sa montre. Il restait onze minutes jusqu'à cinq heures.

— Je dirais qu'il doit pour le moment se trouver à une trentaine de kilomètres au sud. Combien sont changeantes les fortunes de la guerre, dit encore Pitt. Mais cela ne peut en aucun cas être pour vous une véritable surprise. Vous ne pouvez pas être assez fou pour avoir cru que cela allait continuer indéfiniment. Dans onze minutes, le croiseur lance-missile *Monitor* va envoyer une petite ogive nucléaire au beau milieu de votre précieuse colline sous-marine. Dans onze minutes, nous allons tous mourir.

— Rien ne peut faire s'effondrer ces murs, déclara calmement Delphi. Jetez un coup d'œil autour de vous, major. Le socle de la colline est constitué de granit, un granit des plus résistants, à base de quartz. C'est plus solide que du béton armé.

Pitt remua la tête.

— Une fissure. Tout ce qu'il faut, c'est une seule fissure, et des milliers de tonnes d'eau vont s'engouffrer en rugissant dans ces cavités avec une pression dix fois supérieure à celle d'une lance d'incendie. Chacun de nous sera écrasé par la force de l'eau avant même d'avoir eu la chance de se noyer.

— Vous êtes d'une imagination fertile, dit Delphi. De toute manière, aucun missile ne sera tiré aussi longtemps que vous, le capitaine Giordino, et Miss Hunter vous trouverez dans les lieux.

— Ne comptez pas là-dessus. La décision a été prise par Washington, et non par l'amiral Hunter. Vous avez sous-estimé Hunter. Il ne remettra pas les ordres en question, dans le but d'épargner nos vies. De plus, il pense probablement que Giordino et moi sommes déjà morts à l'heure actuelle. En ce qui concerne Adrienne, personne ne saura jamais que sa fille a trouvé accidentellement la mort au cours d'une opération navale destinée à mettre un terme au vortex du Pacifique. Ce type a plus de tripes que vous ne pensez ; il n'hésitera pas un instant à sacrifier sa propre fille si cela lui permet de réduire à néant votre organisation.

L'expression de calme s'effaçait peu à peu sur les traits du géant, que l'incertitude était en train de figer.

— Des mots. Rien que des mots. Vous ne pouvez rien prouver de ce que vous avancez.

Pitt décida de jeter son dernier atout. Avec les dix minutes qui restaient, c'était maintenant ou jamais.

— Je peux vous donner la preuve irréfutable que tout ce que je viens de dire est la pure vérité. Prenez contact avec votre station radio. Et vous comprendrez que votre émetteur sur l'île de Maui se trouve aux mains de la marine de États-Unis. Vous découvrirez également que l'amiral Hunter essaye depuis une bonne vingtaine de minutes d'entrer en contact avec vous, pour négocier votre reddition.

Delphi explosa soudain d'un rire mauvais et chargé de colère.

— Vous n'êtes qu'un idiot, parvint-il à articuler entre deux éclats de rire. Un stupide imbécile. Votre bluff désespéré vient d'échouer. Vous n'êtes pas aussi malin que vous le croyez. Mais vous ne pouviez pas savoir, n'est-ce pas ? La station émettrice de l'île de Maui ne m'appartient plus. J'ai tout vendu en bloc, bâtiments et installations, je les ai vendus aux Russes il y a six semaines de cela. Je n'ai pas capté vos émissions depuis lors. Mais ce sont les Russes qui l'ont fait. La marine russe a payé une forte somme pour posséder une installation radio si proche du quartier naval pacifique de l'armée des États-Unis. Et en captant les communications de la 101e Flotte, ils espéraient mettre la main sur les restes du *Starbuck*. Ils s'exposaient à une formidable déception, n'est-ce pas, major ? Ils n'avaient pas la moindre idée qu'ils négociaient avec l'organisation qui se trouvait déjà en possession du sous-marin.

Il lança à Pitt un regard vindicatif.

— Si vous vous attendez à une grâce de dernière minute, mon cher Pitt, vous perdez votre temps. Il n'y aura pas de conversation radio avec l'amiral Hunter ; il n'y aura pas d'offre de reddition ; il n'y aura pas d'explosion de missile nucléaire, pour la bonne et simple raison que je quitte la colline. Dès demain, je déménage toute mon organisation dans de nouveaux locaux. Mes équipements de communication ont déjà été démantelés, et c'est pourquoi il ne sera pas possible d'entrer en contact avec Pearl Harbor ou quelque autre endroit que ce soit.

Pitt ne répondit pas. Il resta simplement dans la position qu'il occupait, se demandant si les dix prochaines minutes seraient les dernières qu'il aurait l'occasion de vivre.

— Et ce que je vous dis là n'est que la moitié de l'affaire, ajouta Delphi avec un sourire méprisant. Vous prétendiez que le *Starbuck* se trouvait à trente kilomètres au sud d'ici. Combien de séances d'entraînement avez-vous donc dû subir pour faire preuve d'autant de conviction lorsque vous énoncez des mensonges aussi énormes ?

Il explosa à nouveau d'un rire tonitruant.

— Vous n'aviez raison que sur un point, Pitt. Je ne suis pas arrivé à remettre en marche le sous-marin avec mon équipage inexpérimenté. Mais j'ai parfaitement compris son système de ballasts. En ce moment-même, chacun de ses réservoirs est vide. Et pourtant, il est encore au fond de la mer. Aucune espèce d'opération de sauvetage, quels que soient ses moyens, n'arrivera à dégager la coque de la couche de fond. Les mois qu'elle a passé immobile au même endroit ont donné naissance à un effet ventouse bien plus puissant que tout ce que ses ballasts sont capables de briser. Oui, c'est vraiment dommage. Votre équipage de sous-mariniers est voué à la mort, s'il n'a pas déjà été tué par la bande formée de sept de mes meilleurs hommes. Je savais que votre sacrée Navy ne lâcherait pas prise aussi facilement. Je savais qu'ils reviendraient à nouveau essayer de repêcher leur précieux sous-marin, et c'est pourquoi j'ai laissé à bord les hommes en qui j'ai le plus confiance — des hommes qui aiment tuer. En face d'eux, je ne donnerais pas une chance sur dix mille à votre équipage de machinistes.

Pitt essaya de bondir sur Delphi, et de lui envoyer son poing au visage pour écraser le sourire qui apparaissait sous les yeux jaunes. Mais l'un des gardiens lui tira aussitôt dessus, lui éraflant le sommet de l'épaule gauche. Pitt bascula de côté en allant heurter un des murs, avant de s'affaler lentement sur le sol de pierre.

Summer laissa échapper un cri, mi-haut-le-cœur, mi-sanglot. Le blanc de ses yeux s'élargit autour de ses iris de teinte grise ; elle fit un geste pour s'avancer vers Pitt, puis marqua un instant d'hésitation, en jetant un coup d'œil à son père. Il remua la tête et elle se recula aussitôt en signe de stricte obéissance.

Giordino n'avait pas fait un geste. Il contemplait Pitt de manière impassible, mais Pitt perçut néanmoins le mouvement de tête millimétrique qu'il lui adressait en signe d'avertissement.

— Vous avez sans doute gagné une bataille, lança Pitt au travers de ses mâchoires serrées. Mais vous n'avez pas gagné la guerre.

— Vous avez tort, une fois de plus, major Pitt. J'ai gagné. D'un bout à l'autre, je suis le vainqueur. L'arrivée du *Starbuck* s'est révélée providentielle. Aussitôt que j'aurai la possibilité, comment dire, d'opérer le changement de propriétaire, je pourrai fermer mon entreprise dans cette région du Pacifique, et me consacrer à des opérations moins durement taxées par l'état. Je suis persuadé que les nouveaux propriétaires seront enchantés de disposer de ces missiles Hypérion.

— Un chantage nucléaire ! cracha Pitt avec mépris. Vous êtes fou.

— Un chantage nucléaire ? Allons, allons, major. Vous manquez d'originalité. Laissez ces idées aux romans d'espionnage. Je n'ai nulle intention de faire chanter les superpuissances en brandissant la menace d'une catastrophe atomique. Mes motivations ne sont fondées que sur le profit. En dépit de ce que vous pouvez penser, je n'aurais pas la force de massacrer inutilement femmes et enfants. Un homme, c'est différent. Tuer un homme, c'est comme tuer un animal. On ne ressent pas trace de remords après un tel acte.

Pitt s'appuya contre le mur pour se redresser.

— Personne ne le sait mieux que vous.

— Non, poursuivit Delphi. Mon plan est bien plus subtil. Il est ingénieux dans sa simplicité. Je me suis arrangé pour vendre le *Starbuck* et son système de missiles à l'une des puissances pétrolières des pays arabes. Laquelle en particulier ne fait pas beaucoup de différence. Mais en revanche, ce qui compte, c'est que ces gens sont prêts à payer le prix fort sans rechigner.

— Vous êtes fou, répéta Pitt. Totalement et désespérément malade dans votre tête.

Mais Delphi n'avait ni l'apparence, ni le comportement d'un fou. Tout ce qu'il avait déclaré était basé sur une logique certaine. Chacune des nations arabes productrices de pétrole pouvait constituer l'acheteur idéal.

— Nous le saurons bien assez tôt, reprit-il en se dirigeant vers l'interphone, par l'intermédiaire duquel il se mit à parler. Préparez mon sous-marin de poche. Je serai là dans cinq minutes.

Il revint ensuite à Pitt.

— Je compte effectuer un petit voyage d'inspection personnelle à bord du *Starbuck*. Je vous promets de remettre vos salutations aux membres d'équipage survivants, s'il en reste.

— Vous perdez votre temps, déclara Pitt d'un ton amer.

— Je ne le pense pas, répliqua Delphi avec dédain. Le sous-marin se trouve toujours à l'endroit où je l'ai laissé.

— La Navy ne renoncera jamais au *Starbuck*, quoi qu'il arrive ; ils préféreront encore le détruire. — À cette heure, demain, ils n'auront plus voix au chapitre. Une équipe de repêchage envoyée par les Arabes sera ici-même pour procéder au dégagement de la coque. Nous nous trouvons dans des eaux internationales. La Navy ne fera pas mine d'attaquer une autre nation se trouvant à proximité d'une épave. Cela lui vaudrait la condamnation unanime de l'opinion internationale, pour avoir perpétré un acte de guerre. Leur seul espoir sera de traiter avec les Arabes, en vue de récupérer le sous-marin. Mais à ce moment-là, j'aurai déjà obtenu ma prime d'intermédiaire — trois cent millions de livres sterling —, qui sera déposée sur mon compte en Suisse. À ce moment-là, je serai loin d'ici.

— Vous ne quitterez jamais cette colline, dit Pitt, les traits tordus par un sentiment de haine. Dans huit minutes, vous serez mort.

Le regard de Delphi croisa celui de Pitt.

— Allons donc ? Ainsi, je vais mourir ?

Il se détourna comme s'il avait dorénavant décidé d'ignorer un insecte, et prit le chemin de la porte. C'est alors qu'il jeta un dernier coup d'œil derrière lui.

— Même dans ce cas, j'aurai au moins obtenu la satisfaction de savoir que vous êtes mort le premier.

Il adressa un signe aux gardes.

— Jetez-le à la mer.

— Vous n'aurez aucune considération pour un condamné ? demanda Pitt.

— Pas la moindre, répondit Delphi avec un sourire satanique. Au revoir, une fois encore, major Pitt. Et merci pour cet intermède des plus divertissants.

Le bruit de ses pas qui s'éloignaient finit par s'éteindre, et il n'y eut plus que le silence. Il restait cinq minutes avant cinq heures.

CHAPITRE DIX-HUIT

Giordino se redressa en s'appuyant sur les coudes, tout son corps agité d'un spasme convulsif, tandis que ses yeux roulaient dans leurs orbites. Il tomba du canapé, en se tenant la gorge. Il venait de retenir son souffle jusqu'à ce que son visage ait viré au pourpre ; il avait même amassé une pleine gorgée de salive en prévision de cet instant, et il la laissa s'écouler le long de ses lèvres frémissantes, en crachant une buée de postillons entre deux halètements laborieux. C'était une performance remarquable, et les gardiens incrédules et stupéfaits s'y laissèrent prendre.

Pitt observa la suite, alors que les deux gardes, tout en maintenant leurs armes braquées sur Pitt, s'avançaient vers Giordino et se penchaient pour saisir ses bras sans force et les poser sur leurs épaules. Sans prononcer davantage de paroles, ils firent signe à Pitt de marcher en avant.

Il acquiesça de la tête, et traversa la pièce pour aller s'arrêter devant Summer.

— Summer, dit-il d'une voix douce.

Il lui toucha l'épaule avec délicatesse, et observa son visage fatigué.

— Il me reste tant de choses à dire, et si peu de temps. Est-ce que tu veux bien faire quelques pas avec moi ?

Elle hocha la tête et adressa un signe aux gardiens, qui se contentèrent de répondre d'un geste d'acquiescement muet. Summer saisit le bras de Pitt, et l'emmena hors de la pièce, dans un couloir brillamment éclairé et taillé à même la roche.

— Pardonne-moi, je t'en prie.

Sa voix n'était qu'à peine un chuchotement

— Te pardonner ? Mais tu n'es responsable de rien de ce qui arrive. Tu m'as déjà sauvé la vie à deux reprises. Pourquoi as-tu donc fait cela ?

Elle parut ne pas entendre. Elle leva les yeux pour plonger son regard dans celui de Pitt, et son visage irradia une telle douceur et une telle beauté que l'on eût dit que tout ce qui se trouvait dans le couloir devenait terne et pâle.

— J'éprouve un sentiment étrange lorsque je suis en ta présence, murmura-t-elle. Ce n'est pas simplement de la joie ou de la satisfaction, mais c'est quelque chose de différent. Je n'arrive pas à décrire avec précision ce que je ressens.

— Ce sentiment s'appelle de l'amour, dit Pitt d'une voix tendre.

Il se pencha, en tressaillant sous l'effet de la douleur qui vrillait son épaule, et posa un baiser sur ses paupières.

Les gardiens entourant Giordino s'immobilisèrent, comme frappés de stupeur. Les pieds de Giordino raclaient le sol, sa tête pendait mollement sur son épaule droite. Il poussait de légers soupirs plaintifs, et apparemment, ses yeux étaient clos. Ses gardiens ne se rendirent pas compte que ses avant-bras se dressaient lentement dans leur dos jusqu'à ce que ses mains viennent se placer à quelque distance de leurs nuques respectives. Il y eut alors une brusque contraction des vigoureux biceps, et les têtes des deux gardes entrèrent en collision, front contre front.

Giordino resta un moment vacillant sur ses pieds meurtris, tout en arborant un sourire réjoui.

— Alors ? Est-ce qu'il ne s'agissait pas, oui ou non, d'une parfaite œuvre d'art ?

— Chaque geste valait un dessin, répondit Pitt avec le sourire.

Il prit le menton de Summer dans une main.

— Acceptes-tu de nous aider à sortir d'ici ?

Elle leva lentement la tête, et le regarda au travers des mèches de cheveux roux qui encadraient son visage, de l'air d'une enfant craintive. Puis elle passa les bras autour de sa taille, et se serra très fort contre lui. Un flot de larmes vint brouiller ses grands yeux gris.

— Je t'aime, dit-elle, en goûtant les mots qu'elle prononçait. Je t'aime.

Pitt l'embrassa à nouveau, mais sur les lèvres cette fois.

— Ce n'est pas que je tienne à me glisser entre vous deux, lâcha Giordino. Mais le temps presse.

Summer jeta un regard aux gardiens évanouis.

— Il faut nous en aller d'ici avant que les hommes de mon père ne nous trouvent.

— Un instant ! s'écria Pitt. Où est Adrienne Hunter ? Nous devons l'emmener avec nous.

— Elle dort dans une chambre voisine de la mienne.

— Indique-nous le chemin.

Elle posa délicatement la main sur son épaule.

— Mais comment faire ? Tu es blessé, et ton ami ne peut même pas marcher.

— Voilà des années que je porte sa croix, dit Pitt en s'agenouillant auprès de Giordino, qui comprit sans avoir besoin de parler et qui s'agrippa au cou de Pitt.

Celui-ci passa un bras sous les genoux de Giordino et se redressa en chancelant.

— Je dois avoir l'air d'un bébé, grommela Giordino.

— Je peux te dire que tu n'as en tout cas pas le poids correspondant, répliqua Pitt avant de se tourner vers Summer pour lui adresser un signe. C'est bon, allons-y.

Summer courut en avant, jetant des regards dans toutes les directions, pour vérifier que la voie était libre.

Ils continuèrent à avancer, jusqu'à ce qu'ils entendent quelqu'un s'approcher en provenance d'un couloir latéral. Summer leur fit un signe de la main, pour leur dire de reculer. Pitt perdit alors sa prise sur le corps de Giordino et ils s'affalèrent l'un et l'autre sur le sol. Les pas de l'intrus se firent clairement entendre qui s'approchaient de l'intersection des deux couloirs.

Pendant cinq secondes encore, le bruit de pas retentit à proximité. Le cœur de Pitt battait à tout rompre sous l'effort, et son visage était inondé de sueur. Un homme costaud contre deux épaves mal en point. Deux jambes en bon état contre deux bancales. Les paris, songea Pitt, ne penchaient décidément pas en leur faveur. Ensuite, les pas s'engagèrent dans l'intersection, et s'éloignèrent dans la direction opposée à la leur.

— Venez, venez, souffla Summer en s'élançant vers une ouverture se trouvant un peu plus loin dans le passage. Il n'y a plus personne maintenant.

Pitt reprit Giordino dans les bras et se remit en marche avec peine.

— Que dit le temps ? demanda Pitt.

— Nous n'y arriverons jamais, répondit Giordino d'un ton amer, si le missile est à l'heure.

— Il sera à l'heure, haleta Pitt. Delphi s'est trompé à ce sujet-là. Lorsque la Navy n'a obtenu aucune réponse à ses offres de reddition, ils ont certainement pris ça pour un acte de défi, et ils vont donc faire sauter la colline.

Summer prit le bras de Pitt pour lui indiquer le chemin, et pour supporter de son mieux son corps douloureux et accablé. Pitt continua sa progression en titubant, un pas après l'autre, en se répétant « Encore un, encore un pas et nous y serons ». En fin de compte, alors qu'il venait de faire appel à son dernier gramme d'endurance, Summer s'arrêta devant une des nombreuses portes dont le tunnel était pourvu. Elle posa l'oreille contre le panneau et écouta un instant. Puis elle poussa tranquillement la porte et franchit le seuil. Pitt la suivit en trébuchant et s'effondra sur les genoux, en laissant glisser Giordino qui s'en alla rouler sur l'épaisse moquette de couleur rouge.

Summer se précipita vers un grand lit creusé à même le mur du fond et remua Adrienne qui était endormie.

— Réveillez-vous, miss Hunter. S'il vous plaît, réveillez-vous !

Pour toute réponse, Adrienne émit un soupir. Summer lui saisit le poignet et tira son corps nu pour le sortir du lit.

Le sommeil reflua rapidement des yeux d'Adrienne qui

venait de prendre conscience de la présence de Pitt et de Giordino sur le sol. Sans faire mine de couvrir sa nudité, elle se lança en direction de Pitt et s'accroupit à ses côtés.

— Oh, mon Dieu ! Dirk ! Mais que s'est-il passé ? Comment es-tu arrivé ici ?

— Nous sommes venus pour t'emmener, dit-il entre deux respirations laborieuses.

Elle remua lentement la tête, d'un air incrédule.

— Non, non, ce n'est pas possible. Il n'y aucun moyen de sortir d'ici.

— Dans la pièce voisine, la chambre de Summer, il existe un passage qui mène à la mer...

Pitt fut interrompu par le grondement d'une puissante explosion. La pièce se mit à trembler sous l'assaut des vagues. Le missile du *Monitor* venait de frapper sous la surface des eaux, à proximité du sommet de la colline. Les rideaux violets se mirent à se balancer d'arrière en avant, et plusieurs des objets décoratifs en corail disposés sur la table de pierre se mirent à cliqueter, comme remués par une main invisible.

— Plus de temps pour un récital, s'écria Pitt. Tout le monde dehors.

Summer parut perdue et confuse, incapable de faire un geste.

— Je ne peux pas... Mon père...

— Tu viens avec nous, ou tu meurs, dit Pitt. Toute cette montagne va s'effondrer sur elle-même dans quelques secondes.

Pendant quelques instants encore, elle ne bougea pas, puis une autre secousse violente ébranla la pièce, ce qui lui remit les idées en place. Elle traversa la pièce au pas de course, avec Adrienne sur les talons, tandis que Pitt et Giordino fermaient la marche en chancelant douloureusement.

Ils venaient tout juste de pénétrer dans l'exotique chambre bleue de Summer lorsque retentit un rugissement assourdissant. Une secousse d'une puissance monstrueuse les jeta sur le sol. Les vagues de compression, poussées par l'assaut brutal de l'eau de mer qui venait de s'infiltrer au travers de larges fissures au sommet de la colline, avaient envahi en grondant la plupart des couloirs, comme un bataillon de trains express, écrasant tout sur leur passage.

Pitt se remit sur pied, toute douleur oubliée. Il reclaqua la porte qui donnait sur le couloir, saisit le bras d'Adrienne, et la poussa derrière le rideau, en direction du tunnel de sortie. Puis il se pencha sur Summer, toujours allongée sur le sol, la tira à lui, pour ensuite la jeter, tel un paquet inconscient, à la suite d'Adrienne. C'est à ce moment que le grand miroir qui occupait tout le plafond s'effondra avec fracas dans la pièce, ne manquant Pitt que de quelques centimètres. Une cascade d'eau suivit les débris de miroir, accompagnée d'un vacarme de grincements et de craquements, provoqué par l'effondrement des murs de roche.

— Al ! cria Pitt au travers de ce déluge de pierres et d'eau.

— Par ici ! hurla Giordino en retour, en agitant le bras de sous une table en pierre.

Pitt pataugea au milieu de l'écume laiteuse qui moussait en surface de l'eau couleur d'ardoise, et attrapa la main que lui tendait Giordino.

— Ne t'approche pas, cria Giordino. Si tu me portes, tu n'y arriveras jamais.

— Tu t'imagines que je vais gâcher toutes mes chances d'obtenir ma médaille de sauveteur méritant ? répliqua brusquement Pitt. Pas question.

Il passa le bras de Giordino par-dessus son épaule, et, le portant à moitié, le traînant à moitié, il l'emmena en direction du tunnel de sortie. Le temps qu'ils y arrivent, le niveau de l'eau avait atteint leurs genoux, et tourbillonnait en fonçant vers les profondeurs du tunnel.

— Allez, les filles, à vous d'abord, ordonna Pitt.

Sans se le faire répéter, Adrienne et Summer bondirent au milieu des éclaboussures, et glissèrent dans l'étroit tunnel.

Giordino ne pouvait pas agir aussi vite, si bien que Pitt perdit très rapidement de vue les deux filles, qui disparurent dans les ténèbres. Le courant d'eau se ruait à toute vitesse pour dévaler la rampe, et sa force le fit trébucher la tête la première. Tandis qu'il essayait de se rattraper, sa tête se trouva momentanément immergée sous les flots, et il aspira de l'eau salée. En toussant, il se mit à genoux et ne réussit à se mettre debout que grâce à l'aide inattendue d'un bras solide et musclé semblant sortir de nulle part.

Par miracle, il s'agissait de Giordino, qui serrait les mâchoires à se faire éclater les dents, sous la douleur que lui causaient ses pieds écorchés.

— Voilà une bonne action que tu vas sans aucun doute regretter, marmonna Giordino.

— Se plaindre, toujours se plaindre, bredouilla Pitt en crachant de l'eau de mer. C'est tout ce que tu sais faire. Allez, viens, on a un bateau à prendre.

La rampe de pierre glissante s'élargissait peu à peu en prenant son aspect d'escalier, si bien que la progression de Pitt s'en trouva facilitée. Une pluie de rochers d'un jaune phosphorescent tombait tout autour, et venait s'abattre dans le flot du courant au milieu des éclaboussures. L'étrange éclat coloré de ces pierres qui tombaient du dôme voûté de la caverne donnait l'impression fantastique et spectrale d'une grêle de météorites. Puis, en fin de compte, le flot d'eau bouillonnant perdit de sa force en tombant au-delà du bord de la dernière marche, en direction de la mare se trouvant plus bas, et qui empêchait Pitt de voir où il mettait les pieds.

— Tiens bon, mon gars, reprit Pitt de manière encourageante. On y est presque. Les deux statues doivent se trouver juste derrière le prochain tournant.

— Tu vois les filles ? demanda Giordino.

— Pas encore.

Elles devaient se trouver là, Pitt en était persuadé. Une vague de confiance lui courut dans les veines. Ils étaient à présent trop près du salut pour mourir. Ils venaient de survivre à une explosion. Une fois dans l'eau, ils n'auraient plus qu'à effectuer une courte plongée, pour rejoindre la caverne extérieure, et ensuite filer vers la surface. Il était exact qu'ils pouvaient encore trouver la mort d'ici là, attaqués par des requins, ou bien noyés, ou bien tout simplement par épuisement total. Mais aussi longtemps qu'ils seraient en vie, Pitt ferait en sorte de les pousser jusqu'à ce que la toute dernière porte se soit reclaquée derrière eux. Il pressa le pas, et se mit à remorquer Giordino en sautant deux marches à la fois, avec l'espoir de mettre aussitôt que possible un terme à cette expédition claustrophobe. S'ils étaient voués à la mort, il était de loin préférable qu'ils meurent dans l'atmosphère familière du soleil et du ciel.

Ils prirent le dernier virage. Pitt aperçut Summer. Elle se tenait penchée au bord de l'eau comme l'une des sculptures, dans l'éclat jaune et phosphorescent. Puis il vit Adrienne, appuyée d'un air exténué au pied d'une des statues. Elle leva les yeux à leur arrivée, le regard empreint de terreur.

— Dirk… C'est trop tard, marmonna-t-elle. Il…

Pitt l'interrompit au milieu de sa phrase.

— On n'a pas le temps de discuter. Le plafond est en train de céder de toute part et…

Ses paroles se coincèrent dans sa gorge. Fatigue, douleur, joie et espoir mélangés laissèrent la place à un nœud de désolation. De derrière l'une des deux sculptures de dieux marins venait d'apparaître Delphi. Il serrait dans la main droite l'énorme Colt et cette arme était braquée en direction du front de Pitt.

— Vous comptiez partir avant que la fête ne soit finie ? dit-il, les traits tordus par la haine.

— Je m'ennuie facilement, répliqua Pitt, en haussant les épaules en signe d'impuissance. Vous pouvez tout aussi bien me tuer maintenant. Vous n'avez plus beaucoup de temps si vous voulez sauver les autres.

— Comme c'est noble de votre part, major, ajouta Delphi, le visage couvert d'un masque de cruauté satanique. Mais il ne faut pas que vous vous préoccupiez des questions de détail. Ma fille et moi sommes les deux seules personnes qui quitteront cette caverne vivantes.

Pendant un instant, nul ne dit mot. Le seul bruit provenait des pierres qui continuaient de tomber dans l'eau. Venue du plus profond de la colline, une trépidation ronflante se mit à secouer les caveaux centenaires. Bientôt, très bientôt, Kanoli serait totalement détruite, et cette fois ne pourrait jamais plus être redécouverte.

Le fracas d'une explosion soudaine roula dans la caverne et se mit à vibrer en un effroyable crescendo, alors que les secousses faisaient trembler les murs d'épaisse rocaille.

Un bref instant, Pitt pensa que Delphi venait de tirer. Puis il se rendit compte que le fracas lui était arrivé de plus haut. Un mur venait de se détacher et dévalait l'escalier en une avalanche balayant tout sur son passage. Pitt donna une poussée violente dans le dos de Summer, qui l'envoya valser dans l'eau jaunâtre. Dans le même mouvement, il se jeta devant Adrienne, pour la protéger de son corps.

L'avalanche déboula dans la caverne. Des tonnes de rocailles à teinte d'or vinrent cogner les parois verticales de la caverne, en bloquant complètement l'escalier. Sous cet assaut, l'une des statues en position de sphinx resta fermement accrochée à son piédestal, mais la seconde succomba à la puissance du choc et bascula sur elle-même, avec, pour les yeux hébétés de Pitt, l'air d'un cow-boy qui tombe de son cheval au beau milieu d'une folle ruée de bétail.

Pitt serra les dents et banda ses muscles, tandis que des rochers s'abattaient sur son dos en une pluie impitoyable. Une pierre vint le heurter au flanc, et il entendit, plus qu'il ne la sentit, une de ses côtes de briser. La peau de son visage était parcourue de démangeaisons, dues aux traînées de sang lui coulant le long des joues, à partir d'une estafilade à son cuir chevelu. Un étrange cri perçant lui parvint aux oreilles, au milieu du tonnerre grondant. Cela semblait très lointain, mais il lui apparut soudain que ce bruit provenait des lèvres d'Adrienne, qui ne se trouvait qu'à quelques centimètres et qui hurlait, en proie à une incontrôlable crise d'hystérie. Les rochers continuaient de débouler dans la caverne, et recouvrirent les jambes de Pitt jusqu'à la hauteur de sa taille. Il se retrouva coincé, incapable de faire un mouvement. Il agrippa Adrienne plus fermement, comme si la pression de son bras pouvait la débarrasser de sa peur.

Il fallut presque une minute pour que Pitt prenne conscience du lourd silence qui venait de s'installer, seulement rompu par la chute intermittente d'une petite pierre, dévalant la pente et venant s'écraser dans l'eau. Il pouvait à présent percevoir les mouvements spasmodiques d'Adrienne, qui sanglotait, toujours envahie d'une terreur profonde.

Il leva lentement la tête et jeta un coup d'œil au-dessus des éboulis de rocaille. Un voile de poussières phosphorescentes flottait dans l'air humide de la caverne et se posait lentement, comme un vol de lucioles étincelantes, sur le sol couvert de pierres. Une des statues avait tenu bon, et pointait froidement son regard en direction du néant, tandis que la base de son piédestal était encerclé d'une épaisse couche de rocs. Sa collègue s'en était allée, mais en y regardant d'un peu plus près, Pitt parvint à apercevoir, dans un coin de la caverne, un fragment brisé de l'antique sculpture.

C'est alors que quelque chose remua sous ce débris de statue. Pitt plissa les paupières pour essayer de discerner dans l'obscurité de quoi il pouvait bien s'agir. Il se passa la paume d'une main sur les yeux, pour les débarrasser du sang et de la poussière. La chose se redressa lentement, et pivota lentement sur elle-même, pour braquer deux yeux étincelants en direction de Pitt. C'était Delphi.

Le grand corps avait été écrasé par la chute de la sculpture ; et seules la tête et une épaule restaient visibles sous les débris de la statue. Du sang coulait de la commissure de ses lèvres, mais Delphi ne semblait pas en être conscient. Les yeux d'or au regard assassin se rétrécirent en reconnaissant Pitt.

Il commençait à faire un peu plus clair à présent, et c'est au même instant que Pitt et Delphi aperçurent le Colt, son canon d'acier bleuté dépassant d'un petit monticule de pierres, à moins d'un mètre cinquante de la tête de Delphi. Pitt maudit son impuissance à faire un mouvement, en voyant Delphi tendre la main vers le revolver. Pitt fit appel à tout ce qui lui restait de faibles forces pour essayer de se dégager de la couche de rocaille, mais ses jambes étaient enfoncées trop profondément dans la pierre. Sa respiration se transforma en un halètement douloureux ; son esprit fut envahi d'un sentiment de désespoir plus puissant que jamais. L'arme ne se trouvait plus qu'à quelque soixante centimètres de la main de Delphi.

Le visage du colosse était déformé par l'effort ; sa peau était luisante de sueur. Il ne dit rien, pour ne pas gaspiller le moindre gramme de ses dernières forces. Il jeta un autre coup d'œil à Pitt, agita la tête comme s'il venait d'être traversé par un énorme spasme de haine, et tendit les doigts en direction du Colt. Dans l'esprit de Pitt, les secondes se mirent à ralentir leur cadence, jusqu'à ce que le temps lui-même fasse une halte, comme pris de paresse. Pitt se mit à repousser avec frénésie les pierres qui entravaient ses jambes meurtries, mais chacun de ses mouvements était la cause d'une effroyable souffrance, et son état de faiblesse ne l'autorisait pas à encaisser plus longtemps ce genre de choc.

Les doigts de Delphi atteignirent le Colt et s'y agrippèrent. Le canon était légèrement incliné. Delphi serra le bout avec deux doigts et l'attira vers lui. L'arme céda de deux ou trois centimètres, mais Delphi ne put tenir plus longtemps sa prise. Il fit une nouvelle tentative, puis une autre encore, jusqu'à ce que le calibre 44 tombe enfin à portée de sa main. Il saisit alors la poignée du revolver avec une telle force que les jointures de ses phalanges pâlirent.

Delphi se mit à tousser, et cracha un jet de sang, qui vint éclabousser les pierres devant lui. Mais sa détermination ne faiblit pas ; ses traits se tordirent de manière satanique tandis qu'il soulevait le canon de son arme. Du pouce, il fit basculer le chien. Un sourire lui retroussa les lèvres, pour révéler une rangée de dents barbouillées de sang cramoisi, alors qu'il braquait le Colt en un point situé entre les deux yeux de Pitt.

Tout à coup, il y eut un mouvement à quelques dizaines de centimètres devant Delphi. Pitt suivit d'un regard éberlué l'évolution d'un bras qui, tel un serpent, venait de sortir de la couche d'éboulis. Comme une apparition fantomatique sortant d'un tombeau, le bras et la main qui lui était attachée pivotèrent en un arc pour s'approcher de Delphi. Lentement, la main se replia pour se fermer en un poing, à l'exception du petit doigt qui resta tendu. Ensuite, en un mouvement éclair, le poing s'abattit sur le museau de l'arme, qu'il saisit, tandis que le petit doigt s'enfonçait jusqu'à la première phalange dans le canon.

Giordino ne pouvait pas tendre le bras davantage pour s'emparer effectivement du Colt ; c'est pourquoi il venait de bloquer le canon à l'aide d'un doigt, sachant que si Delphi venait à appuyer sur la détente, cet obstacle allait quelque peu retenir la charge et l'explosion qui en découlerait sauterait au visage de Delphi.

Une surprise incrédule projeta son ombre sur les yeux de Delphi. Il secoua faiblement le Colt de gauche à droite — toutes ses forces l'avaient abandonné. Il ne pouvait plus qu'à peine maintenir le revolver dressé, et il ne fallait pas songer engager une lutte pour se débarrasser de ce qui encombrait le canon. Le doigt resta donc en place. Delphi parut évaluer la situation, mais les ténèbres obscurcissaient peu à peu son esprit. Une dernière fois, il arbora son sourire gluant de sang, après quoi il appuya sur la détente.

La détonation étouffée roula dans la caverne ; quelques petites pierres se détachèrent de la voûte et s'affalèrent au milieu des éboulis.

Le côté droit du visage de Delphi avait disparu. L'arme brisée tomba de sa main, et il bascula vers l'avant, sa tête venant heurter les rochers avec violence.

Giordino n'avait pas émis le moindre son. Son bras restait tendu. Il desserra le poing et allongea un pouce et trois doigts — le petit doigt était manquant, et venait d'être arraché à partir de la base.

Pitt se remit à batailler ferme pour s'extirper de sa prison de rocailles. Il parvint finalement à se libérer. Il s'occupa alors de dégager Adrienne et l'appuya contre le socle de la statue qui avait tenu bon. Elle avait perdu connaissance.

— Si tu es sorti de ce tas de saletés, murmura Giordino au travers de ses lèvres serrées, qu'est-ce que tu dirais de venir me tirer de là ?

— Tiens bon, j'arrive, lui répondit Pitt.

Il s'avança au milieu de la couche de rocs, pour s'approcher de Giordino. Ensemble, ils entreprirent de repousser les pierres qui recouvraient la totalité du corps de Al, à l'exception de son visage et de son bras droit.

— Tu as des os cassés, à part ton petit doigt manquant ? demanda Pitt.

— Non, répliqua laconiquement Giordino, tout en grimaçant à cause de la douleur qui fusait dans sa main. Et toi ?

— Une côte ou deux de cassées, dit Pitt en se débarrassant de son slip de bain abîmé, et en se mettant à le déchirer en bandes. Tiens, laisse-moi te bander la main avec ça.

— J'avais déjà entendu parler de personnes qui étaient capables de donner leur chemise pour un ami, dit Giordino, avec un sourire de reconnaissance, mais un truc pareil, je ne connaissais pas encore.

Alors qu'il en terminait avec la main blessée de Giordino, Pitt entendit un long soupir provenant de l'endroit où la pente rocheuse s'enfonçait dans l'eau. Summer était en train d'en sortir, les yeux vitreux et hébétés. Elle accorda un regard vide à Pitt.

— Mon père… Qu'est-ce qu'il…

La voix lui manqua et ses paroles devinrent confuses et incohérentes.

— Reste calme, dit Pitt. Nous serons hors d'ici, et en sécurité, dans quelques minutes.

Il s'avança pour la tirer hors de l'eau, et prendre sa tête dans les bras. De ses doigts, il écarta délicatement les mèches de cheveux mouillés qui cachaient son visage ; il distingua une entaille d'un rouge sombre à hauteur de sa tempe, qui s'était mise à saigner. Il lui murmura quelques mots à l'oreille, et déposa un léger baiser sur ses lèvres.

Le niveau de l'eau avait commencé de grimper rapidement dans la caverne, et atteignait déjà les premières marches de l'escalier, mais Pitt ne s'en inquiéta pas. Ses traits étaient tendus par la pitié qu'il éprouvait pour Summer. Il voulut lui crier qu'il l'aimait, mais ses lèvres s'agitèrent sans laisser passer de sons. Elle leva les yeux pour les plonger dans ceux de Pitt, avec une expression de détachement distrait. Ses lèvres bougèrent ; elle leva une main pour la poser sur la poitrine de Pitt.

— Il est mort, n'est-ce pas ?

— Oui, le rocher s'est effondré sur lui, dit-il en mentant, mais après tout le mensonge n'était pas très grand.

L'explosion du Colt n'avait que précipité la mort de Delphi. Son corps blessé et ses membres fracturés n'auraient pas pu mener le combat une heure de plus.

— Je regrette de devoir me glisser une fois de plus entre vous deux, déclara Giordino, mais je crois qu'on ferait mieux de s'en aller d'ici, avant que le plafond ne cède complètement.

Pitt embrassa Summer une fois encore, et puis se remit debout en chancelant. Il allait demander à Giordino de ranimer Adrienne lorsqu'elle lui apparut, parfaitement nue, nimbée d'un éclat phosphorescent, avec l'air d'une nymphe à la peau dorée.

— Tu penses pouvoir nager ? demanda Giordino à la jeune femme.

— Je vais essayer, murmura Adrienne d'un ton fatigué.

— Al, tu vas passer en premier, avec Adrienne, dit Pitt. Elle n'aura qu'à placer ses bras autour de tes épaules, et à bien se tenir. Je vous suivrai en compagnie de Summer.

Giordino jeta un coup d'œil aux alentours.

— Vraiment dommage qu'une partie de notre équipement ne soit plus là.

— Même s'il était encore là, je crois bien qu'on n'arriverait jamais à mettre la main dessus.

— Allons-y, dit Giordino à Adrienne. Le formidable express sous-marin du Pacifique Albert Giordino n'attend pas.

Il poussa gentiment Adrienne dans l'eau. S'il éprouvait de sérieuses difficultés à marcher, la nage en revanche ne semblait pas lui poser de problème. Il guida les bras de la jeune femme pour les passer autour de son cou de taureau, et elle posa le visage sur son dos, juste entre les deux omoplates.

— Maintenant, tu t'accroches et tu prends une bonne respiration, lui ordonna-t-il.

À la suite de quoi, ils disparurent l'un et l'autre, ne laissant derrière eux que des ondulations concentriques dans l'eau.

Summer se retourna pour examiner l'éboulis de pierres au pied de la statue effondrée.

— On ne peut vraiment rien faire ? demanda-t-elle.

— Rien.

Le chagrin est une étrange émotion. Le visage attristé et adorable de Summer se mua en un masque de sérénité, teinté d'une expression glacée de détermination.

— Je t'aime, Dirk, mais je… Je ne peux pas venir avec toi.

Pitt lui lança un regard.

— Ça n'a pas de sens.

— Tâche de comprendre, je t'en prie, reprit-elle d'un ton implorant. Cette colline est ma demeure depuis toujours. Ma mère repose en son sein, et maintenant mon père s'y trouve aussi.

— Il n'y a aucune raison de mourir à cet endroit.

Elle posa la joue sur sa poitrine.

— J'ai promis à mon père que je ne l'abandonnerais jamais. Je dois honorer ma promesse.

Pitt fit un dernier effort pour réfréner l'envie de lui ordonner de plonger dans l'eau. Au lieu de cela, il caressa ses cheveux et déclara d'un ton tendre :

— Je suis quelqu'un d'égoïste. Ton père est mort, et à présent, tu es à moi. Je te veux. J'ai besoin de toi. Même lui ne tiendrait pas à te voir mourir pour respecter la promesse d'une jeune fille.

Il l'étreignit plus fermement.

— Ne dis plus rien. Nous allons quitter cette caverne, toi et moi, et nous allons le faire sans plus attendre.

Summer pleurait encore, à petits sanglots, lorsque, main dans la main, ils entrèrent dans l'eau teintée d'or.

Giordino et Adrienne se tenaient assis sur le rebord de la caverne extérieure, au moment où Pitt et Summer vinrent crever la surface.

— Pourquoi avez-vous tellement traîné ? demanda Giordino. Tout ce temps perdu commence à me donner sacrément faim.

Pitt resta dans l'eau, en se tenant à la saillie rocheuse, incapable de trouver la force de se hisser sur le rebord.

— Nous sommes à mi-chemin de la maison à présent, dit-il d'un ton confiant. Un dernier plongeon vers la surface, et puis on file tous en direction d'Honolulu.

Il ajouta :

— On repart dans le même ordre. Et souvenez-vous, expirez l'air qu'il vous reste dans les poumons, pendant que vous nagez vers la surface. Il serait vraiment stupide que l'un de nous meure d'embolie alors qu'on se trouve si près de la sortie.

Il se tourna vers Summer. L'eau avait transformé sa robe verte en un voile transparent, et l'étoffe humide et moulante révélait chacune des formes de son corps. Il avait connu de nombreuses femmes, de toutes tailles et de tout gabarit, mais elles semblaient incolores comparées à celle qui avait passé sa vie dans la colline sous-marine. Son esprit était si concentré sur Summer, qu'il remarqua à peine Giordino et Adrienne se glisser dans l'eau.

— On se revoit au-dessus, dit Giordino en souriant.

Mais on percevait clairement l'inquiétude qui voilait son regard. Il était impossible de deviner ce qu'ils allaient découvrir en surface. S'ils découvraient quelque chose.

Pitt s'efforça de lui retourner son sourire.

— Bonne chance. Garde les requins à l'œil, on ne sait jamais.

— Ne t'inquiète pas. Si j'en vois un, c'est moi qui mordrai en premier.

Il lui adressa un salut de sa main valide, et, en compagnie d'Adrienne fermement agrippée à son cou, il plongea sous la surface, et partit en direction de la sortie immergée.

Un calme étrange prit possession de la caverne. L'eau trouble venait doucement clapoter au bas des parois et agitait les minuscules végétaux marins attachés aux rochers. Une faible luminosité en provenance de l'extérieur dansait au plafond, et projetait des ombres tremblotantes sur la surface accidentée des eaux.

— C'est une nouvelle vie qui nous attend, toi et moi, là tout en haut, dit Pitt d'une voix douce.

Summer plongea son regard dans les yeux verts de Pitt et lui caressa tendrement le visage du bout des doigts. Puis elle éclata en sanglots ; tout son être et son esprit étaient déchirés entre son amour pour son père et son nouveau sentiment pour un homme qu'elle connaissait à peine. Elle batailla en son cœur pour prendre une décision, ses longues mèches allant et venant au gré du faible clapotis, ses larmes se mélangeant à l'eau salée sur ses joues. Elle comprit finalement ce qu'elle devait faire.

— Je suis prête, dit-elle. Tu es grièvement blessé, c'est donc à toi de partir en premier. Je te suivrai.

Pitt hocha la tête sans répliquer, cédant devant sa logique. Il se frotta les lèvres du plat de la main. Puis il sourit, plongea sous la surface, et s'en alla.

Summer attendit que sa silhouette nue se soit avancée sous les rochers et ait disparu dans la mer.

— Au revoir, Dirk Pitt, murmura-t-elle pour elle-même et pour la caverne abandonnée.

Elle se pencha au bord du promontoire, se mit en position arquée, et plongea dans l'eau avec aisance. Un bref instant, elle examina l'éclat du soleil qui pénétrait dans la caverne en provenance du monde du dehors. Puis elle se détourna et nagea dans l'autre sens, en direction de la caverne dorée et de son père.

Le température de l'eau augmenta à mesure que Pitt montait vers la surface. Cinq ou six mètres, songea-t-il, c'est ce qu'indiquait la jauge de profondeur de Giordino au moment où ils avaient pour la première fois pénétré dans la petite grotte. Il essaya de voir ce qu'il avait autour de lui, au sein du liquide bleu-vert, ne parvenant à discerner que le mouvement rythmé de la surface ensoleillée au-dessus de lui. Il expirait lentement des bouffées d'air, en diminuant la pression dans ses poumons et observant d'un œil distrait les bulles qui couraient le long de son visage tandis qu'il continuait de grimper. On aurait dit qu'elles restaient immobiles dans l'élément liquide.

Il parvint enfin à la surface des flots, accueilli par la fournaise du soleil tropical. Sa respiration grinçante entrait dans ses poumons et en sortait comme d'une chambre à air gonflée par une pompe pneumatique. Il s'accorda quelques instants de détente, autant que le lui permettait son organisme exténué et douloureux, en se laissant flotter dans le doux va-et-vient des vagues. Il cligna des paupières pour éclaircir sa vision, et se mit en quête de Giordino et d'Adrienne. Il aperçut leurs deux têtes à cinq ou six mètres au moment où ils se trouvaient à la crête d'une vague, juste avant qu'ils ne retombent dans le creux suivant et ne disparaissent momentanément à sa vue.

Soudain un formidable grondement se fit entendre dans les profondeurs marines, tandis qu'une multitude de bulles d'air venaient crever la surface sur une vaste étendue. Après quoi, l'océan libéra un fouillis de débris en tout genre, éclats de bois, taches d'huile, et bouts d'étoffe déchirée. C'était la fin définitive de Kanoli ; la fin irrémédiable du vortex du Pacifique.

Pitt essaya d'apercevoir Summer, en scrutant avec frénésie chacune des crêtes de vagues. Mais il ne vit aucun signe de sa chevelure flamboyante. Il cria son nom. Mais la seule réponse qu'il obtint fut le grondement lointain du fond marin. Plongeant la tête sous l'eau, il entreprit de nager dans l'espoir de la retrouver. Mais son corps ne voulait plus lui obéir — il avait dépassé depuis longtemps les limites de son endurance. Il crut percevoir le son déformé de voix à quelque distance, et il fit un dernier effort pour regagner la surface.

Un poisson monstrueux, c'est la seule description que réussit à en faire son esprit engourdi, un monstrueux poisson noir jaillit des flots et fonça droit vers lui, en menaçant de dévorer ce qui restait du corps de Pitt. Pitt ne s'en inquiéta pas ; il était prêt. La mer lui avait offert un être à aimer, pour le reprendre aussitôt et l'engloutir dans ses profondeurs.

C'est alors que quelque chose attrapa son bras et s'y agrippa fermement. Rendu presque insensible par l'épuisement, il leva les yeux. Un brouillard de têtes floues étaient apparues au bord du monstrueux poisson noir, qui entreprirent de soulever délicatement son corps nu et grièvement meurtri et de l'envelopper dans une couverture. L'un des visages se détacha du groupe et vint se pencher au-dessus de Pitt.

— Seigneur ! s'écria Crowhaven avec effroi. Mais que vous est-il arrivé ?

Pitt essaya de répondre, mais au lieu de ça, s'étrangla et se mit à tousser, crachant de l'eau salée et vomissant sur la couverture blanche. D'une voix enrouée, il finit par marmonner :

— Vous… Le *Starbuck* ?… Vous l'avez ?…

— La bonne étoile de Crowhaven, dit l'autre d'un ton patient. Le missile lancé par le *Monitor* a explosé du côté opposé de la colline, si bien que nous avons été plus ou moins secoués par le remous sous-marin. La secousse a été juste suffisante pour briser l'effet ventouse, et ça nous a permis de partir. La Navy ne va pas être très heureuse de l'état dans lequel j'ai mis son sous-marin, je pense bien. L'hélice tribord a été arrachée et celle de bâbord ressemble à un croissant malade.

Pitt leva la tête. Giordino et Adrienne se trouvaient également à bord, enveloppés tout comme lui dans d'épaisses couvertures de laine blanche de la marine des États-Unis. L'un des membres d'équipage était occupé à soigner la main de Giordino.

— Une fille… Il y a encore une fille dans l'eau.

Crowhaven était toujours penché sur Pitt.

— Du calme, major. Si elle se trouve quelque part par là, nous allons la retrouver.

Pitt toussa à nouveau, et s'étendit sur le dos. Il se sentait complètement vide et réduit à néant. Son esprit lui aussi était vide, environné d'un voile de brume noire qui ne cessait de s'épaissir.

Les hommes de Crowhaven cherchèrent, encore et encore, mais nulle trace de Summer ne fut retrouvée. Les mystères de Kanoli resteraient ensevelis pour toujours et à jamais.

ÉPILOGUE

C'était l'heure de la marée montante, à Kaena Point ; les vagues grignotaient le sable jusqu'à atteindre le pieds des falaises escarpées. Chaque fois que l'une d'elles refluait, le sable clair et humide réapparaissait, tandis que de minuscules crabes s'affairaient pour creuser de nouveaux trous dans la couche de grains.

Pitt se tenait au sommet des falaises de Kaena Point, et observait les flots tranquilles et sereins. Il demeura à cet endroit un long moment, même lorsque la marée eut atteint son point culminant, et commença à refluer. Voilà l'endroit où toute l'histoire a commencé, songeait-il. Et, pour lui, c'est également là que tout s'était terminé. Même si pourtant, il le savait, il y avait des choses qui continuaient de vivre pour un homme jusqu'à ce que son cœur émette sa dernière pulsation.

Un albatros effectuait des cercles paresseux dans le ciel, en allongeant sans cesse son tracé. Puis, comme s'il avait perçu un danger, il changea de cap et fila en direction du nord. Pitt examina le grand oiseau au plumage noir et blanc jusqu'à ce qu'il ne soit plus qu'un point minuscule à l'horizon, qui finit par se fondre dans le bleu du ciel sans nuage.

L'odeur de la branche de frangipanier qu'il tenait en main montait flatter ses narines ; venue d'un endroit situé sous l'horizon, une voix semblait lui dire : « À ka makani hema pa. » Les mots étaient portés par la brise légère soufflant de l'océan.

Pitt tendit l'oreille, mais n'entendit plus rien. Il observa les fleurs quelques instants, et puis lança la branche dans la mer, vit les vagues rouler par-dessus les fleurs blanches, et les pousser en direction du sable couvert d'écume.

Tandis qu'il détournait son regard de la plage, Pitt se sentit envahi d'un formidable sentiment de délivrance. Il se mit à siffler, tandis que son AC Cobra dévalait l'étroite chaussée battue par les vents, en laissant dans son sillage un léger voile de poussière, qui s'en alla lentement retomber jusqu'à la plage abandonnée.

COLLECTION
« ATTITUDES - BEST-SELLERS »

Mayday !
Iceberg
Vortex
Renflouez le Titanic !
&
Vixen 03
de Clive Cussler

Batman : Crépuscule
de Dennis O'Neil

Mort et vie de Superman
de Roger Stern

Arsène Lupin
de Edgar Jepson et Maurice Leblanc

Lightning, navette en péril
&
Ultimatum
de R.J. Pineiro

Les Outlaws
&
Les Ruffians
de Tim Green

Question d'honneur
Scorpius
Gagner, perdre ou mourir
Brokenclaw
(James Bond)
de John Gardner

Nécroscope I
Nécroscope II (Vamphyri)
de Brian Lumley

Les agneaux de Satan
de Lynn S. Hightower

L'enfant de Saturne
de Nichelle Nichols

Stephen King
de George Beahm

Alliance maléfique (Dark Channel)
de Ray Garton

Le treizième juré
de John T. Lescroart

Chasseur fantôme
de Timothy Rizzi

La ruche (The homing)
&
Foudre noire
de John Saul

Cyber-Virus
de Graham Watkins

L'icône sans nom
de Gordon Thomas

Star Trek – Les mémoires
de William Shatner

Star Wars – Les coulisses d'un mythe
de Christophe Corthouts

L'ennemi intérieur
de Larry Bond

La raison du fisc
de Bill Branon

Soif de sang
de Mc Cammon

Disparue !
de Kit Craig

Teddy est revenu
de Gilbert Gallerne

Kronikes de la fédérasion
de Alain Duret

Le King… et moi
de Pierre Efratas

Tigre, Feu et Flamme
de Marion Zimmer Bradley,
Andre Norton et Mercedes Lackey

Pluie vaudou
de Richard Laymon

Dinotopia – Le royaume perdu
de Alan Dean Foster

Au nom des mers
de Richard P. Henrick

La Guerre du Pacifique n'aura pas lieu
(Bob Morane)
de Henri Vernes

COLLECTION « VOLUMES »
dirigée par Claude Lefrancq

Le cycle d'Ananké
de Henri Vernes

Bob Morane :
Le cycle du temps 1,2
de Henri Vernes

Bob Morane :
L'Ombre Jaune 1,2,3
de Henri Vernes

Bob Morane :
Miss Ylang-Ylang
de Henri Vernes

Bob Morane :
L'intégrale 1, 2, 3, 4, 5, 6
de Henri Vernes

Le cycle de Mars 1,2
de E.R. Burroughs

Le cycle de Vénus
de E.R. Burroughs

Le cycle de la Lune
de E.R. Burroughs

Le cycle de la Pellucidar 1
de E.R. Burroughs

Money, Cash, Fortune
de Paul-Loup Sulitzer

Largo Winch 1,2
de Jean Van Hamme

David Starr,
justicier de l'espace
de Isaac Asimov

Biggles 1
de W.E. Johns

Les Rois de l'espace 1
de W.E. Johns

Œuvres complètes 1,2
de Thomas Owen

Harry Dickson 1, 2, 3
de Jean Ray

Doc Savage 1
de Kenneth Robeson

Lord Lister 1, 2
de Yves Varende

Œuvres complètes 1, 2
de Stefan Wul

Œuvres complètes 1
de Francis Carsac

Panorama de la Science-Fiction
de Jacques Van Herp

Œuvres complètes 1
de A. Merritt

COLLECTION « VOLUMES »
À paraître

Bob Morane :
L'intégrale 7
de Henri Vernes

Œuvres complètes 2
de Francis Carsac

Œuvres complètes 3
de Thomas Owen

Œuvres complètes 1
de Jean-Ray - John Flanders

Harry Dickson 4
de Jean Ray

Doc Savage 2
de Kenneth Robeson

Le cycle de la Pellucidar 2
de E.R. Burroughs

Œuvres complètes 2
de A. Merritt

Achevé d'imprimer sur les presses et rotatives de l'Imprimerie *Europa*
217 Grand'Route, 1428 Lillois-Witterzee Belgique
Tél (02) 384 38 40 - Fax (02) 384 98 78